KB112386

암행 숙수 강철도

우심적 연쇄살인사건

암행 숙수 강철도

우심적 연쇄살인사건

초판 1쇄 인쇄 | 2022년 6월 16일
초판 1쇄 발행 | 2022년 6월 23일

지은이 | 최종구
펴낸이 | 박영욱
펴낸곳 | 북오션

경영지원 | 서정희
편   집 | 고은경
마 케 팅 | 최석진
디 자 인 | 민영선·임진형
SNS마케팅 | 박현빈·박가빈

주   소 | 서울시 마포구 월드컵로 14길 62 북오션빌딩
이메일 | bookocean@naver.com
네이버포스트 | post.naver.com/bookocean
페이스북 | facebook.com/bookocean.book
인스타그램 | instagram.com/bookocean777
전   화 | 편집문의: 02-325-9172   영업문의: 02-322-6709
팩   스 | 02-3143-3964

출판신고번호 | 제 2007-000197호

ISBN 978-89-6799-686-4 (03810)

암행 숙수 강철도

최종구 장편소설

우심적 연쇄살인사건

Bookocean

•차례•

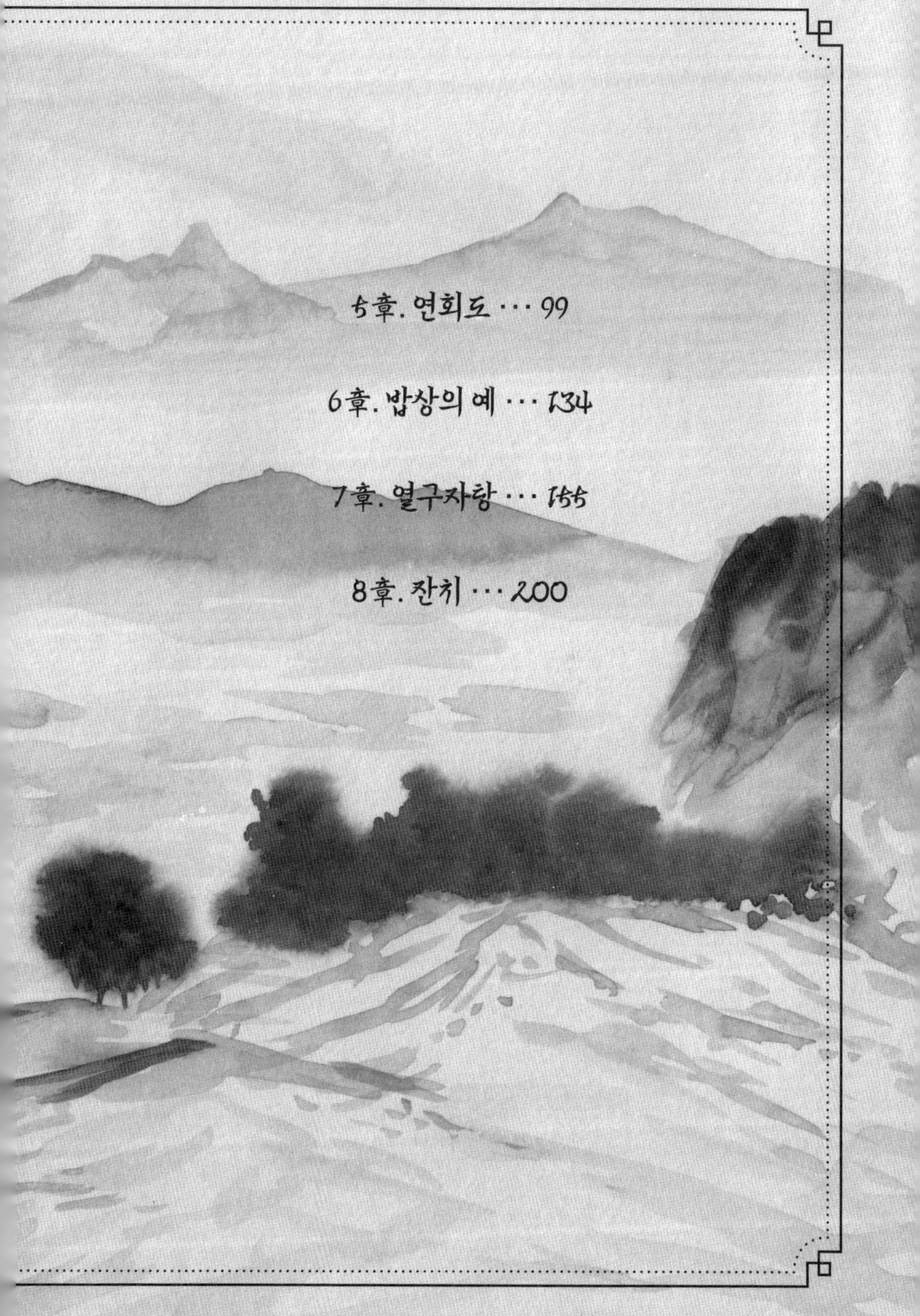

1章. 어전난로회

끝없이 펼쳐진 파란 하늘에는 구름 한 점이 없었다. 어찌 저리도 푸르단 말인가? 게다가 바람조차 불지 않았다. 그 푸름과 적막함이 무심하게까지 느껴지던 순간, 까마귀 한 마리가 하늘 속으로 뛰어들어 빙글빙글 원을 그리기 시작했다. '까악, 까악' 보채듯 내지르는 울음소리가 고요하던 공기를 깨고 산골짜기 구석구석까지 뻗어 나갔다. 불을 낸 지 며칠 지나지 않은 듯, 시커먼 산등성이의 손바닥만 한 화전에 붙어 쟁기질하는 사람들이 있었다. 백발의 앙상한 노인이 쟁기에 체중을 얹은 채 필사적으로 매달려 있었다. 일소 대신 쟁기를 끄는 것은 갓 스물을 넘겼을까, 젖먹이를 등에 업은 젊은 여인이다. 땀에 젖은 몸과 누더기에 흙과 재가 엉겨 붙어 두 사람의 몰골은 사람이라기보다 두 발로 걷는 미지의 짐승 같았다. 헐벗고 굶주린 빈사의 짐승.

그들이 갈고 있는, 아직 밭이라고 부르기 민망한 화전 옆에 소 한 마리가 앙상하게 죽어있었다. 삼십 년은 살았을 법한 죽은 농우의 눈에는 이미 하루살이들이 새카맣게 꼬였다. 까마귀 녀석은 바로 이 농우의 시체를 노리고 있었나 보다. 까마귀가 죽은 소의 머리에 내려앉아 주위를 경계하기 시작했다. 그것을 본 백발노인이 멈춰 섰다. 노인은 몇 개 남지 않은 이빨을 드러내며 신음 비슷한 소리를 뱉으며 허리를 굽혔다. 앙상한 손에는 단단한 흙덩이가 들려있었다. 노인은 '윽!' 하고 힘쓰는 소리와 함께 흙덩이를 까마귀에게 던졌다. 까마귀는 '푸드덕' 날아올랐지만 이내 조금 떨어진 곳에 내려앉았다. 노인이 던지는 흙덩이가 자신의 목숨을 위협하지 못한다는 것을 너무나 잘 알고 있는 태도였다. 오히려 없는 힘을 짜낸 노인의 체면을 봐서, 놀란 척 자리를 조금 옮겨준 게 아닌가 싶을 정도로 뻔뻔했다. 그런 까마귀를 노려보는 백발노인의 흔들리는 눈동자 안에는 증오와 절망이 들끓고 있었다.

같은 시각. 멀리 행주산성의 성곽이 또렷이 건너다보이는 한강 모래사장 위를 한 마리의 말이 달리고 있었다. 모래를 박차고 달리는 말 위에는 열여덟아홉쯤 먹어 보이는 젊은이가 타고 있다. 무명 저고리 위에 물을 들인 짧은 소매의 철릭 앞자락을 들어 올려 허리에 묶고, 팔에는 토시를, 다리에는 행전을 찬 것을 보니 무예를 수련하는 젊은이 같아 보였다. 발에 신은 가죽신이나 탕건 대신 머리에 묶은 붉은 비단 띠를 보아하니 있는 집 도령이 분명했다. 말 위의 도령이 허리를 세우더니 활시위에 화살을 먹었다. 기사(騎射)를 펼칠 모양이다. 그러나 붉은 머리띠의 도령이 쏘는 화살은 족족 돼지머리 그림이 그려진 시후(豕侯, 조선시대 궁술 훈련에 사용한 표적 중 하나로 일반 군사훈련에 쓰인 표적이다. 웅후는 임금이, 미후는 공경대부가 사용했다) 위로, 옆으로, 터무니없이 빗나가기만 했다. 결국 단 한 발도 표적 안으로 들어가지 않았다. 지만큼에서 말을 돌려 솔밭 쪽으로 터벅터벅 다가오는 도령의 얼굴은 낭패감으로 벌겋게 상기되어 있었다.

제법 기품 있게 자란 소나무 밑에는 방금 기사를 펼치고 돌아오는 도령 또래의 또 다른 젊은이 두 명이 마치 저희들이 활을 쏜 것처럼 초조한 얼굴로 서 있었다.

"쯧쯧쯧."

실망감을 드러내는 격렬한 혀 차는 소리가 두 도령의 뒤쪽에서 들려왔다. 돗자리 위에 한쪽 무릎을 세우고 모로 누워 풀 줄기를 씹으며 못 볼 것을 봤다는 듯 미간을 찌푸리고 있는 이자의 이름은 강철도. 철도가 씹던 풀 줄기를 뱉어 내고 무료하다는 듯 기지개를 켜며 일어섰다. 훤칠한 키, 떡 벌어진 어깨, 토시를 하고 행건을 찬 길쭉길쭉한 팔다리에 붙은 탄탄한 살집이 누가 봐도 제법 오랜 수련 시간을 가진 무인처럼 보이게 했다. 도령들보다 열 살은 더 먹어 보이는 얼굴이지만 상투를 틀어 올린 것으로 보아서는 스물하고도 여덟아홉은 충분히 들어 보였다. 모시와 마를 섞어 짠 미투리를 신고, 무명 철릭에, 무명 머리띠를 한 것으로 봐서는 도령들보다는 낮은 신분 같았으나 도령들을 대하는 태도에는 거리낌이 없다. 어느새 방금 활을 쏜 붉은 머리띠의 도령이 말에서 내리며 철도에게 물었다.

"자세가 잘못된 것입니까? 너무 빨리 달린 탓입니까?"

"둘 다 틀렸습니다!"

철도의 퉁명스런 대답에 도령들은 당황하는 기색이 역력했다.

"하면……?"

철도는 귓구멍을 후비던 새끼손가락을 뽑아 '훅' 바람을 불고 말을 이어 갔다.

"도련님들, 잘 들으십시오."

세 도령은 거의 동시에 품속에서 작은 수첩과 세필을 꺼내 들고 필기 준비를 했다. 철도는 한 손은 뒷짐을 지고 다른 손으로는 제 턱을 어루만지며 나란히 서 있는 세 도령 앞을 왔다 갔다 하며 강의를 시작했다.

"무과 시험의 기본은 말타기지요. 기사, 기창, 편추, 격구……. 말타기가 안 되면 무과 준비는 말짱 도루묵, 모래로 집 쌓기입니다."

어린 무사들은 철도의 말을 한 마디도 놓치지 않겠다는 듯 열심히 받아 적기 시작했다.

"도련님들, 하나 물어보겠습니다. 걸어가면서 팔을 앞뒤로 흔들 수는 있습니까?"

"당연하잖습니까?"

검은 머리띠의 호리호리한 도령이 대답했다.

"그럼 밥을 먹으면서 책을 읽는 것은요?"

"당연히 할 수 있지요."

누런 머리띠를 한 땅딸한 도령의 대답이었다.

"그럼, 여인네와 입술을 맞추며 동시에 젖무덤을 애무하는 것은요?"

"그 위에 허리까지 움직일 수 있죠!"

방금 마상 기사를 망쳐 버린 붉은 머리띠의 도령이 허리를 앞뒤로 꺼떡거리며 대답했다. 철도가 고개를 끄덕였다.

"바로 그것입니다. 무관에게 말타기란 바로 그런 것이어야 하는 겁니다. 본능적인 것!"

어린 무사들은 눈동자를 빈짝이며 붓을 쥔 손끝을 부지런히 움직였다. 필기에 열중하던 검은 머리띠가 손을 들었다.

"무엇이옵니까?"

"말씀은 알겠습니다만, 선달님께선 장안의 소문난 무과 시험 족집게 선생이 아니십니까? 그런 원론적인 말씀 말고 말을 잘 타는 특별 비법 같은 것은 없습니까?"

세 젊은이가 초롱초롱 눈을 빛내며 철도의 입을 바라보고 있었다. 철도의 입가에 능글맞은 미소가 떠올랐다 사라졌다.

"왜 없겠습니까?"

"그것이 무엇입니까?"

"자신이 타는 말을 낮에는 애첩처럼, 밤에는 어머니처럼 모셔야 하지요."

젊은 무사들이 일제히 붓을 멈추고 어리둥절한 얼굴로 서로를 돌아 봤다. 철도가 그런 도령들을 옆눈으로 힐끗 보고는 다시 입을 열었다.

"그 말인즉, 일단 말이 마구간에 들어가면 모친을 공양하듯 정성으로 잘 먹이고 잘 쉬게 해야 하며, 타고 나왔을 땐 애첩과 사랑을 나누듯 몸과 마음이 일체가 되어야 한다는 뜻입니다."

세 명의 어린 무사들은 다시 세필에 침을 묻혀가며 필기를 시작했다. 그런 도령들의 모습에 우쭐해진 철도의 걸음걸이가 점점 더 거만해지며 목소리에는 기름기가 돌았다.

"고삐를 놓고 두 손을 자유자재로 쓸 수 있어야만 비로소 말 위에서 무기를 다룰 여유가 생기는 것이니, 이는 마치 캄캄한 어둠 속에서 사랑을 나눈다 할지라도 손은 손대로, 입술은 입술대로, 허리는 허리대로 제 할 일을 다하는, 그런 원리인 것입니다."

어린 무사들의 볼이 일제히 발그레 달아올랐다. 도령들의 수첩에 철도의 말이 그대로 날아 옮겨가 글자가 되고 있었다. '입술은 입술대로, 허리는 허리대로……'

그때, 철도가 갑자기 붉은 머리띠가 세워둔 말 등에 훌쩍 뛰어 올라가 앉았다.

"자! 도련님들, 잘들 보십시오!"

철도가 '이럇!' 소리를 지르며 말을 몰아가기 시작했다. 이어서 박차를 가하자 말이 속도를 냈다. '다그닥, 다그닥' 솔밭을 벗어난 말은 순식간에 저만큼 멀어져 강변의 모래를 흩뿌리며 달리기 시작했다. 마치 제 실력을 발휘시켜 줄 주인을 이제야 만나 다행이라는 듯, 머리를 앞뒤로 흔들며 갈기를 휘날리는 말은 흡사 신명이 한창 오른 무당 같았다. 세 도령은 약속이나 한 것처럼 턱을 빠트린 채 눈으로 철도와 말을 쫓고 있었다. 그때, 철도가 달리는 말 위에서 엉덩이를 높이 쳐드는가 싶더니, 말 옆으로 펄쩍 뛰어내렸다가 그길로 땅을 박차고 올라 다시 말 등 위에 올라앉았다. 이번엔 반대쪽으로 뛰어내려 땅에 발이 닿기가 무섭게 다시 안장에 올라앉았다. 철도는 안장 머리 부분을 움켜쥔 채 달리는 말의 등을 좌우로 연신 넘나들었다.

"오오! 마상재 중 '초마(超馬)'일세."

검은 머리띠 도령이 아는 체를 했다. 철도가 다리만 안장에 남긴 채 상체를 말의 가슴께까지 숙인다.

"장신(藏身)이다. 말의 몸에 기수의 몸을 숨기는 기술이지!"

붉은 머리띠 도령도 질세라 거들었다. 철도가 이번엔 고삐를 놓고 밀 위에 드러누웠다. 가로로 누웠다가 세로로 누웠다가를 반복했다.

"종와(縱臥)와 횡와(橫臥)구만! 저렇게 빠른 속도로 마상재를 하는 사람은 여진족 중에도 없을 걸세."

흥분한 도령들이 호들갑을 떠는 동안 철도는 말 위에서 물구나무를 서는 도립(倒立), 말 위에서 두발로 직립하는 입마(立馬)을 마치고 말안장에서 활과 화살을 뽑아 들었다. 철도는 말을 돌려 표적을 향해 달리기 시작했다. 다양하게 자세를 바꿔가며 빠르게 몇 발의 화살을 연이어 쏘았다. 그때마다 화살들은 '쌩' '쌩' 소리를 내며 공기를 가르고 날아가 표적인 멧돼지의 이마에 어김없이 '탕, 탕' 박혔다.

"명불허전이라더니. 무과 족집게 선생이 허명은 아닐세!" 검은 머리띠 도령이 감탄을 섞어 말했다. 다른 도령들도 철도의 기사 솜씨를 눈으로 보고도 믿기 어려운 표정이었다. 그러다 문득 붉은 머리띠 도령이 샐쭉한 얼굴이 되어 중얼거렸다.

"그럼 뭘 하나? 출신이 일천하여 저 솜씨를 닭 잡고, 생선 가르는 데 쓰는데."

"신분 탓만 할 수는 없네. 재능은 있으나 뜻이 없는 사람이야."

누런 머리띠 도령이 끼어들자 검은 머리띠 도령이 눈을 동그랗게 뜨고 물었다.

"뜻이 없는 사람이라니?"

"무인 아끼기로 소문난 아무개 절제사가 자신의 부장으로 들어오면 양자로 삼고, 벼슬도 주겠다고 했으나…… 거절했다네."

"아니 왜?"

"그러니 뜻이 없다는 것일세. 세상일에 관심이 없는 게야. 타고 난 그릇이 생선이나 닭밖에 담지 못한다는 게지. 그 그릇으로 벼슬을 어찌 감당하겠나?"

검은 머리띠와 누런 머리띠 도령이 눈을 껌벅이며 붉은 머리띠 도령의 마지막 말을 곱씹는 동안 철도가 말을 몰아 벌써 도령들 앞으로 다가오고 있었다. 채 말이 멈춰 서지도 않았는데 펄쩍 뛰어내리며 철도가 말했다.

"자! 오늘은 여기까지!"

"편전은 언제 가르쳐 주십니까?"

검은 머리띠 도령이 물었다.

"허허. 첫날밤에 아들 이름 지을 기셉니다. 천천히 하시죠. 자, 그럼 특강비는 다들 준비하셨겠지요?"

능글맞게 웃으며 철도는 세 도령들에게 손바닥을 펼쳐 보였다.

소나무 아래에 편 돗자리 위에 세 도령은 각각 보자기에 싼 찬합을 올려놓았다. 누런 머리띠 도령이 자신이 준비한 찬합을 열었다. 그 안에는 귀한 석화(생굴)가 껍질 채 들어 있었다. 혹여나 상할까봐 찬합 아래 얼음을 깔고, 얼음 위에는 연잎을 깔고, 연잎 위에 석화를 얹어 놓았다. 철도는 입꼬리를 귀에 걸며 감탄을 연발했다.

"호오! 도련님. 자당의 깊은 정성이 제 두 눈을 통하여 폐부 깊은 곳까지 짜르르 전해져 옵니다."

철도가 그렇게 능청을 떨고 말솜씨만큼이나 능숙하게 굴 껍질을 까 후루룩 흡입했다. 바라보고 있던 도령들의 입에서는 침 삼키는 소리가 '꼴깍, 꼴깍' 새어 나왔다.

"하아!"

철도가 탄식인지 감탄인지 모를 소리를 내뱉었다. 철도의 머릿속에서는 화약에 불이 당겨지는 것처럼 번쩍하는 전율과 함께 산수화 같은 풍경이 펼쳐졌다. 녹림으로 우거진 산야를 헤치듯 굽이굽이 흐르는 섬진강의 모습이었다. 유속이 느려지는 곳에 바위에 붙은 하얀 석화들이 마치 봄철 동산에 꽃처럼 피어 있었다. 철도의 미각은 아주 특별했다. 어머니에게 물려받은 것이 분명한 태생적인 능력이었지만, 어릴 적부터 어머니에게 받은 훈련의 성과가 더해진 결과였다. 철도가 어떤 음식을 맛보면, 그 맛이 고유하고 정교한 그림이 되어 눈앞에 영상으로 펼쳐지고는 했다.

"강굴이군요. 이건 섬진강 하류에서만 나는 것인데……"

"그걸 아시겠습니까? 뱃길로 제물포서 들어온 놈을 빙고에 넣어두었던 터라 아직 싱싱하지요."

누런 머리띠 도령이 놀라 눈을 동그랗게 떴다. 철도는 이미 자신의 정교한 미각에 사람들이 놀라는 것에 익숙해져 있었다. 기분이 몹시 흡족해진 철도가 대답 대신 고개를 끄덕이며 그에게 다정하게 말했다.

"두련님 내년 식녀시 초시는 통과하시겠습니다."

"참말이십니까?"

누런 머리띠의 도령이 당장 급제라도 한 듯 헤벌쭉 웃는다. 그러자 검은 머리띠 도령은 마른침을 꿀꺽 삼키더니 서둘러 자신이 가지고 온 찬합을 철도 앞으로 내밀었다. 철도의 기대감이 찬합 뚜껑을 여는 손놀림을 조심스럽게 만들었다. 찬합이 열리자 철도의 입도 따라서 열렸다.

"이건!"

철도의 눈이 휘둥그레 화등잔이 되었다. 찬합 안에는 기름이 잘잘 흐르는 약식이 가득 들어 있었기 때문이다. 약식은 철도가 최애하는 음식들 중에서도 세 손가락 안에 꼽혔다.

"선달님께서 약밥을 좋아하신다고 들었습니다."

"허허허. 어디서 또 그런 애길 들으셨습니까? 어허허허."

웃음을 멈추지 못하는 철도는 품속에 손을 넣어 길고 폭이 좁은 비단 주머니를 꺼냈다. 비단 주머니의 묶인 끈을 풀고 손바닥에 내용물을 쏟아내자 주둥이에서 한 쌍의 은수저가 냉큼 흘러나왔다. 철도가 언제나 가지고 다니는 전용 수저였다. 숟가락은 다시 주머니 안으로 갈무리하고, 젓가락만을 챙겨 든 철도는 약밥을 한 젓가락 집어, 천천히 입 안에 넣고 음미하며 씹었다. 도령들이 긴장한 채 철도의 얼굴을 바라보고 있었다.

"음! 좋습니다. 아주 좋아요."

이윽고 철도의 은젓가락 끝이 잣이며, 대추며, 밤 등의 재료 하나하나를 차례대로 집어 제 주인의 입 안에 넣었다. 철도의 얼굴에 미소가 퍼져 나가며 연신 고개를 끄덕였다. 철도는 볼 수 있었다. 탐스럽게 익은 벼들이 만들어 낸 황금색의 들판을, 빨갛게 익은 대추들을, 다람쥐가 부지런히 오르내리는 오래된 밤나무에 달린 밤송이들을, 뽕나무 아래 집을 지은 벌집에서 꿀을 모아오는 작은 벌들의 날갯짓을, 끝없이 펼쳐진 잣나무 숲의 은은하고 품격 있는 잣 향기를……. 음식 맛을 볼 때마다 눈앞에 펼쳐지는 이러한 영상을 철노는 남들에게 노서히 설명할 수 없었다. 자신이 맛보는 음식 맛이 알려주는 엄청난 정보의 정확함과 구체성을, 듣는 이들은 보통 믿어 주지 않았다. 다만 자신만의 특별한 능력이라는 것만은 이미 십대 때부터 자각하고 있었다. 아, 딱 한 사람이 이 능력에 대해 진지하게 말한 적이 있었다. 대갓집 잔치에 객으로 왔던 윤홍이라는 조정의 고위직 관리였다.

"쌀은 이천 쌀로 갓 추수한 햅쌀이고, 대추는 충청도 보은산, 밤은 평안도 순천산, 꿀은 밤 꿀인데……. 어디 보자, 평안도가 아니라 옆 동네 황해도산 같습니다. 해송자(잣)는 경기도 가평의 것을 썼군요?"

붉은 머리띠 도령이 감탄하고 있는 검은 머리띠 도령에게 눈짓으로 '맞아?' 하고 물었다. 검은 머리띠 도령이 격하게 고개를 끄덕였다.

"천하 명품들만 골라 약식을 만드신 자당의 정성이 하늘을 감동시킬 것입니다. 도련님! 돌아오는 식년시에 급제하는 걸로 합시다!"

"참말이십니까? 감사드립니다! 감사드립니다! 선달님!"

검은 머리띠 도령이 벌떡 일어나더니 넙죽 절을 하고도 연신 방아깨비처럼 허리를 굽혔다 폈다 했다. 철도가 화들짝 놀라 두 손을 내저었다. 아무리 나이가 어리고, 이쪽이 가르침을 주고 지쪽이 배우는 사이라 하더라도 엄연히 신분의 벽이라는 것이 있었다.

"아이쿠. 도련님, 왜 이러십니까? 모두 다 자당 어르신의 정성입니다. 자당께 감사의 말씀, 꼭 전해주십시오."

두 동문의 찬합을 내려다보고 있던 붉은 머리띠 도령은 어딘지 자신이 없어 보였다. 그의 보자기가 풀리더니 커다란 대나무합이 나왔다. 합의 뚜껑을 열자, 빵빵하게 배를 부풀린 황복 한 마리가 들어 있는 게 아닌가?

"호! 이것은 하돈(河豚)이 아닙니까? 이 또한 귀한 식자재인데 어찌 구했습니까?"

철도는 저도 모르게 복어로 끓인 맑은탕의 뜨끈한 국물이 떠올라 입맛을 쩝쩝 다셨다.

"두물머리에서 아침에 잡아 올린 놈이라고 들었습니다."

"살이 제법 올랐는지 묵직합니다."

흐뭇한 얼굴로 황복의 꼬리를 잡고 들어 올려 보던 철도는 복어의 입에 손가락을 넣었다 빼서 코에 대고 냄새를 맡더니 혀끝을 손가락에 댔다. 철도의 미간이 좁아졌다. 철도의 안색을 살피고 있던 붉은 머리띠 도령의 눈동자가 불안하게 흔들렸다.

"아니……! 이건, 두물머리에서 잡힌 놈이 아닌데? 흙 내음이 살짝 도는 것이 한탄강에서 잡힌 놈이군요."

붉은 머리띠 도령의 턱이 빠졌다가 얼른 붙었다. 하지만 놀란 기색을 감출 수 없었다.

"게다가 이 황복은 죽기 전 불필요한 고통을 받았습니다. 이렇게 되면 생선 맛이 떨어집니다."

"고, 고통이라니요? 무, 무슨 고통을?"

그러자 철도가 복어를 바닥에 놓더니 복어의 배를 손가락으로 꾹 눌렀다. 복어의 입에서 물이 '찍' 흘러나왔다. 이번엔 다시 복어를 거꾸로 들고 위아래로 흔들자 입에서 작은 자갈들이 연신 떨어졌다. 붉은 머리띠 도령은 당황해서 말까지 더듬었다.

"어, 어물전에서 자, 장난을 친 겁니까?"

"글쎄요. 장난친 놈이 어물전인지, 그 이후에 거친 손들인지 알 수는 없지만, 그놈은……."

말꼬리를 흐리던 철도의 입에서 갑자기 천둥 같은 호통소리가 튀어나왔다.

"천하의 잡놈입니다! 감히 먹는 걸로 사람을 속이려 하다니! 금수보다도 못한 놈! 천벌을 받을 놈!"

붉은 머리띠 도령이 갑자기 책상다리를 풀고 무릎을 꿇고 앉았다. 그래도 양반 체통에 이건 아니지 싶었는지 다시 책상다리를 했다가, 철도의 토라진 모습을 보더니 무릎이 저절로 접힌 듯 결국 꿇고 앉았다. 좌불안석, 똥 마려운 강아지가 바로 이런 모습이리라.

"저…… 서, 선달님. 저, 저는 식년시에 어찌 될까요?"

"떨어집니다!"

철도가 팽하니 토라져 돌아앉자, 붉은 머리띠 도령은 금방 울상이 되었고, 검은 머리띠와 누런 머리띠 도령은 저도 모르는 사이에 입가로 새고 있는 웃음을 단속하느라 바빴다. 그때, 솔밭 사이로 한 줄기 바람이 불어왔다. 바람이 철도의 코끝을 스쳐 지나갔다. 철도는 바람 속에 섞인 강렬한 냄새에 놀라 고개를 돌렸다.

"응? 이건, 고기 굽는 냄새?"

코끝을 쳐들고 킁킁거리던 철도가 다시 외쳤다.

"아니 웬 놈들이 소고기를 아주 대대적으로 굽네?"

"오늘이 어전난로회가 아니오."

풀이 잔뜩 죽은 붉은 머리띠 도령이 불만스러운 얼굴로 웅얼거렸다.

"어전난로회요?"

"임금이 신하들과 함께 대궐에서 소고기를 구워 먹는 행사를 모르십니까?"

철도는 고기 굽는 냄새가 넘어오는 쪽의 허공을 바라보고 미간을 찌푸리며 말했다.

"소를 잡는다…… 이 춘삼월 파종기에?"

어전난로회가 열리고 있는 창덕궁 담 너머로 풍악 소리에 섞인 고기 굽는 냄새가 넘실넘실 넘어오고 있었다. 대소 전각마다 사람들이 가득 차고 여기저기서 웃음소리가 터져 나왔고, 잔치의 분위기는 무르익고 있었다. 인정전 앞마당은 전체에 멍석을 깔고 그 위에 다시 화문석을 깔아 커다란 연회장이 되어 있었다. 긴 담벼락을 따라 악공들이 정렬하고 앉아 풍악을 울리고, 그 앞에서는 화사하게 화장을 한 기녀들이 풍악 소리에 맞춰 춤을 춘다. 곳곳에서 화로를 펼쳐 놓고 고기를 굽는 탓에 인정전의 앞마당은 고기 굽는 연기로 자욱했다. 저쪽에서 춤을 추고 있는 기녀들의 얼굴이 뿌옇게 가려 보이지 않을 지경이었다. 대궐에서 고기를 굽는 이 연회의 공식적인 주최자는 임금이었다. 임금은 대전으로 오르는 계단 바로 아래 어도(御道) 위에 낮게 쌓은 단 위에 앉아 있었다. 일산을 받고 앉아 있는 임금은 약관의 앳된 얼굴에 몹시 비대한 몸집이었다.

곤룡포 위에 차는 복대가 작아져 세 치나 크게 만든 것이 불과 두 달 전인데, 그것마저 작아져 연신 복대를 가슴께로 끌어올렸다. 단 위에서 잔칫상을 받고 있는 그는 나인들이 바치는 고기를 쉴 새 없이 입에 넣었다. 잔치 하루 전날 기름과 간장, 갖은 양념으로 재워 둔 소고기였다. 이렇게 모여 앉아 숯불에 구워 먹는 소고기는 별미 중의 별미였다. 임금의 입술은 이미 기름기로 반들거리고 있었다. 어디 그가 즐기는 것이 고기뿐이랴. 동궁 시절부터 유난히 식탐도 많고 미식을 즐기던 그였다. 누구보다도 섬세한 미각을 가졌음에도 음식을 가리지 않는 특이한 식성이었다.

단상 아래 설치된 숯불화로에 석쇠를 얹고, 상궁과 나인들이 직접 고기를 구워 올렸다. 임금을 기준으로 우측에는 문신들이, 좌측에는 무신들이 나눠 앉았다. 당상관들은 저마다 독상을 받았고, 당하관들은 교자상을 받았다. 당상관 두 명에 화로가 한 개씩 배당되었고, 그 화로의 담당 나인과 고기를 다루는 별사옹들은 고기를 굽고 나르느라 분주했다. 교자상에 앉은 당하관들은 네 사람당 화로가 한 개씩 배당되었다. 사옹원과 소주방 소속 나인들, 노비들은 물론이고 지위고하, 담당 업무를 막론한 숙수들이 총동원되었다. 굽는 요리 전문가 적색(炙色), 물 긷는 수공, 찜 요리 담당의 탕수증색(湯水蒸色), 밥 짓는 반공(飯工), 술을 담

그는 주색(酒色), 두부 만드는 포장(泡匠), 상차림 전문가 상배색(味排色), 음식 창고 담당 장자색(藏子色), 종9품 팽부, 정9품 임부, 종8품 조부, 종7품 선부, 종6품 재부까지……. 총동원되어 연신 고기를 굽고 나르는데, 분주히 손을 놀리며 그릇을 들고 오가는 그들에게서는 웃음기를 찾을 수 없었다.

젊은 임금은 볼이 터져라 고기를 욱여넣고 씹으며 대신들을 내려다보았다. 말도 많고 탈도 많았던 어전난로회였지만 결국은 이렇게 열렸고, 모두가 진심으로 즐거워하고 있지 않은가? 입 안에 든 고기를 다 씹어 삼킨 그는 잠깐 말할 틈을 찾은 듯 입을 열었다.

"구운 고기는 아무리 먹어도 질리지 않는구나."

보름달처럼 솟아오른 배를 어루만지며 웃고 있는 임금을 어두운 얼굴로 바라보고 있는 시선이 있었다. 단상으로부터 세 번째 줄, 당상관들의 자리에 앉은 젊은 대신은 그가 유일했기에 자연스럽게 돋보였다. 아니면 유난히 창백하고 가냘픈 얼굴선과 거의 없다고 봐야 하는 옅은 수염 때문일지도 모른다. 수심이 가득한 동부승지 윤홍의 시야를 소주방 나인의 치마폭이 가렸다. 나인이 방금 새로 구운 고기를 윤홍의 상 위에 올려놓는 중이었다. 윤홍은 상 위에 올라온 구운 소고기를 물끄러미 내려다보았다. 이미 가져다 놓은 고기에도 손을 대지 않아 그대로 식어 가고 있었다. 어린 나인이 손을 놀리는 동안 윤홍은 자신의 주위를 둘러보았다. 국정을 논하는 인정전 앞마당에서 관복을 입은 관리들이 모여 앉아 고기 타는 연기 속에서 먹고 마시는 장면은 이상하게도 비현실적이었다. 그 속에 자신도 앉아 있으면서 말이

다. 윤홍은 문득 어떤 시선을 느껴 고개를 들었다. 건너편에 앉은 병조참판 한덕원이 윤홍을 물끄러미 바라보고 있었다.

한덕원 역시 자신의 상 위에 놓인 고기에 조금도 손을 대지 않고 있었다. 한덕원의 표정도 윤홍만큼이나 어두웠다. 눈이 마주친 것이 머쓱했던지 한덕원은 허연 수염을 쓰다듬으며 시선을 거둬들였다. 윤홍은 병조참판 한덕원의 어두운 얼굴을 안쓰럽게 바라보았다. 한덕원은 실각한 남인 계열의 유일한 당상관이기도 했고, 어전난로회가 불가하다는 직언을 끝까지 굽히지 않은 유일한 대신이었다. 한덕원보다 한 열 앞줄, 임금의 가장 가까이에 앉은 좌의정 김항주가 그런 한덕원의 옆얼굴을 적의에 가득 찬 시선으로 노려보다가 문득 자리에서 일어났다. 김항주가 임금을 향해 섰다.

"전하. 이제 난로회의 꽃인 우심적(牛心炙)을 구울 때가 된 것 같습니다."

"오! 기다리던 바요. 세간에 유행한다는 그 우심적을 과인도 드디어 맛보게 되는구려."

잔치의 흥에 겨운 임금의 목소리는 살짝 떨리기까지 했다.

"자, 어서 석쇠를 바꾸고 우심을 대령하라!"

김항주의 명이 떨어지자 연회장은 술렁거렸다. 오늘 잔치에서 화룡점정의 시간이라는 것을 모두 알고 있었기 때문이다. 사옹원의 잡직들과 소주방 나인들이 소의 심장을 넣어 둔 항아리를 들고 줄줄이 들어왔다. 열 개의 항아리에는 각각 간이 잘 밴 소의 염통이 들어 있을 것이다. 젓가락을 들고 기다리던 백관들의 탄성과 입맛 다시는 소리가 여기저기 터져 나왔다.

"드디어 우심이 나오는 모양입니다. 그려!"

"소 넓통을 얇게 저며 갖은양념과 함께 기름장에 재웠다 구워 먹는 음식이라지요?"

"서성 왕희지가 즐기던 음식이지요. 사대부로서 우심적을 대접받는 것은 인정과 존경을 뜻하는 것이니 최고의 음식이자 영애이지요."

"먹지 않아도 배가 부른 음식이군요."

여기저기서 한 마디씩 하던 대신들의 시선이 임금의 단상 앞에서 우심 단지의 봉인을 푸는 소주방 나인들에게 쏠렸다. 그 순간이었다.

"꺄아아악!"

당상관들의 자리에 선 소주방 나인이 비명을 지르며 주저앉았다. 도대체 무엇을 본 것일까? 나인의 표정은 귀신에게 홀린 듯 얼이 나가 있었다. 그때였다. 또 다른 화로 쪽의 나인들 역시 동시다발적으로 여기저기서 비명을 지르며 주저앉고 있었다. 그중 한 나인의 손에 들린 것은 다름 아닌 사람의 손이었다. 누군가의 잘린 손! 다른 단지에서는 또 다른 쪽 손이, 또 다른 단지에서는 잘린 발 한 쪽이 나왔다. 용수철처럼 자리에서 튀어 오른 대신들과 연회장 사람들의 눈동자는 다시 임금 앞에 놓인 항아리로 향했다. 임금 앞에서 주저앉은 나인만이 뭍에 올라 온 붕어처럼 입을 뻐끔거리고 있었다. 임금이 어리둥절한 얼굴로 나인을 내려다보며 물었다.

"무슨 일이냐?"

하지만 나인은 바들바들 떨 뿐, 말이 없었다. 임금과 가까이 앉아 있던 좌의정 김항주는 뭔가 크게 잘못되었다는 것을 깨달 았다. 그는 비대한 몸을 날려 단 위로 올라가 두 팔을 벌려 임금 을 호위하려 했지만 이미 내시들의 방어막에 그가 끼어들 틈은 없었다. 임금을 항상 밀착 경호하고 언제 어디서나 환도를 휴대 하고 다니는 상선내관 충선이 칼을 뽑아 들고 사위를 빠르게 경 계하고 있었다. 충신은 청동으로 만든 가면으로 얼굴 왼쪽 반을 가려 해괴하게 보였다. 반쪽 가면 때문에 그렇지 않아도 기괴한 그가 두 눈을 부릅뜨자 사람이 아닌 야차라는 착각이 들었다. 충 선은 항아리 주둥이를 잡아 옆으로 눕혔다. 유난히 넓은 단지의 주둥이에서 대굴대굴 굴러 나오는 것은…… 잘린 사람의 머리였 다. 잘린 머리가 단상 아래로 구르자 근처에 있던 대신들과 나인 들, 어린 내관들은 일제히 비명을 지르며 자빠졌다. 자리에서 벌 떡 일어난 임금의 입에서 비명과 같은 이름이 튀어나왔다.

"봉령군!"

그 후로는 임금뿐만 아니라 인정전 앞마당에 있던 모든 사람 들이 감히 소리를 내지 못했다. 주저앉은 나인들의 두려움에 떠 는 소리만 들리고 있었다. 그러길 잠시, 갑자기 각성이라도 한 듯 사람들이 아우성치며 문 쪽으로 달리기 시작했다. 담벼락 앞 으로 달려가 허리를 숙이고 지금까지 먹은 것을 토해 내는 사람 들도 있었다. 하긴, 오늘 어전난로회의 꽃인 우심적을 드디어 먹 나 싶었던 기대에 찬 순간, 간이 잘 밴 우심이 나와야 할 단지에 서 사람의 수족이 잘린 채 나왔으니……. 살변의 현장에서 벗어 나고 싶은 사람들이 본능적으로 대전의 출입문인 인정문을 향해 달리며 상에 걸려 넘어지는 자, 그 사람에 걸려 넘어지는 자가 속출했다. 그야말로 연회장은 아수라장이었다. 좌의정 김항주가 길길이 날뛰며 소리쳤다.

"금군은 대궐을 봉쇄하라! 개미 새끼 한 마리도 나갈 수 없다!"

금군들은 일사불란하게 움직여 손에 창을 들고 모든 출입문 앞을 가로막아 섰다. 임금은 내관들에게 이끌려 단에서 내려와 인정전을 향해 황급히 계단을 오르는 중이었다. 김항주는 대전 돌계단 아래 무릎을 꿇고 앉아 울부짖듯 소리쳤다.

"전하. 죽여주소서! 이 무슨 변괴이옵니까? 전하를 보필하지 못한 죄 천 번, 만 번을 죽는다 한들 어찌 덮을 수가 있겠나이까!"

계단을 오르던 임금이 발길을 멈추고 그를 돌아보았다. 김항주가 갑자기 돌계단에 이마를 찧었다. 붉은 선혈이 이마를 타고 내려 턱 아래로 뚝뚝 떨어졌다.

"죽여주소서! 전하!"

임금의 당황한 시선이 눈앞에서 피를 흘리며 죄를 청하는 김항주를 지나 여전히 땅에 구르고 있는, 반쯤 뜬 눈의 퉁퉁 부은 봉령대군의 시커먼 얼굴을 향했다.

"어서 오르시지요, 전하."

내시 중 누군가가 말했다. 임금의 둔중한 몸은 내관과 상궁들에 의해 계단 위로 이끌려 올라갔다.

세 번째 열에 앉아 있던 동부승지 윤홍 역시 자리를 박차고 일어선 채 굳은 얼굴로 자신의 발아래에 놓인 단지의 주둥이를 내려다보고 있었다. 그 항아리 안에는 사람의 잘린 어깨가 들어 있었다. 윤홍이 창백해진 얼굴을 들었다. 한 줄 앞 대각선 지점에 앉아 있던 병조참판 한덕원이 허연 수염을 떨며 윤홍을 바라보고 있었다. 그 역시 이 해괴한 상황에 놀란 듯, 이미 넋이 반쯤 나가 있었다. 두려움에 요동치는 그의 시선과 윤홍의 시선이 허공에서 오랫동안 마주쳤다.

의금부에서는 낮부터 시작한 국문이 해가 지고 해(亥)시가 넘도록 계속되고 있었다. 창에 찔린 짐승들의 비명 소리도 이처럼 처절하지는 않으리라. 의금부의 국문장에는 고통을 참지 못한 비명과 울음소리로 이미 지옥도가 펼쳐지고 있었다. 동서(東西) 빙고, 사옹원과 전생서 소속의 잡역들과 소주방 나인들이 잡혀와 주리를 틀리고, 인두로 지져지고 있었다. 어전난로회에 관련된 모든 사람이 끌려 나왔다고 봐도 무방했다. 임금의 사촌형이 마치 짐승의 고기처럼 토막 살인을 당하고, 그 시신은 임금이 주최하는 잔치에 보내졌다. 전대미문의 입에도 담기 역한 사건이었다. 임금이 대청 위 임시로 갖춘 용상에 삐딱하게 앉은 채 엄한 눈으로 국문을 친람하고 있었다. 그 옆에는 어김없이 칼을 안고 있는 충선이 그림자처럼 시립하고 있고, 대청 아래에는 좌의정 겸 의금부 도제조 김항주가 서 있었다. 김항주가 눈에 쌍심지를 켜고 소리쳤다.

"소고기와 소 염통을 간수하는 데 관련된 모든 자들을 하나도 빠짐없이 국문하라!"

'예!' 하는 대답과 함께 형구를 든 나장들의 손에 일제히 힘이 들어갔다. 국문을 당하는 사람들의 비명도 일제히 올라갔다. 그 비명이 처참해 지켜보는 사람들의 폐부를 찌르고, 눈이 절로 감기게 했다. 하지만 임금은 무거운 체중 탓일까, 조금의 미동도

26

없이 눈동자만 이리저리 굴리며 국문을 지켜보고 있었다. 그는 왼쪽 소매 속에 항시 넣고 다니는 육포까지 꺼내 씹기 시작했다. 김항주가 형틀에 묶여 이미 초죽음이 된 하급 관리의 턱을 손에 쥔 접선으로 들어 올리며 다급한 마음을 드러냈다.

"소 염통의 출처는 어디 어디냐?"

"소는…… 전생서에서 기르던 것이 삼 두, 나머지 칠 두는…… 도성 내에서 사들인 것이온데……, 모두 반촌 백정들의 손을 빌어 도살했다고…… 합니다. 도살 후 적출된 염통은…… 사옹원의 숙수들에게 인계되었고, 그 후…… 동빙고에 하루 동안 보관하였습니다."

하급 관리가 다 죽어가는 목소리로 힘겹게 말했다.

"반촌에서 우심을 인수받은 자들을 대령하라!"

김항주가 명하자 이미 피떡이 된 사내 둘이 나장들에 의해 끌려 나왔다. 사옹원 소속의 별사옹(고기 담당 숙수)들이었다. 김항주가 다시 눈을 치켜뜨며 접선으로 삿대질하며 물었다.

"네놈들이 우심을 받아 사옹원까지 나른 별사옹이렷다?"

"그러하옵니다. 미리 준비한 열 개의 단지에 각각 우심을 담아 동빙고로 보냈습니다."

한쪽 눈에 피멍이 들어 거의 눈이 감긴 사내가 힘겹게 대답했다.

"그럼, 우심을 동빙고까지 옮긴 자들은 누구냐?"

"사옹원 소속 수복 다섯 명이 각각 두 개씩 지게로 날랐습니다요."

다른 쪽 별사옹이 답했다.

"틀림없으렷다?"

"어느 안전이라고 감히 거짓을 아뢰겠나이까?"

다시 다섯 명이 끌려 나왔다. 사옹원 소속들의 잡직들이었다.

"소인들은 우심 열 개를 분명히 빙고까지 옮겼나이다. 그 도중에 어떤 불상사도 없었으며, 빙고지기들에게 확인까지 받았습니다요."

"그때가 언제쯤이냐?"

"그, 그것은 이틀 전, 신시이옵니다."

"빙고지기들을 대령하라!"

빙고지기들이 끌려 나왔다. 그들 역시 성한 얼굴을 한 자가 한 명도 없었다. 작정을 하고 선 구타, 후 신문(訊問)하는 수사의 행태로 보아 의금부가 이번 사건을 어떻게 보고 있는지 알 수 있었다.

"그럼 신시부터 어전난로회가 있던 다음 날 아침까지 우심은 빙고 안에 있었던 것이 확실하느냐?"

"소인 놈들 목숨을 걸고 맹세하옵니다. 우심 단지를 창호지로 덮고, 또다시 기름종이로 봉인하여 빙고에 두었습니다. 밤새 개미 한 마리 얼씬하지 않았습니다."

"그렇다면 어전난로회 당일 빙고에서 대궐까지 우심을 옮긴 자들은 누구인가?"

조금 전 끌려 나왔던 수복들이 또 다시 끌려 나왔다.

"소인들이 봉인을 함부로 뜯을 수는 없었기에 안에 든 것이 우심인지는 알 수 없었습니다. 항아리 수만 확인하여 전날과 같이 지게로 지어 왔습니다."

"티끌만큼이 불충이라도 있었다면 죽어 마땅하오나, 소인들은 그저 시키는 대로 지고 가고, 지고 왔을 뿐이옵니다."

수복 중 두 사람이 번갈아 가며 울음 섞인 목소리로 말했다. 떨리는 목소리와 필사적인 태도로 봐서 거짓이 있어 보이지는 않았다. 대청 위의 임금은 여전히 미동 없이 국문을 받는 자와 하는 자들의 말을 세심히 듣고 있었다. 하지만 그의 얼굴은 탐탁지 않은 표정이었다. 소매 속에 육포가 떨어졌기 때문일지도 몰랐다. 표정을 읽은 김항주는 초조했다. 김항주는 옆에 서 있는 의금부의 나장들을 돌아보며 역정을 냈다.

"이놈들 팔다리를 잘라도 좋다. 이실직고할 때까지 문책하여 대역죄인을 반드시 색출하라!"

"분부 받잡겠습니다!"

의금부의 나장들이 형구를 고쳐 잡고 수복들에게 다가서자, 수복들은 기겁을 하며 살려달라고 울부짖기 시작했다. 임금은 용상에 끼인 엉덩이를 빼냈다. 당분간 이 국문장에서 새로운 정보가 나올 것 같지 않았다.

"그 항아리는 어디 있소?"

임금이 갑자기 하문하자 김항주가 놀라 돌아보며 말했다.

"항아리라 하시면?"

"봉령군의 수급이 들어 있던 단지 말이오."

"아……!"

김항주는 임금을 의금부의 내실로 안내했다. 수사에 필요한 서책, 도구, 범죄의 증좌들을 보관하는 곳이었다. 그가 한 발짝씩 움직일 때마다 나무 바닥에서는 삐걱삐걱 소리가 났다. 증거물인 열 개의 단지가 서가에 나란히 놓여 있었다. 서가 앞으로 다가선 임금은 모양과 크기가 제각각인 단지들을 살펴보기 시작했다. 대궐에서 임금이 주최하는 잔치에 쓰일 항아리조차 통일시키지 못하다니, 그 면밀하지 못함에 갑자기 역정이 치밀었다. 이것이 다 조정을 장악하지 못한 자신의 무능함 때문이란 생각에 수치심이 올라와 목덜미를 타고 퍼지는 듯 얼굴이 화끈거렸다. 그의 뒤에는 역시나 칼을 품은 충선이 눈을 번뜩인 채 시립하고 있었고, 아직도 얻어낸 결과가 없어 불안한 김항주는 몸을 낮추고 서 있었다. 임금은 항아리 중 하나를 들어 이리저리 살피다 안을 들여다보았다. 그리고 갑자기 단지의 주둥이에 손을 넣었다 뺐는데 두 번째 손가락 끝에 뭔가 묻어있었다. 자신의 손가락을 촛불에 비추어 살펴보던 임금은 그 손가락을 입에 넣었다. 그 행동을 지켜보고 있던 김항주가 깜짝 놀라며 물었다.

"저, 전하. 그, 그것이 무엇이옵니까?"

"된장…… 같소."

"예?"

입술을 오물거리며 맛을 보던 임금이 갑자기 놀란 표정을 지었다.

"전하! 어찌 그러시옵니까?"

"맛이…… 매우 좋소!"

김항주는 말문이 막혔다. 아무리 미식을 넘어 탐식하는 임금이었지만 그 단지는 사람의, 그것도 사촌 형의 잘린 육신의 일부가 들어 있던 단지가 아닌가. 김항주는 예상하지 못한 그의 행동에 놀랐다. 임금은 잇몸과 입술 사이에 남은 된장을 혀끝을 휘둘러 긁어 삼키고 '쯥' 소리를 내더니 입을 열었다.

"종친을 살해하고 그 몸을 도륙하여 우심과 바꿔치기를 했소. 누가 봐도 하찮은 잡직들과 나인 한두 명이 도모했다고는 생각되지 않는 대담함이오. 안 그렇소?"

"무, 물론입니다. 전하."

그의 눈빛에 경멸이 스쳐 지나갔다. 김항주는 당황했다. 임금이 그런 눈빛으로 자신을 본 적이 지금껏 있었던가? 열세 살의 나이로 보위에 오른 지 십 년, 임금은 확실히 성장했다. 지나치게 횡으로 성장한 육체는 둔했지만 머리는 그렇지 않았다. 때로는 놀랄 만큼 예민하고 회전이 빨랐다. 그것이 김항주를 불안하게 했다. 임금의 성장은 곧 막후에서 실권을 행사해 온 김항주 자신의 쇠퇴였다. 임금은 다시 검지를 입에 넣고 된장 맛을 음미하기 시작했다. 그러면서 보름 전의 일을 떠올렸다.

좌의정 김항주와 병조참판 한덕원이 어전난로회의 개최 여부를 두고 격렬하게 논쟁했다. 이미 정해진 어전난로회를 한덕원이 집요하게 반대해서 보름 앞으로 다가온 어전난로회의 개최 여부가 다시 조회의 논제로 올라온 것이다. 수적으로 절대 불리함에도 불구하고 남인 한덕원이 허연 수염을 바르르 떨며 특유의 쇳소리로 말했다.

"신, 덕원. 이처럼 무모한 일을 일찍이 들어본 적이 없사옵니다."

용상 팔걸이에 팔꿈치를 대고 앉아 있던 임금은 저도 모르게 이맛살을 찌푸렸다. 지긋지긋한 당쟁이었다. 옳고 그름을 다투는 것이 아니라, 그저 다른 쪽이 하는 것을 반대하기 위한 다툼이었다. 그는 얼굴에 드러난 노기를 숨기지 못한 채 한덕원을 내려다보았다. 반대편에 앉은 좌의정 김항주 역시 한덕원을 죽일 듯 노려보며 어금니로 씹어뱉듯 대꾸했다.

"병참은 말을 삼가시오! 그저 전하를 뫼시고 육고기 한 점 구워 먹는 행사입니다! 누가 들으면 군신이 모여 전하의 패악이라도 저지르는 줄 알겠소!"

"고질적인 일소 부족으로 백성들이 맨손으로 땅을 파는 이때, 대궐에서 솔선하여 소를 잡다뇨? 진정 백성이 두렵지 않은 것입니까?"

임금이 고개를 갸웃하고 끼어들었다.

"나라에 농우가 부족하다뇨? 일 년에 단 한 번 여는 어전난로회를 파해야 할 정도란 말이오? 개국 이래 농우는 우금령으로 보호하고 있질 않소?"

한덕원의 입이 용상을 향했다.

"이장폐천. 손바닥으로 하늘을 가리려는 꼴입니다. 우금령은 소를 가족처럼 떠받드는 민초들에게만 적용되고, 소를 그저 육고기로 여기는 사대부들에게는 적용하지 않기 때문입니다."

"전하. 저 위험한 망발을 꾸짖어 주시옵소서. 사대부들은 이 나라 조선의 정신, 주자를 계승하는 유일한 집단이옵니다. 그런 사대부를 어찌 상민, 천민과 같이 대우한단 말입니까?"

"지금 팔도에 창궐하는 검계와 비적 떼의 정체는 다름 아닌 농토와 일소가 부족하여 농사를 포기한 백성들이옵니다. 이 혼란의 뿌리 한 끝은 바로 무절제한 소의 도살에 닿아 있기에, 우금령은 반드시 반상의 구별 없이 적용해야 하옵니다."

"병참의 과내방상과 침소봉대가 도를 넘었사옵니다. 신, 항주. 거듭 말씀드리옵니다. 백성들이 농토를 버리고 유민으로 떠돌고, 산속에 들어가 비적이 되는 것이 어찌 소와 관련이 있겠습니까? 그것은 이 나라의 근본이자 네 개의 기둥인 사, 농, 공, 상의 구분이 흔들리고 있기 때문이옵니다. 바로 병참과 같은 자들이 흔드는 것이옵니다!"

사초를 쓰는 사관들의 붓이 사당패의 상모처럼 빠르게 돌고 있었다. 그러나 용상 위의 임금은 눈동자만 좌우로 굴리며 무료한 표정으로 두 대신의 논쟁을 지켜볼 뿐이었다. 사사건건, 지난 수년간 지켜봐 온 광경이었다. 어느 한쪽이 멸종되어야 끝이 난다는 서인과 남인의 논쟁일 뿐. 만약 남인 한덕원이 어전난로회를 열자고 했다면, 서인 김항주가 반대했을 것이다. 그때 다시 김항주가 입을 열었다.

"이러한 때일수록 사대부는 사대부의 예를, 상민은 상민의 법도를 굳건히 지켜야 하지 않겠사옵니까? 전하의 권위와 사직을 받들어야 할 책임 있는 자들이 오히려 그것을 흔들려고만 하니 이것이 바로 역적이 아니겠습니까?"

듣고 있던 한덕원의 눈에서 불꽃이 일었다. 역적. 이 말 한 마디 때문에 얼마나 많은 스승들과 동문들이 망나니의 칼끝에 죽어 나갔던가. 전부 저 뱀의 혓바닥을 가진 김항주가 수괴인 서인들의 모함이었다. 김항주의 공격은 멈추지 않았다.

"병참의 말처럼 양반에게도 우금령을 적용한다면 종묘제사에 사용하는 소고기와 성균관에 제공되는 소고기는 어찌하란 말입

니까?"

임금은 피로가 몰려왔다. 끊지 않으면 몇 날 며칠을 이어 나갈 의미도 없고, 해결책도 없는 논쟁이었다. 이미 어전난로회는 보름 앞으로 다가오지 않았던가. 그는 노골적으로 목소리에 노기를 실어 내뱉었다.

"사대부들이 소를 믹으면 얼마나 먹겠소. 사대부들에게 우금령을 적용하는 문제는 차차 논의하도록 하고, 예정대로 진행하시오!"

노여움을 감지한 김항주와 한덕원의 입은 닫혔으나 피차 만족스럽지 못한 결과였다. 서로를 씹어 먹을 듯 노려보는 것으로 무언의 논쟁을 이어 나갔다. 그런 두 사람을 지켜보고 있던 동부승지 윤홍은 우울한 얼굴을 들어 임금을 올려다보았다. 윤홍은 생각했다. '오늘 밤, 전하의 야식으로는 뭘 드려야 하나?' 윤홍이 사옹원의 부제조에 임명된 지 벌써 다섯 달이 지났다. 유난히 야식을 즐기는 임금의 입맛을 맞추는 일은 대사중의 대사였다. 그의 먹거리를 책임지는 사옹원의 최고 책임자인 도제조 자리는 지존의 건강은 물론이고 생사와도 직결되는 엄중한 자리라 보통은 종친 중에서 맡는 것이 상례였다. 그 자리를 맡고 있던 것이 봉령대군이었다. 임금의 외삼촌이자 좌의정인 김항주가 도제조 자리를 이어 받았지만 아직 업무에 관여할 경황이 아니었기에 그의 야식 담당은 다섯 달 전이나 지금이나 윤홍의 일이었다. 지금까지 윤홍의 일처리는 성공적이었다. 그의 입맛을 제대로 만족시키고 있었기 때문이다. 그러나 임금은 모른다. 이틀 연속 같은 야식은 먹지 않는 임금 때문에, 날마다 새로운 음식을 해대는 사옹원과 소주방의 나인들은 밤잠을 설칠 지경이었다.

　침전에 든 임금이 간소한 다과상을 받아 놓고 있었다. 용포를 벗고 비스듬히 누워 상궁 두 명의 시중을 받으며 약주를 마시던 그는 낮에 있었던 참담했던 어전난로회의 일을 생각하는지 흥겨운 표정은 아니었다. 그때 문밖에서 당직을 서는 내시가 고하는 소리가 들려왔다.

　"전하. 동부승지 윤홍 대감 듭시옵니다."

　"들라 하라."

　윤홍이 들어오자, 상궁들이 일어서 읍하고 나갔다. 윤홍은 두 상궁이 나가기를 기다렸다가 들고 있던 찬합을 내려놓고 앉았다. 임금은 자신도 모르게 윤홍의 손에 들려 있는 목합으로 눈길을 보냈다. 윤홍은 한 번도 자신을 실망시키지 않았기에 그의 입에서는 자연스럽게 반가운 목소리가 흘러나왔다.

　"그건 또 뭔가?"

　"심신이 지쳤을 때는 단 음식만 한 것이 없습니다."

　절을 마친 윤홍은 목합에 담긴 물건을 꺼내 놓았다. 목침만 한 크기의 갈색 덩어리였다. 임금은 생전 처음 보는 물건에 부지불식간에 목합 쪽으로 상체를 기울였다. 조선팔도에 나는 온갖 진미는 물론이요, 청나라나 왜나라에서 건너온 음식도 심심찮게 먹어본, 자칭 미식가인 그조차도 처음 보는 물건이었다.

　"이게 무엇인가?"

　"가수저라(카스텔라)라고 하옵니다."

　"가수저라?"

"왜나라에서 널리 알려진 양떡이옵니다."

"호오!"

윤홍은 사내의 손 같지 않은 섬섬옥수로 가수저라를 젓가락으로 떼어 임금에게 먹여 주었다. 한 입 받아먹은 임금은 깜짝 놀란 표정을 지었다.

"오오! 맛은 꿀맛인데 마치 구름을 씹는 느낌이오!"

"그러하옵니까?"

윤홍은 그런 반응을 짐작했다는 듯 미소를 머금었다.

"대체 왜인들은 무슨 수로 이런 떡을 만들 수 있단 말인가? 또 동부승지는 무슨 수단으로 이런 음식을 구했소?"

"왜관을 드나드는 장사치들을 통해 흘러나온 듯합니다."

"아직 온기가 남아있는 걸 보면 가까운 곳에서 만든 것 같소."

"예. 소신이 만든 것입니다."

"동부승지께서 말이오? 이런 재주가 있었다고? 허! 사람 참 겉만 보고 모를 일이오."

윤홍이 엷은 미소를 머금으며 고개를 숙였다. 임금은 참으로 단순했다. 어전난로회와 종친의 변사 사건으로 시름이 가득한 시국에도 음식 이야기가 나오자 순식간에 홍안의 아이처럼 명랑해진다.

"그대를 사옹원의 부제조로 앉힌 후 내 입이 날마다 호강이오."

"전하의 기대에 부응하고자 잔치 숙수들과 많이 교통하며 배우고 있사옵니다."

"잔치 숙수라?"

"예. 전하. 고관대작의 잔칫집에 불려 다니며 음식 솜씨를 파는 자들입니다. 그중엔 한 번 맛본 것은 절대 잊지 않으며, 맛만 보아도 새료와 제법을 바로 아는, 귀신같은 세 치 혀를 가진 자들도 있사옵니다."

"한 번 맛본 것을 잊지 않는다?"

"오죽하면 귀설이라 불리겠습니까?"

"귀설이라……"

임금은 입을 닫았으나 눈빛은 오히려 반짝였다. 고개를 갸웃갸웃하며 눈동자를 굴렸다. 뭔가 곰곰이 생각할 때의 습관이었다. 윤홍은 살짝 고개를 들어 그의 용안을 살폈다. 그는 자기도 모르게 마른침을 삼켰다. 분주하게 움직이던 임금이 갑자기 윤홍을 쏘아보았다.

"그 귀설이라는 자를 내가 볼 수 있는가?"

2章. 귀설

　마포 나루에서 십 리쯤 떨어진 야트막한 언덕 아래 홀로 자리 잡은 세 칸짜리 초가의 굴뚝에서 하얀 연기가 솟아나고 있었다. 잔치 숙수로 장안에 이름을 날리며, 귀설이라는 별명을 얻은 강철도의 집이었다. 깨끗하게 비질이 된 마당 한복판에 평상이 놓여있고, 그 평상 위에서 두 청년이 숟가락을 든 채 보채고 있었다.

　그중 사내 녀석은 키가 껑충하니 크고 살집은 없지만 뼈대가 큼직큼직한 것이 앞으로 한 뼘은 더 자랄 것 같은 갓 스물이 된 열무였다. 그는 긴 머리를 산발로 내리고 염색한 무명천을 새끼처럼 꼬아 이마에 질끈 묶었다. 계집아이의 이름은 마날이었다. 그저 편하다는 이유로 늘 남장을 하고 지냈지만 계집아이라는 것을 모를 수 없는 하얀 얼굴에 동글동글한 몸매였다. 하지만 성격은 그렇지 않았다. 길 가다 멧돼지를 만나도 눈 하나 깜짝 않고 돌을 주워 때려잡을 아이다. 그래도 머리 모양 만큼은 여자라는 정체성을 포기하기 싫었는지, 뒤로 땋아 말아 올려 한쪽 귀 뒤에 붙이고 댕기 대신 머리띠로 이마를 가린 모양새였다.

"오라방아~! 아직 멀었나?"

"오늘따라 뜸이 길구마이, 뱃거죽이 등거죽에 붙을 참인디."

철도를 따라 남도를 떠돌며 자란 탓인지 열무는 전라도 사투리를, 마날은 경상도 사투리를 쓰는 게 우스웠다. 마날과 열무가 각자의 사투리를 섞어 부엌 쪽을 향해 투덜거리는 순간, 부엌에서 철도가 소반을 들고 나오며 두 동생을 나무랐다.

"아이고 이놈의 자식들아. 보채지 좀 마라."

철도가 평상 위에 밥상을 내려놓자 열무와 마날의 눈이 휘둥그레졌다. 기장이 섞였지만 쌀이 훨씬 많은 흰밥이 고봉으로 담겨있고, 손바닥 두 개는 족히 되어 보이는 커다란 굴비가 세 마리나 놓여 있었기 때문이었다. 열무의 침 삼키는 소리가 담장 밖에서도 들릴 것 같았다.

"이것이 그 말로만 듣던 보리굴비요? 어서 났소?"

"하늘에서 떨어졌을까? 강굴 들어온 것이 있어 바꿔 왔지."

"어디 가서?"

"기와 얹고 사는 집에 찾아갔지, 다리 밑 각설이들에게 갔겠냐? 설레발 그만하고 먹어 봐라."

열무가 보리굴비에 감동하는 동안 마날이 손가락으로 굴비의 살을 한 점 뚝 떼어 입으로 가져갔다. 입 안에 짭조름하게 퍼지는 감칠맛과 찰진 식감에 눈이 저절로 감기고, 웃음이 절로 났다. 철도를 따라다니며 부잣집 잔칫상에서 몇 번 구경은 해보았지만 정작 먹어 본 것은 이번이 처음이었다.

"하아! 쫀득쫀득……. 살살 녹아요. 세상에, 이렇게 맛있는 것도 있었다니! 오라버니. 고마워요."

"얼씨구. 오라버니? 오라방, 오라방 식도 법도 없이 부르더니 굴비 한 마리에 냉큼 오리버니가 됐구나?"

철도가 비아냥거리며 마날을 돌아보았다. 고개를 드는 마날의 초롱한 눈에 눈물이 맺혔다. 철도가 놀라 물었다.

"애, 애, 왜 이래? 보리굴비 생전 첨 먹어 보나?"

"억울해. 우리…… 왜 이런 걸 이제껏 안 먹고 산 거야?"

"아……! 첨이겠구나."

철도는 마날의 말에 덜컥 미안한 마음까지 들어 눈을 껌뻑였다. 이번엔 열무가 코맹맹이 소리를 내기 시작했다.

"길에서 굶어 죽어 가는 우리를 구해준 것도 평생의 은혜인데 이렇게 해마다 생일상까지 챙겨 주니, 이 은혜를 어찌 갚겠소?"

"음마마? 넌 또 왜 그래? 그 아비규환에서 굶어 죽지 않은 것은 너희들의 복이지. 은혜는 무슨. 오늘을 너희들 생일로 정한 것은……."

"알아. 시체가 뒹구는 길바닥에서 우릴 구해 준 날이 바로 오늘이 아니오?"

"아니. 구한 게 아니라니까? 그냥 그럴 인연이었던 게지."

마날이 갑자기 '키힝' 소리를 내며 울기 시작했다.

"뭐야? 이 분위기? 왜 귀 빠진 날을 이렇게 걸쩍지근하게 만들어? 빨리들 숟가락 안 놀려? 밥 식는다. 이놈들아!"

"벌써 십 년이 지났어라. 형님은 울 한티는 아부지고 어무이다."

"이것들 진짜 아침부터! 그만들 하고 어서 밥이나 처먹자."

하지만 마날과 열무의 얼굴에 웃음기는 없었다. 철도는 두 동생의 얼굴을 바라보았다. 벌써 십 년이라는 세월이 흘렀다. 조선 사람 열에 한 명이 굶어 죽었다는 그 대기근의 난리 속에서 고아가 된 열무와 마날을 만났던 것이 어느새 십 년 전의 일이라니.

죽은 부모의 시체 사이에서 지쳐 쓰러져 울음소리도 내지 못하고 있던 마날을 구해낸 건 철도 나이 열아홉 살 때였다. 그때 얼마나 망설였던가. 먹지 못해 새털처럼 가벼운 마날을 들쳐 업기까지 몇 번의 발길을 돌리고, 또 돌아섰는지……. 하지만 여덟 살 마날을 구한 그날 이후 단 한 번도 후회한 적은 없었다. 누구에게도 말 못한 그때의 망설임이 죄책감으로 다가왔다. 그래서 열무를 구할 때는 일순의 망설임도 없었다.

철도가 마날을 업고 간 곳은 굶주리다 못한 사람들이 모여드는, 먹는 흙이 있다는 야산이었다. 야산의 한쪽 벼랑에 개미 떼처럼 달라붙은 사람들이 정말 흙을 파먹고 있었다. 철도는 맨손으로 파고, 꼬챙이로 판 흙을 입에 우겨 넣는 사람들을 보고 제 눈을 의심했다. 그 흙은 규조토였다. 물에 개서 미숫가루처럼 마시면 정말 요기가 되었다. 세상에 그런 흙이 있다는 것도 그때 처음 알았다. 그런데 배고픔에 지쳐 규조토를 그냥 먹으면 탈이 났다. 장이 막혀 버리는 것이었다. 그저 살겠다는 본능으로 흙을 파먹고 고꾸라져 배를 움켜쥐고 그대로 죽어 간 사람도 부지기수였다.

열무도 그렇게 죽어 가던 아이였다. 철도가 쓰러진 사람들의 무리에 섞인 열무를 발견하고 냇가로 데려가 밤새도록 물을 먹이고, 손가락으로 항문을 파서 똥을 누게 하지 않았다면 열무는 그날 그 규조토가 나오는 야산에서 백골이 되었을 것이다. 그렇게 두 아이를 거두어 먹이며 오늘날까지 형제처럼 살아왔다. 그때 열무와 마날을 만나지 못했다면 자신도 지금까지 버티지 못했을 것이다.

"오히려 너희들이 나를 구한 것이다. 나 역시 너희들처럼 세상에 버려진 아이였다. 그러나 너희를 만난 후 난 혼자라는 생각을 해 본 적이 없어. 너희들이야말로 내 은인이다. 핏줄이 이보다 더 든든하겠느냐? 우리는 가족이고, 형제다."

"형님!"

"오라방!"

열무와 마날이 철도에게 달려들었다. 철도는 동생들의 등을 토닥였다.

"망아지만 한 놈들이 눈물은 많아서……. 내 오늘 너희한테 줄 게 또 있지."

궁금해하는 열무와 마날을 평상에 남겨두고 철도는 집에서 삼십 보쯤 떨어진 우물가로 갔다. 두레박이 아닌 따로 내려둔 줄을 당기자 대나무로 짠 채반이 달려 올라왔다. 식자재나 음식을 오래 보관하기 위해 사용하는 채반이었다. 채반 안에 있는 것은 바로 무과 응시를 준비하는 도령들에게 받은 약밥이었다.

"어어?"

"약밥 아냐?"

열무와 마날이 눈을 동그랗게 떴다.

"밥부터 먹고 출출할 때 나눠 먹어라."

"오라방!"

약밥 그릇을 서로 당기는 열무와 마날을 흐뭇하게 바라보는 철도의 얼굴에 미소가 퍼졌다. 그런데 그때 사립문 쪽에서 낯선 헛기침 소리가 들려왔다. 철도가 돌아보니 뜻밖에도 윤홍 대감이 아닌가. 두루마기에 갓을 쓴 윤홍이 싸리나무로 엮은 사립문 앞에 서서 흐뭇한 미소로 그들을 바라보고 있었다. 놀란 철도는 구르듯 평상 아래 마당에 엎드렸다.

"대감마님!"

영문은 모르겠지만 열무와 마날 두 동생들도 일단은 마당에 엎드렸다. 윤홍이 미안한 얼굴로 말했다.

"내가 방해를 한 것 같으이."

"방해라니요. 아니옵니다."

"그간 잘 있었나?"

"예. 대감마님. 그런데 어인 일로 이런 누추한 곳까지…… 아차, 내 정신 좀 봐, 안으로 드시지요. 대감마님."

철도가 안방으로 윤홍을 안내했다. 그리고 잔칫집에서 얻어온 차를 끓여 내놓으며 말했다.

"오래된 차라 맛이 날지 모르겠습니다."

"다향이 아주 좋네."

그럴 리 없다는 걸 잘 알고 있는 철도는 씁쓸하게 웃었다. 윤홍이 찻잔을 내려놓으며 말했다.

"내, 이렇게 갑자기 자네를 찾아온 것은……."

궁금했던 철도가 마른침을 삼켰다. 큰 잔치라도 소개시켜 준다면 더없이 감사할 일이다.

"자네. 대령숙수가 되어 보지 않겠나?"

"예? 대령숙수라 하시면……?"

윤홍이 임금의 음식을 책임지는 관청인 사옹원의 부제조라는 것은 알고 있었으나, 대령숙수는 어디까지 중인 신분의 일이었기에 철도는 자신의 귀를 의심했다.

"지금처럼 잔치 숙수로 일하는 것에 비하면 벌이는 보잘 것 없겠지만 사옹원 소속의 종9품 벼슬자리로 연차를 쌓으면 종6품까지 올라갈 수 있다네."

"……예."

철도도 그 정도는 알고 있었지만 너무나 갑작스럽고, 단 한 번도 탐해 본 적이 없는 자리였기 때문에 저도 모르게 말꼬리가 흐려졌다.

"미식을 넘어 탐식가인 주상을 만족시킨다면 벼락출세도 꿈은 아니지."

"대감마님. 이놈이 어찌 감히 벼슬자리를 꿈꾸겠습니까? 근본 없는 천출이 어찌……."

"그러니 이번 기회를 더욱 잡아야 하지 않겠나? 이윤과 역아가 꼭 남의 일이 아닐세."

이윤과 역아는 상나라와 제나라의 숙수로 각각 재상까지 오른 사람이었다. 꿈같은 이야기다.

"소인은 사가의 음식만 해 온 터라…… 궁중 음식은 전혀 알지 못합니다."

"차차 배우면 될 터. 그리고 자네를 천거하는 이유는……."

윤홍도 말꼬리를 흐렸다. 철도가 눈을 깜박이며 다음 말을 기다리자 작은 한숨과 함께 윤홍의 입이 열렸다.

"음식 때문이 아닐세."

철도의 궁금증은 해결되기는커녕 더해 갔다. 철도의 눈에 윤홍의 창백한, 그러나 웃음기 하나 없는 얼굴이 들어왔다. 심상치가 않았다.

"밤에 은밀히 입궐하게. 사람을 따로 보낼 것이야."

"입궐……이라시면?"

역시 꿈에도 생각해 본 적이 없는 말이었다. 턱을 빠트리고 윤홍을 바라보던 철도는 그 분위기가 감히 거절할 수 있는 것이 아니라는 것을 알았다. 머릿속에 의문이 뿌옇게 차올랐지만, 대답을 할 수밖에 없었다.

"알겠습니다. 대감마님."

윤홍이 돌아가자 엿듣고 있던 열무가 원숭이처럼 들떠 나대기 시작했다.

"형님! 대령숙수라면 중인이요! 시방 벼슬이 문제가 아니라 신분이 올라가는 거라고요! 앞으로 대대손손 이어질 족보가 생기는 것은 당연하고 과거도 볼 수 있당께?"

"알 수가 없다. 갑자기 내게 왜 이런 일이 생기는 걸까?"

철도가 양손을 겨드랑이에 끼고 우거지상으로 중얼거리자 열무가 뱀처럼 혓바닥을 날름거려 보이고는 한층 더 높아진 목소리로 떠들었다.

"귀셜! 귀신 쎗바닥 귀셜! 왜 이런 일이 생기냐고? 그야 형님이 잘났응께! 숙수 강철도가 치른 대갓집 잔치가 조선팔도에 몇 집이여?"

"아니 내가 니들을 굶겼냐, 학대했냐. 왜 자꾸 날 팔지 못해 안 달인 게냐? 난 벼슬 싫다니까?"

"워매, 사람이 어떻게 요로코롬 답답하당가? 참말로 미쳐버릴 화상일세!"

"사람은 가질 수 있는 깃과 기질 수 없는 것이 있어. 세상이 어찌 돌아가든 반쯤 눈 감고, 반쯤 귀 막고, 배 채우고 등 따신 걸로 얼마든지 행복할 수 있어."

"답답도 하요! 왜 형님이 가질 수가 없소? 뭔 재상 자리여? 게우 대령숙수 자리여! 그래서 잡으라는 거여. 시방 이게 아무한테나 오는 기회가 아니라니께?"

"하긴. 오라방이 만약 무과에 응시할 자격이 있었다면 지금처럼 살았겠나?"

가만히 듣고 있던 마날이 차분하게 물었다. 철도는 답변이 궁색했다. 무과에 응시하고 싶었던 때가 있었다. 그것을 동생들도 알고 있던 것이다.

"내 말이 그 말이여! 형님 아들도 쌍놈으로 세상을 살게 할 거요?"

"야, 이놈아, 내가 아들이 어딨어?"

"언제 생겨도 생길 거 아녀요!"

"만약에 대령숙수를 한다고 하면 대궐에 들어가 사는 거나?"

마날은 심드렁한 얼굴로 물었지만 철도와 떨어져 산다는 것을 상상조차 해 본 적이 없는지라 속은 심난하기 그지없었다.

"아니다. 대령하고 있다가 대궐에서 부를 때만 들어가면 된다.

그래서 대령숙수지."

"아까 그 나리는 어떻게 아는 사람이가?"

"동부승지 윤홍 대감님이시다. 전에 이천의 자린고비로 유명한 전 호조판서의 환갑잔치를 기억하느냐?"

"아! 그 우리 품삯 떼어먹으려고 오라방한테 내기 걸었다가 두 배로 물어낸 작자 말이가?"

"그렇지. 그 잔치에서 나를 좋게 본 모양이다."

"양반을 골탕 먹인 오라방을 좋게 본다꼬? 양반치고 괴짜 아이가?"

"흔한 벼슬아치와는 다른 분이시다. 그나저나 큰일이네. 당장 오늘 밤에 입궐을 하라는데…… 대답은 해 버렸고."

"뭐가 걱정이고? 급한 연회라도 있나 보지. 소문에 지금 임금은 완전 걸신이라 안 카드나? 생긴 것도 항아리 같다 카던데?"

철도는 마날의 말이 일리가 있다는 생각이 들었다. 아무튼 대궐에 들어가야 하니 계곡에 가 먹이라도 감고 새 옷을 꺼내 입어야겠다는 생각에 마음이 급해졌다.

젊은 내관 하나가 철도의 집으로 찾아 온 것은 유시가 넘어서였다. 저녁도 제대로 못 먹고 전전긍긍하고 있는 철도에게 내관이 남긴 말이라고는 '인정(人定)을 알리는 종소리가 나면 소의문 앞에서 기다리라'는 뜬금없는 말이었다. 밥도 굶고 긴장하고 있던 철도는 울컥 화가 치미는 동시에 어딘지 등줄기가 서늘해지는 느낌이었다. 음식의 의뢰가 아니라고 말한 윤홍 대감의 말이 새삼 떠올랐기 때문이다.

"도대체 무슨 일을 시키려는 거야? 벼슬아치들이 하는 일은 늘 이따위야. 배려가 없어. 배려가!"

철도는 소의문 앞에서 인정 소리를 들었다. 스물여덟 번의 종소리가 나는 동안 순라에 나서려는 듯 딱따기와 육모방망이를 든 순라꾼들이 철도를 아래위로 훑어 봤다. 여느 때 같으면 어딜 감히 인정 시간에 성문 앞에서 서성이느냐며 다짜고짜 육모방망이부터 휘두를 작자들이었지만, 가만히 눈알들만 굴리는 것을 보면 미리 언질을 받은 게 있는 모양이었다. 이미 특별한 신분이 된 것 같아 우쭐해서 헛웃음이 피식 나왔다.

그러는 동안 소의문이 열리더니 낮에 찾아왔던 젊은 내관이 나타났다. 그는 따라오라는 눈짓을 하고 조족등을 들고 앞서 걷기 시작했다. 입술에 저울추라도 달아 놓은 것 같이 말없이 앞서 걷는 내관의 걸음은 빨랐다. 뛰는 걸음은 아니었지만 상당한 속보였다. 철도는 갖가지 궁금증으로 입이 근질댔지만 감히 말 붙일 틈이 없었다. 그렇게 일각쯤 걸었을까. 족히 오 리는 넘게 온 것 같았다. 으리으리한 육조 거리가 나타나고 저 멀리 달빛에 보이는 어마어마한 대궐의 기와지붕이 보이기 시작했다. 갑자기 내관이 멈춰 섰다. 길모퉁이의 작은 기와집 앞이었다. 궐 안에서 몸에 밴 습관인 듯 허리와 어깨를 내내 움츠리고 걷던 그는 허리를 펴고 서서 손으로 대문을 가리켰다. 안으로 들어가라는 뜻이리라. '제길, 관리 나부랭이라고 뻣뻣하긴. 불알도 없는 것이!' 철도는 속으로 중얼거리며 주막도 아니면서 한길가에 덩그러니 서 있는 수상한 기와집을 두리번거리며 대문 안으로 발을 들였다.

철도는 눈앞에 보이는 것에 움찔 놀라 멈춰 섰다. 마당 한가운데 묘한 것이 띡 버티고 있었다. 얼굴의 왼쪽 반을 청동으로 만든 가면으로 가린 사내였는데, 가면의 눈에는 구멍이 뚫려 있어 그 구멍을 통해 철도를 쏘아보고 있는 것이다. 분명 내관의 의복을 입었으나 조족등을 든 사내와는 완전히 다른 몸가짐과 분위기였다. 게다가 허리 뒤로는 환도(環刀)가 늘어져 있었다. 철도는 본능적으로 사내의 환도를 의식하며 청동 반면을 똑바로 바라보았다. 간만에 느껴보는 위협감으로 온몸에 털이 곤두섰다. '무예를 닦은 자다!' 이런 생각이 든 철도를, 서른 중반으로 보이는 청동 반면의 두 눈동자는 미동도 없이 서늘하게 훑고 있었다. 내관이 따라 들어와 검은 천을 내밀며 처음으로 입을 열었다.

"눈을 가리겠다."

"예? 눈을 왜?"

철도는 자신의 목소리가 떨리고 있음을 느낄 수 있었다. 대답 대신 내관은 검은 천으로 철도의 눈을 둘러 가렸다. 철도의 눈앞은 칠흑의 어둠이 되었다. 그때 처음으로 청동 반면을 쓴 충선의 목소리를 들을 수 있었다.

"손을 뻗어 환도를 잡아라."

"……!"

철도가 주저하자 충선의 발이 날아와 철도의 한쪽 정강이를 걷어찼다.

"잡으라 했다."

"아! 아프지 않습니까?"

가만히 있으면 정말 굼벵이 취급을 받을지 모르는 일이라 철도는 언성을 살짝 높여 꿈틀거려 봤다. 철도가 손을 내밀자 충선이 환도를 풀어 내밀었다. 철도의 손에 매끄러운 환도의 칼집이 잡혔다. 충선이 저벅저벅 앞서 걷기 시작했다. 급히 따라가던 철도는 대문 문지방에 발이 걸려 넘어졌다.

"아이쿠! 영감마님, 좀 찬찬히 갑시다요. 초행에 눈까지 멀었는데……."

그러나 충선의 걸음걸이에는 배려가 없었다. 환도를 붙잡고 좌로 돌고, 우로 돌고, 내려가고, 올라가고 하는 동안 철도는 그만 방향감각을 완전히 잃었다. 눈을 가린 목적이 바로 이런 것이리라. 그렇게 봉사가 되어 걷기를 한 식경, 철도는 주위의 공기가 달라짐을 느낄 수 있었다. 대궐 안에 도착했다는 것을 직감적으로 알 수 있었다.

그는 다향이 향긋하게 나는 방으로 안내되었다. 충선이 철도의 어깨를 짓눌러 앉으라는 신호를 보냈다. 앉아서 기다리는 동안 심장이 요동치기 시작했다. 얼마 되지 않아 사람들이 방으로 들어오는 기척이 느껴졌다. 사락사락 비단 스치는 소리가 몇 차례 났지만 그 외엔 무거운 침묵만이 방안을 지배하고 있었다. 철도가 꿀꺽 마른 침을 삼킴과 동시에 낯선 목소리가 들려왔다.

"이자가 귀설이라는 자인가?"

"그러하옵니다. 전하."

두 번째 목소리는 철도에게 익숙한 윤홍이 분명했다. 그런데 '전하'라고 했다. 그렇다면 지금 임금 앞에 와 있다는 것인가? 생각이 거기까지 미친 철도는 저도 모르게 다시 좌정을 했다.

눈을 가린 채 고개를 숙이고 있는 철도를 임금과 김항주, 윤홍이 바라보고 있었다. 문 앞에 시립하고 서 있는 충선 역시 철도에게서 눈을 떼지 않고 있었다. 날카로운 눈빛으로 철도를 노려보고 있던 임금이 충선에게 고개를 끄덕였다. 충선이 철도의 앞에 빈 나무 쟁반을 놓았다. 그리고 한쪽에 놓여 있던 목합을 열어 무언가를 꺼내 나무 쟁반 위에 차례대로 내려놓기 시작했다. 충선이 일어나 원래 자리로 돌아가고 나자 철도의 앞에는 커다란 주발 두 개가 뒤집어진 채 나란히 놓여 있었다. 이를 지켜보던 임금이 말했다.

"네 앞에 두 가지 물건이 있다. 차례대로 맛을 보아라."

긴장 때문에 철도의 목구멍은 따끔거릴 정도로 바싹 말라 있었다. '꿀꺽' 침 삼키는 소리가 철도 자신의 귀에 북소리처럼 크게 들렸다.

"……예."

철도는 손으로 더듬어 첫 번째 주발을 들어 올렸다. 그의 손에 뭔가 폭신하고 촉촉한 것이 느껴졌다. 철도는 당황했다. '뭐지?' 손끝으로 정체 모를 물건을 더듬어 귀퉁이를 찾아 조금 떼어 입에 넣었다. 혀끝으로 강한 단맛이 느껴졌고 머릿속에선 꿀이 흘러내렸다. 단맛에 조금 놀랐지만 안심도 됐다. 조금 더 크게 떼어 오물오물 씹어 보았다. 임금은 철도의 반응이 재미있다는 듯 바라보고 있었고, 김항주는 경멸의 냉소를 흘려보내고 있었다. 윤홍의 시선만은 철도가 아닌 방바닥을 향해 있었다. 뭔가 골똘히 생각에 잠긴 모습이었다. 고개를 드는 윤홍의 얼굴은 늘 그렇듯 어두웠다.

"하아! 단맛이 꿀과 같고, 식감은 마치 구름을 씹는 것 같사옵니다!"

철도의 입에서는 감동한 듯 경박한 목소리가 튀어나왔다. 임금은 빙긋 웃었고 충선은 반쪽 얼굴을 일그러트리며 나지막하게 경고했다.

"전하의 하문이 있을 때만 입을 열라!"

"아, 죄송, 아니, 망극하옵니다."

"가수저라라고 하는 왜떡이다. 전에 이것을 먹어 본 적이 있느냐?"

"전하, 소인은 생전 처음 맛보는 음식이옵니다."

"그래. 그럼 이것이 무엇으로 만들어졌는지 알겠느냐?"

뜻밖의 질문이었다. 철도도 그것이 몹시 궁금했다. 도대체 어떻게 생겨 먹은 물건인지 눈으로 보고 싶기도 했다. 주먹만 한 크기의 가수저라를 들고 다시 먹기 시작했다. 한 입, 두 입, 오물오물…… 생각에 잠겼다가 다시 크게 두 입을 연달아 베어 먹고 고개를 갸웃갸웃했다. 모든 사람들의 시선이 철도를 향했다. 윤홍은 물끄러미 철도를 보았고, 김항주는 흉한 것을 본 듯한 표정으로, 임금은 흥미롭게 철도를 바라보았다.

갑자기 목이 멘 철도가 가슴을 치자 민망하고 한심하다는 표정의 충선이 물 대접을 들고 와 입에 대 주었다. 충선의 한쪽만 보이는 얼굴이 적의와 살의로 실룩거렸다. 물 한 모금 먹은 철도는 남은 가수저라를 다 먹고, 혀끝에 감도는 맛에 집중했다. 아무 영상도 떠오르지 않았다. 처음 먹어 보는 음식이기 때문이다. 하지만 미세하게 익숙한 맛들이 느껴지는 것은 분명했다. 미동도 없던 철도는 다시 손가락 열 개를 일일이 쪽쪽 빨았고, 혀로 입술을 빙빙 돌려 핥았다. 그리고 임금의 하문을 기다렸다.

"말해 보라."

"예, 전하. 첫 맛은 꿀맛이 나옵니다. 이어서 계란 맛이 나는데, 이상한 것은 흰자와 노른자가 한 번 분리되었다가 다시 섞인 것이 느껴집니다. 주재료는 진말입니다. 맥분(밀가루)이라고도 하지요."

윤홍은 임금의 놀라는 표정을 보았다.

"약간의 기름 맛이 나고 마지막으로 술맛이 나옵니다. 곡식으로 밥을 지어 만든 술을 다시 증류한 소주가 미량 첨가된 것 같습니다. 하나 이런 재료로 어떻게 이처럼 신기한 음식이 되는지 그 원리는…… 송구하오나 모르겠사옵니다."

철도가 고개를 조아렸다. 그는 흡족한 얼굴로 윤홍을 일별하고 고개를 끄덕였다. 윤홍은 망극한 듯 고개를 숙였다. 그리고 여전히 미심쩍은 얼굴로 철도를 노려보던 김항주가 천천히 입을 열었다.

"전하. 허하시다면 소신, 저자에게 몇 가지 묻고자 하옵니다."

"그렇게 하시오."

"너는 잔치 숙수라 들었다. 팔도를 떠돌며 음식 솜씨를 판다지? 그리 산 지는 얼마나 됐느냐?"

위압적이고 권위적인 말투였다.

"올해로 십 년이 되었습니다."

"네 앞에 놓인 다음 것을 맛보기 전에 네게 묻겠다."

"예."

"장에 대해서 말해 보거라."

"자, 장, 말이옵니까?"

"먹는 장에 대해 묻고 있다."

"예. 장은…… 막장, 토장, 그리고 즙장, 담북장이 있습니다. 또 재료에 따라 청태장, 지레장, 두부장, 팥장 등이 있사옵니다."

철도가 말을 마친 후 잠깐의 침묵이 흘렀다. 김항주가 윤흥을 질책하듯 바라보더니 다시 침묵을 깼다.

"그것이 네가 아는 전부인가?"

철도는 순간 당황했지만 이것이 시험이라는 것을 알아차렸다. 그리고 정신을 가다듬었다.

"자, 장에는 예로부터 오덕이 있다고 들었습니다. 다른 음식과 섞여도 제맛을 내니 이는 단심(丹心)이요, 오랫동안 변하지 않으니 이는 항심(恒心)이요, 기름지고 비린내를 제거하니 이는 불심(佛心)이요, 매운맛을 부드럽게 하니 이는 선심(善心)이요, 어떤 음식과도 조화를 이룬다 하여 이를 화심(和心)이라 하옵니다."

김항주는 놀랐다. 그러나 감정을 드러내지 않기 위해 틈을 주지 않았다.

"네 앞에 놓인 종지에는 된장이 담겨 있다. 맛을 보거라."

철도는 떨리는 손을 뻗어 두 번째 주발을 젖혀 그 안에 놓인 종지를 더듬었다. 작은 종지 안을 손가락으로 더듬으니 손끝으로 겉은 굳었으나 안은 말랑한 촉감이 느껴졌다. 그는 된장 종지 안에 손가락을 넣어 손끝에 그것을 찍었다. 그리고 맛을 보았다.

"아!"

철도는 소스라치게 놀라 저도 모르게 외치고 말았다. 그의 눈앞에 번쩍이는 번갯불에 드러나는 찰나의 정경처럼, 그러나 무엇보다 선명하게 떠오르는 영상들이 펼쳐졌다. 일곱 살 때, 장독대에서 일하던 어머니가 된장을 찍어 입에 넣어주던 일, 열다섯 살 때 집안 어른들의 결정으로 산속으로 입산 수련을 떠나게 된 그에게 된장을 담은 작은 항아리를 건네주던 어머니의 인자하면서도 안타까운 얼굴, 산속에서 굶주림과 두려움과 싸우며 뜯은 산나물을 된장을 찍어 입에 넣던 일…… 바로 그날 산속까지 철도를 추격해 온 이복동생 일도와 그의 모친에게 고용된 칼잡이들과 만나 생사가 걸린 결투를 하던 일 등…….

철도의 눈이 가려졌기 때문에 그 표정을 완전히 읽을 수는 없지만 동요하고 있다는 것을 가늘게 떨리는 어깨를 보고 방 안의 모두가 알아차렸다. 검은 천 안 철도의 눈에서는 눈물이 흐르기 시작했다. 어찌 잊을 수 있으랴! 이 된장은 지난 십 년을 찾아 헤맨 어머니의 된장이 틀림없었다. 모두 동요하는 철도를 바라보고 있었다. 임금이 초조하게 물었다.

"어떠하냐?"

이 얼마나 그립고, 자랑스러운 맛인가. 하지만 얼마 남지 않은 어머니의 된장을 조금 더 맛보고 싶어 종지 바닥에 남은 된장을 싹싹 훑어 입에 넣었다. 그것이 더 급하고 중한 일이었다. 임금은 조급한 듯 엉덩이를 들썩거렸다.

"이 된장은……"

철도가 어머니의 된장임을 밝히려던 순간 임금이 먼저 말했다.

"봉령군의 잘린 시신이 들어 있던 항아리에서 나온 된장이다."

"……!"

철도는 방금 들은 말이 무슨 의미인지 잠시 생각이 필요했다.

머릿속에 수백 개의 징과 북이 동시에 울리는 듯했다. 그 소문은 철도도 이미 들었다. 발 없는 말이 천 리를 간다는데, 어전난로회 때 발생한 전대미문의 해괴한 사건이라면 하룻밤에 삼천 리도 갈 수 있었다. 머릿속이 수세미의 속살처럼 복잡해졌다. 어머니의 된장이 변괴의 현장에…… 검은 천 속 철도의 눈동자는 요동쳤다. 무표정으로 일관히던 윤홍도 긴장한 채 철도를 바라보았다. 갑자기 울먹이는 목소리까지 내던 철도가 우물쭈물하자 김향주가 눈꼬리를 치켜올리며 언성을 높였다.

"무얼 하느냐! 어서 고하지 못할까?"

당황한 철도는 깊이 생각할 여유가 없었다.

"장맛이…… 너무 좋습니다. 이런 뛰어난 된장은 참으로 오랜만입니다."

사실이기도 했다. 짧은 침묵이 흘렀고 임금은 동의한다는 듯 고개를 끄덕였다.

"장맛은 집집마다 다르다고 들었다. 그러하더냐?"

"그러하옵니다. 지방, 가풍에 따라 소금의 양, 메주를 띄우는 방법, 저장 방법에 따라 장맛이 달라지기 때문이옵니다."

철도는 방망이질하는 가슴을 필사적으로 진정시키고 침착하게 대답했다. 임금이 다시 말했다.

"네가 세 치 혀로 천 가지 맛을 구별한다고 들었다. 그와 같은 장맛을 단서로 역적을 추적할 수 있겠느냐?"

뜻밖의 말이었다.

"저…… 전하!"

"지금은 네게 대령숙수의 관직을 내리지만 이 일을 해결한다면 네가 원하는 것을 줄 수 있다. 그것이 관직이든, 돈이든……. 대신 너는 나의 한을 풀어 주어야겠다."

뜻밖의 제안에 철도는 하마터면 눈가리개를 뜯어낼 뻔했다. 대령숙수 직을 청하지도, 수락하지도 않았을 뿐 아니라 대령숙수에게 음식을 만들라는 것이 아니라 대역죄인을 잡으라니, 철도는 무슨 말을 먼저 해야 할지 몰라 쩔쩔매고 있었다. 임금이 조금 격앙된 목소리로 하문했다.

"대답하라. 할 수 있겠느냐?"

"……저, 전하!"

김항주의 묵직한 호통소리가 들려왔다.

"네 이놈, 무엄하다!"

"소, 소인……, 감히 벼슬을 바라지는 않습니다만…… 목숨을 바쳐서라도 어명을 받들겠나이다."

짧은 순간 철도가 떠올릴 수 있는 가장 안전한 답변이었다. 그러자 차분해진 임금의 목소리가 들려왔다.

"좋다. 이 일은 비밀리에 수행되어야 한다. 좌상대감의 지휘 하에 있지만 너는 윤홍에게만 듣고, 윤홍에게만 보고하면 된다."

"명심하겠습니다."

그가 먼저 일어나 방에서 나갔다. 김항주는 거만한 눈으로 눈을 가린 채 꿇어앉아 있는 철도를 잠시 내려다보다 방을 나섰다. 비로소 윤홍이 조용히 다가와 안타까운 얼굴로 안도의 한숨을 내쉬며 철도의 두 손을 잡았다.

"애썼네. 강 숙수."

철도는 윤홍의 말이 귀에 들어오지 않았다. 머릿속이 하얘져 아무 말도 할 수 없었다. 마음속에 맴도는 의문 때문이었다. 머리를 쥐어뜯으며 소리치고 싶었다. '왜? 왜, 거기서 어머니의 된장이 나온단 말인가? 어째서?' 그러나 한편으로 다른 생각이 떠올랐다. 어머니가 어딘가에 살아 계신다는 확신이었다. 그 확신 때문에 눈가리개 아래로 다시 흘러내리는 철도의 눈물을 알 리 없는 윤홍은 복잡한 얼굴로 철도를 바라보고만 있었다.

윤홍은 소의문 앞까지 철도를 배웅했다. 철도의 의사와는 관계없이 엄청난 일에 그를 끌어들인 것에 대한 미안함 때문이었다. 하지만 그에게는 이 일은 철도가 아니면 안 된다는 확신이 있었다. 윤홍은 조족등을 들고 따라온 내관을 먼저 돌려보냈다. 순라꾼들도 보이지 않는 적막한 성벽을 따라 앞서 걷던 윤홍이 멈춰 섰고 철도도 멈춰 섰다.
"내가 자네에게 너무 무거운 짐을 지운 겐가?"
"그렇지 않습니다."
그럼 그렇다고 대답을 할까. 상대는 양반 중에서도 승정원의 관리였다.
"고맙네. 임금의 사촌 형님이 사망한 사건이네. 그게 누구든 쉬운 상대가 아닐 게야. 신중, 또 신중하시게."
"예. 대감마님."
"성상께서 내리시는 금전이니 아끼지 말고 쓰시게."
묵직한 엽전 꾸러미가 윤홍의 손에서 철도의 손으로 전해졌고 윤홍은 다시 소의문 안으로 사라졌다. 홀로 남은 철도는 갑자기 다리가 확 풀리는 느낌을 받았다. 그는 성벽에 등을 기대고 앉아 저도 모르게 중얼거렸다.

"어머니. 살아 계신 것입니까? 반드시, 반드시 찾겠습니다. 어머니."

철도는 고개를 들었다. 밤하늘엔 변함없이 별들이 쏟아져 내리고 있었다. 불현듯 어떤 기시감이 느껴졌다. 철도는 어린 시절에도 그렇게 쏟아지는 별들을 바라보던 적이 있었다.

3화. 첫 서리 내리던 날

뜯겨 나간 헛간의 지붕 틈 사이로 여름밤의 별들이 쏟아져 내리고 있었다. 열다섯 살의 철도는 헛간 구석에 깔린 마른 짚단 위에 누워 밤하늘 바라보는 것을 좋아했다. 서한. 어린 시절 철도의 이름이었다. 첫 서리가 내리던 추운 날 태어났다고 해서 서한이라는 이름을 갖게 되었다. 이름을 지어준 것은 주인 어른이자, 아버지이자, 훈련원의 대장인 강자성이었다. 대대로 무관을 배출하던 강 씨 집안은 오랫동안 지방과 변경을 전전했다. 강자성의 집안이 중앙으로 가세를 확장해 나가기 시작한 것은 그의 아버지 때부터였다. 그러나 중앙 진출은 정권과의 유대 없이는 불가능했고, 당쟁과는 무관할 줄 알았던 집안의 운명은 가문의 의지대로 되지 않았다. 이편이 아니면 저편이 되어야 했고, 중도는 모두의 적이 되는 정치적 환경이었다.

서인들이 서서히 조정에서 위세를 떨치자 강 씨 집안은 정략 결혼을 통해 존립을 획책했다. 서인 계열의 유력 집안이었던 이 씨 부인과의 혼인이었다. 사랑 없는 결혼이었지만 본래 사대부가의 혼인은 사랑을 기반으로 이루어지지 않았다. 강 씨 집안 장손인 강자성도 그것을 너무나 잘알고 있었다. 이 씨 부인과의 혼인 후 여섯 해가 지나자 서인들이 병권을 완전히 장악했다. 무인으로서의 최고 명예 중 하나였던 훈련원 대장 직은 그렇게 강자성에게 돌아왔다.

강자성에게는 이 씨 말고 정을 통하는 여인이 있었다. 정 씨, 바로 철도의 생모이자 강 씨 집안의 부엌일을 전담하는 반빗아치(반찬 만드는 일을 맡아 하던 여자 하인)였다. 비슷한 시기에 이 씨와 정 씨는 수태를 했고 정실 이 씨는 일도를 낳았다. 천한 종의 신분인 정 씨의 몸에서 태어난 얼자는 가문의 돌림자를 쓰지 못하고 '서한'이 되었다. 철도의 배다른 동생이자 집안의 유일한 적자 강일도는 무술 수련에도, 학문에도 소양이 없었다. 일도는 최소한의 성실함마저도 없어 강자성과 집안의 큰 걱정거리였다. 철도는 여덟 살 때부터 이복동생 일도의 몸종 같은 존재가 되었다. 돌이켜 생각하면 그것은 아버지라고 부를 수는 없었지만, 분명 강자성의 배려였다. 언제 어디서나 일도의 무예 수련을 따라다니면서 눈동냥을 하라는…….

단 한 번도 제대로 무예를 배운 적이 없는 철도는 눈썰미만으로 일도를 능가했다. 강자성은 일찌감치 자신을 빼닮은 철도의 잠재력을 알아본 것이다. 철도는 낮에는 일도의 무술 수업에 따라다니며 검술, 궁술의 요령을 어깨너머로 배웠다. 그리고 행여 잊을까

마음속으로 몇 번이고 되새기다 밤이 되면 몰래 산속에서, 들판에서, 헛간에서 백 번이고 천 번이고 몸에 밸 때까지 반복적으로 익혔다. 어느 순간 철도는 무예의 원리와 그것을 익히는 방법에 대해 눈을 떴다. 그리고 자신이 일도보다 훨씬 빠르고, 훨씬 더 정확하며, 비교할 수 없을 정도로 강하다는 것을 깨달았다.

철도의 자신감이 커질수록 그를 지켜보던 어머니 정 씨의 불안도 커졌다. 혹시 철도가 신분을 넘겠다는 헛된 꿈을 꾸지 않을까 하는 근심이었다. 한창 커 가는 자식에게 꿈을 꾸지 말라고, 더 이상 희망을 갖지 말라고 해야 하는 부모의 심정을 그 누가 알까. 정 씨는 결국 철도를 앉혀 놓고 무겁게 입을 열었다.

"서한아, 세상엔 가질 수 있는 것과 가질 수 없는 것이 있단다."

"⋯⋯!"

"가질 수 없는 것을 갖고자 한다면 반드시 재앙이 따르게 되어 있어. 넌 그저 평범하게 살거라. 난 그저⋯⋯ 네가 행복하게 오래 살았으면 좋겠다."

그때의 철도는 어머니의 말이 전부라고 믿었다. 눈물을 머금고 몰래 하던 수련을 그만두었다. 하지만 낭중지추라. 타고난 재능의 크기와 하루가 다르게 성장하는 철도의 신체를 주위 사람들이라고 해서 눈치채지 못할 리 없었다. 철도는 그를 따르는 또래들이 늘고, 사람들의 주목을 받으면서 한편으로는 신분의 벽을 더욱 절감하기 시작했다. '어차피 넌 이집의 종이다' '그래, 어차피 나는 이집의 얼자다' 철도의 가슴 속에는 좌절과 절망, 고독이 자라기 시작했다. 말수가 급격히 줄었고 눈빛에는 증오가 어른거렸다. 철도의 어머니 정 씨가 두려워했던 것이 바로 그것이었다. 정 씨는 방황하는 철도를 어떻게든 바로잡기 위해 음식을 가르치기로 했다. 음식을 배우게 되면 자연스럽게 무예 수련의 현장과는 멀어지게 될 것이고, 따르는 또래들에게서도 떼어 놓을 수 있을 터였다. 또 맛있는 것도 마음껏 먹을 수 있을 것 아닌가.

철도는 어머니의 집요하고도 철저한 가르침 아래 간단한 부엌일을 배우기 시작했다. 그러나 절대 진심으로 내켜서 하는 일은 아니었다. 또래들로부터의 놀림도 견디기 어려웠다. 어머니는 철도에게 산나물을 뜯게 했고, 들에 나가 먹거리를 찾아오게 했다. 재료들을 맛보고, 그 재료들이 조리과정을 거쳐 완전히 새로운 음식으로 변하는 과정을 가르쳤다. 그러나 이런 교육이 훗날 철도의 목숨을 여러 차례 살리게 될 줄은 어머니 정 씨도, 철도 자신도 그때는 몰랐을 것이다.

어느 날, 일도가 큰 사고를 치고 말았다. 어울려 다니는 무리들과 함께 혼인을 앞둔 마을의 중인 처자를 희롱한 것이다. 그녀는 일도 일행의 희롱을 피해 달아나다 강물에 뛰어들었고 물살에 휩쓸려 결국 죽고 말았다. 강자성은 길길이 뛰는 처자의 부모를 수백 금을 들여 겨우 달래고 입막음했다. 일도는 양반이라는 신분과 인맥을 동원해 처벌을 피할 수 있었지만, 격노한 아버지의 눈 밖에 나는 것은 피할 수 없었다. 긴급히 강 씨 집안의 회의가 소집되었다. 강자성과 수염이 허연 집안의 어른들이 대청 마루에 모여 앉았다. 강자성이 침통한 얼굴로 입을 열었다.

"백 번, 천 번을 생각해도 일도는 대를 이을 재목이 아닙니다."

"그럼 양자를 들이자는 것인가?"

"아닙니다."

"그렇다면 대대로 무관을 배출한 명문 개경 강 씨의 명맥을 끊겠다는 게냐?"

"아닙니다. 서한이가 가문을 잇도록 하겠습니다."

일가친척 모두 경악할 만한 말이었다. 실제로 비명 같은 소리를 내는 어르신도 있었다.

"그 아이는 천한 어미에게서 태어난 일자가 아니더냐!"

"그 아이에게는 엄청난 잠재력이 있습니다."

"네가 지금 제정신이냐? 네, 내자가 가만히 지켜볼 것 같으냐?"

아니나 다를까. 집안 어르신들이 있음에도 불구하고 강자성의 부인 이 씨가 치맛자락을 부여잡고 버선발로 달려나왔다. 그녀는 평소의 성품대로 거리낌 없이 대청 위로 올라와 악다구니를 쓰기 시작했다.

"내 눈에 흙이 들어가는 일이 있어도 절대 안 됩니다!"

강 씨 일족의 장로들은 이 씨의 무례함에 수염을 부들거렸지만 그 누구도 그녀를 꾸짖지는 못했다. 이 씨가 누구인가. 지금 조정을 쥐락펴락하는 서인의 실세 대사헌의 딸이 아니던가.

"부인! 이게 무슨 짓이오?"

"일도가 이 집안의 유일한 적자입니다! 무예를 닦는 양반가의 자식이 그만한 실수를 했다고 지금 날개를 꺾는 것도 모자라, 아예 산송장을 만들려고 하십니까?"

"일도는 재능 이전에 성품이 글렀소! 이게 다 어릴 적부터 치마폭에 싸고 돈 당신 때문이 아니오!"

가문의 어르신들 앞이라 강자성은 최대한 인내심을 발휘했다. 그러나 이 씨의 안중에는 강자성도 강 씨 집안의 어른도 없었다.

"서방님, 강 씨 집안이 부귀와 서방님의 벼슬이 누구의 덕인지 벌써 잊으셨습니까? 일도가 없으면, 나도 없습니다. 내가 없으면 이 집안은 남아있겠습니까?"

"뭐라? 그 발칙한 입을 당장 다물지 못하겠소!"

강자성은 피가 거꾸로 솟았다. 대청 위의 모든 사람들은 수치심과 모욕감으로 부들거렸다. 그의 솥뚜껑 같은 손이 날아가 이 씨의 뺨을 갈겼다. 이 씨도 그런 남편의 분노는 처음이라 움찔했다. 대신 주저앉아 대청마루를 두드리며 통곡을 했다. 강자성에게는 지옥이 따로 없었다. 십육 년 전 정략결혼을 추진했던 집안 장로들의 얼굴을 원망스럽게 바라볼 수밖에 없었다. 이 씨는 철도의 어머니 정 씨에게 화풀이를 했다. 자기보다 서너 살 위인 정 씨를 평소에도 학대하다시피 대하던 이 씨였다. 생각 같아선 벌써 내쫓았겠지만 정 씨는 흔한 일개 계집종이 아니었다.

그녀가 만드는 음식이며 살림 솜씨를 대체할만 한 사람을 찾는 것은 불가능했다. 그녀는 대여섯 명의 일을 혼자 처리했을 뿐 아니라 머릿수만으로는 도저히 채울 수 없는, 질적으로는 더더욱 대체 불가능한 반빗아치였다. 하지만 오늘은 죽여도 시원찮았다. 정 씨를 목침 위에 세우고 한 묶음의 싸리 회초리가 다 부러지도록 매질을 했다. 정 씨가 애원했다.

"마님, 제가 무엇을 잘못했는지 제발 가르쳐 주세요."

"닥쳐라, 이년! 평소 주인을 무시하는 네 행실을 네가 모른단 말이냐?"

정 씨의 종아리가 터져 피가 흐르기 시작했다. 철도는 담장 너머에서 모진 매질을 견디는 어머니를 바라보고 있었다. 피눈물이 흘렀다. 창자가 찢어지고 심장이 터지는 고통이었다. 이 씨는 담 너머에서 눈물을 흘리고 있는 철도를 보자 회초리에 더욱 힘을 주었다.

이 씨는 강자성에게 어떻게 해서든 일도에게 마지막 기회를 주자고 제안했다.

"집안에 내려오는 법도가 있다니 그렇게 결정하시지요!"

"입산 수련을 말하는 것이오?"

"그렇습니다. 삼칠일, 스무하루를 산속에서 홀로 살아 견디는 아들에게 가보인 검을 물려 준다지요?"

그랬다. 그것은 강 씨 집안의 성인식이기도 했다. 사내아이가 태어나 열다섯 살이 되면 사흘 치 식량만을 들려서 산속으로 보낸다. 스무하루 동안 산속에서 홀로 추위와 두려움과 싸우면서 사냥을 해야 했다. 그러는 동안 담력이 커지고 극한의 환경에서 생존을 위해 필요한 기술들을 체득했다. 그런 전통이 강 씨 가문에서 훌륭한 무인이 계속 나오게 된 힘이기도 했다. 강자성에게는 거부할만 한 명분이 없었다. 일도가 산으로 떠나는 날이 되었다.

정 씨는 급히 마련한 무명 누비옷을 철도에게 입혀주며 재차 당부했다.

"서한아. 지금부터 하는 말 새겨 들어라."

"예. 어머니."

"세상엔 가질 수 있는 것과 가질 수 없는 것이 있단다."

"……."

"가질 수 없는 것을 갖고자 하면 반드시 재앙이 따른다."

철도는 아무런 대답도 하지 않았다.

"집을 나서면 그길로 산을 넘어 멀리 떠나거라."

철도는 귀를 의심했다. 어머니의 표정에서 바위 같은 의지를 읽을 수 있었다.

"그것이 네가 살고, 네 부친이 살고, 나 또한 사는 길이다."

"그게…… 무슨 말씀이신지요?"

그녀는 철도의 얼굴을 서글프게 바라보며 말했다.

"네가 입산 수련을 무사히 마친다 해도 가문을 잇게 되는 일은 절대로 없어. 그런 일이 일어난다면 네 목숨뿐 아니라 네 부친의 목숨까지 위태롭게 될 것이다."

철도는 아니라고 소리치고 싶었지만 입으로는 아무 말도 내뱉지 못했다. 알 수 없는 서러움에 눈물이 볼을 타고 턱 끝에서 뚝뚝 떨어졌다.

"서한아. 어딜 가서라도 모나지 말고, 앞장서지 말고, 눈에 띄지 말고……. 그게 우리가 타고난 운명이다. 알겠느냐?"

"예. 어머니."

정 씨가 작은 단지를 내밀었다.

"된장만 있다면 산속은 먹을 것이 천지다. 이것이면 한 달은 버틸 수 있을 게야. 부디 내 말을 명심하여라."

"예…… 어머니."

철도에게 주어진 어머니와의 작별 시간은 길지 않았다. 곧 산으로 출발할 시간이 다가왔기 때문이다. 철도는 울며 어머니에게 절을 했다.

"안녕히 계십시오. 어머니. 꼭…… 뫼시러 오겠습니다."

정 씨는 슬프게 웃으며 아무런 대답도 하지 않았다. 그녀의 두 눈에 가득 찬 눈물이 마른 볼을 타고 흘러내렸다. 철도가 마지막으로 본 어머니의 모습이었다.

철도와 일도는 각각 솥단지 하나와 식량을 등에 지고 집에서 이십 리쯤 떨어진 산속으로 들어갔다. 집안 장로들은 철도와 일도가 산으로 들어가는 것을 확인했고, 산에서 내려오는 길목 또한 하인들을 시켜 철저히 난색했다. 범이 출몰하는 험준한 산이었다. 그러나 일도는 이미 그의 어머니 이 씨가 하인들을 시켜 만들어 놓은 그럴듯한 움막 안에서 솜을 넣은 두툼한 옷을 몇 겹씩 껴입고, 하루에 한 번 하인을 통해 몰래 보내는 음식을 받아먹었다. 그러면서도 일도는 음식을 가져오는 하인에게 반찬투정을 했다.

철도는 어머니의 말대로 곧장 산 정상으로 향했다. 산꼭대기에서 산줄기를 타고 남으로, 남으로 내려갔다. 계절은 이른 봄이었지만 군데군데 아직 잔설이 남아있었다. 산속의 해는 유난히 짧았고, 밤이 되면 산바람이 살갗을 도려낼 만큼 차가워졌다. 그나마 다행인 것은 산속에 널린 산채들이었다. 어머니에게 배워두지 않았다면 그냥 스쳐 지나가고 말았을, 이름 모를 잡초에 불과했을 산채. 그때의 철도에겐 생명을 지켜주는 소중한 먹거리였다. 배가 고프면 젊어지고 온 솥을 걸어 약간의 쌀로 나물죽을 해 먹었다. 험준한 산꼭대기에서는 삼나물이라고 불리는 눈개승마의 어린싹을 뜯어먹었다. 잔설을 녹여 물을 끓이고, 끓는 물에 데쳐 된장에 찍어 먹었다. 훌륭한 밥반찬이었다. 어머니의 말대로 된장만 있다면 세상의 모든 것을 먹을 수 있을 것 같았다.

이렇게 사흘을 산을 오르내리며 남쪽으로 내려오자 산세가 얌전해지고 바람도 찬 기운이 확연히 누그러져 있었다. 아끼고 아꼈지만 쌀자루에 남은 쌀로는 이틀이나 사흘을 버티는 것이 전부일 것 같았다. 철도는 물을 찾아 산을 타고 내려갔고 얼마 가지 않아 물소리를 들었다. 깨끗한 물이 흐르는 계곡이었다. 사람들이 땔나무를 해 간 흔적들로 봐서 마을도 멀지 않을 것 같았다. 철도는 마을과 적당히 떨어진 이곳에 움막을 짓던, 동굴을 찾던, 당분간 머물기로 했다. 하늘이 도운 것인지 불을 피운 흔적이 있는 동굴을 발견했다.

산이 낮아지니 산나물의 종류도 크게 늘었다. 명이나물, 참나물, 모싯대가 있었고 조금 내려가니 양지바른 언덕에 쑥, 엉겅퀴, 씀바귀, 달래, 냉이, 질경이 등이 보였다. 뜯을 수 있는 나물들은 뜯고, 캘 수 있는 나물들은 캐서 일부는 먹고 일부는 볕에 말렸다. 계곡의 물을 막고, 돌을 들춰 송사리와 가재 등을 잡아 굽기도 하고, 된장을 풀어 삶아 먹기도 했다. 그렇게 허기를 물리치고 나뭇가지 사이로 쏟아지는 햇볕 아래 드러누워 처음으로 자유라는 것을 만끽했다. 지금 이 산속에서는 서한이가 아니었다. 강 씨 집안의 노비도 아니고 자식도 아니었던 서한이. 어정쩡한 신분 때문에 일도와 다른 피붙이들에게 냉대와 멸시를 받아야 했고, 노비들에게도 은근한 따돌림을 받아야 했다. 그런 모든 속박이 이곳에는 없었다.

그러나 밤이 되면 쌀쌀한 날씨와 짐승들의 울음소리가 열다섯 살의 철도를 두렵게 했다. 그럴 때면 어머니가 주신 된장 단지를 꼭 안고 잠을 청했다. 그는 된장 단지에 돌조각으로 입산 날부터 날짜를 새기기 시작했다. 그 숫자가 벌써 '바를 정(正)'자를 세 개 만들고, 세 획을 더했다. 입산하고 열여드레가 지났다.

그날 밤은 유난히 따뜻했다. 계절이 바뀐 것인지 잔바람조차 없었다. 초저녁에 잠이 든 철도는 문득 어떤 소리에 잠에서 깼다. 무엇인가 동굴 쪽으로 다가오고 있었다. 낙엽 밟는 소리, 잔가지 부러지는 소리가 점점 크게 들려왔다. 다가오는 것이 사람인지, 짐승인지 알 수 없었으나 그 소리의 주인은 거침이 없었다. 본능적으로 몸을 튕기듯 일어나 머리맡에 놓아둔 몽둥이를 들었다.

"찾았습니다. 도련님."

눈빛에 선량함이라고는 찾아볼 수 없는 사내들이었다. 그들은 천으로 칼집을 동여맨 칼을 든 채 동굴 입구를 막고 서 있었다. 그 뒤로 너무 익숙한 목소리가 이어졌다.

"천한 것이 여기 숨어 있구나. 무사히 살아서 내려갈 수 있을 것이라 생각했더냐?"

일도였다.

"네놈을 단칼에 죽여 화근을 뿌리째 뽑아야겠다. 네까짓 것, 닭모가지 비틀 듯 죽여 버리고 호환을 당했다 하면 그만이다. 쳐라!"

일도의 말이 떨어지자 세 명의 칼잡이가 시퍼렇게 날이 선 칼을 뽑아 들었다. 그들은 일제히 철도에게 달려들었지만, 갑자기 입구가 병목처럼 좁아 드는 동굴 안의 구조 때문에 정작 한 번에 한 명씩밖에 들어갈 수 없었다. 철도는 본능적으로 첫 번째 칼잡이의 정수리를 있는 힘껏 내려쳤다. 첫 번째 칼잡이가 맥없이 고꾸라졌다. 철도는 몽둥이를 버리고 그가 떨어트린 환도를 주워들었다. 두 번째 칼잡이가 미처 자세를 잡기도 전 철도의 칼끝이 그의 명치를 뚫었다. 세 번째 칼잡이는 동굴 안에서의 싸움이 불리하다는 것을 알아차렸다. 칼 대신 등에 진 쇠뇌를 꺼내 들었다.

그가 쇠뇌에 화살을 장전하기 전에 공격해야 했다. 몸을 날려 세 번째 칼잡이의 어깨를 노렸지만, 그는 앞선 두 칼잡이와는 다른 몸놀림이었다. 철도의 공격을 예상이라도 한 듯 슬쩍 흘려보냈다. 쇠뇌를 잡으려던 동작은 철도를 끌어내기 위한 속임수였던 것이다. 사내의 빠른 칼 놀림에 철도는 계속 밀렸다. '챙!' '챙강!' 연거푸 칼잡이의 칼을 막으며 뒤로 물러나던 철도는 헛발을 디뎌 비탈진 곳에서 굴렀다. 칼잡이가 틈을 주지 않고 철도에게 달려들었다. 절체절명의 순간이었다. 철도는 쥐고 있던 칼을 달려오는 칼잡이를 향해 던졌다. 칼을 던지는 것은 최후의 검법으로 위험한 일이었다. 예상을 못한 탓이었을까. 칼잡이가 몸을 낮춰 가까스로 철도의 칼을 피했으나 그 역시 비탈에서 허방을 딛고 중심을 잃어 구르기 시작했다. 조금 떨어진 곳에서 지켜보던 일도가 발악하듯 소리쳤다.

"죽여! 죽여! 죽여 버리라고!"

칼잡이가 철도 앞까지 굴러 내려왔다. 그런데 어쩐 일인지 몸을 일으키지 않았다. 어이없게도 그는 칼을 안고 비탈을 구르면서 그만 칼로 자기 배를 찌르고 만 것이었다. 칼잡이는 배 깊숙이 박혀 있는 환도를 절망적인 시선으로 내려다보더니 피를 울컥 토해 냈다. 그렇게 세 번째 칼잡이까지 쓰러지자 일도는 황망한 얼굴로 도망치기 시작했다. 철도가 칼을 주워 들고 일도를 쫓았다. 얼마 가지 않아 철도는 일도의 앞을 가로 막고 섰다. 거친 숨을 뿜어내며 동갑내기 이복형제는 작은 실개천을 사이에 두고 마주 섰다.

"날 죽일 게냐? 네깟 놈이? 내 몸에 털끝 하나만 건드려도 네

에미는 능지처참을 당할 것이야!"

일도의 한 마디는 그 어떤 공격보다 철도를 무기력하게 만들었다. 철도는 일도를 바라보며 분노로 몸을 떨 뿐이었다. 아무것도 못 하고 부들거리며 서 있는 철도를 비웃듯 일도는 천천히 산에서 내려갔다. 철도는 그길로 동굴을 떠나기로 했다. 짐이랄 것도 없었다. 새로 생긴 갈 한 자루와 어머니가 주신, 이제는 반쯤 남은 작은 된장 단지가 전부였다. '더 남쪽으로 내려가야 한다. 이제는 사람까지 죽였으니 정말 세상을 등지고 살아야 한다.'

달빛에 의지해 냇물을 따라 얼마쯤 산을 내려가던 철도는 오솔길을 발견했다. 길의 폭이나 방향으로 봐서 짐승들이 만든 길은 아니었다. 마을이 가깝다는 것을 알 수 있었다. 그때였다. 철도는 인기척에 놀라 몸을 낮추고 신경을 곤두세웠다. 그것은 분명 사람의 신음 소리였다. 철도는 갈등했다. '저 소리를 피해 돌아가야 하나, 아니면……' 몸을 낮춘 채 조심스럽게 다가갔다. 어차피 산을 내려가려면 그 오솔길을 따라 가는 것이 가장 빨랐다. 천천히 다가가던 철도가 멈춰 섰다. 피를 낭자하게 흘리며 쓰러져 있는 사람은 의식을 잃은 일도였다. 일도의 얼굴과 가슴에는 짐승의 것이 분명한 발톱 자국이 깊은 상처로 남아 있었다. 그만한 상처를 남길 수 있는 산짐승은 오직 호랑이뿐이었다. 그대로 두고 지나칠 수도 있었으나 철도는 그 자리에 멈춰 섰다.

무엇이 발걸음을 세웠는지 철도 자신도 알 수 없었다. 눈 밝은 철도는 새롭게 돋아나는 인진쑥과 몇 가지 약초를 어렵지 않게 찾아냈다. 그것들을 뽑아 돌에 짓이겨 상처에 바르고 옷을 찢어 상처를 묶었다. 그러는 동안 일도는 의식을 차렸다. 숨을 헐떡이며 철도를 노려보고 있었으나 그 어떤 말도 하지 않았다. 철도는 일도가 차고 있던 수통에 샘물을 받아 일도의 머리맡에 놓고 일어섰다. 벌써 해가 중천에 떠 있었다.

"마을을 지나다 첫 번째 만나는 사람에게 여기 호환을 당한 사람이 있다고 언질을 할 것이다."

철도가 그렇게 말을 하고 돌아섰다.

"왜 날 안 죽이지?"

일도가 힘겹게 물었다. 철도는 답하지 않았다. 아니, 답이 떠오르지 않았다.

"죽여라. 네놈에게 목숨을 신세지고 싶지 않다. 사는 내내 치욕일 테니……."

"그래? 그렇다면 그것을 이유로 삼으면 되겠구나. 네놈에게 치욕을 주는 것, 그것이 내가 너를 구한 이유다."

"……."

"이것도 알아 둬라. 반쪽이지만 네놈 몸엔 내가 흠모하는 분의 피가 흐른다. 그 피가 너를 구했다. 하지만 다음에는 언제, 어디서 네놈을 만나든 반드시 죽일 것이다. 명심해라!"

일도의 눈에서 눈물이 흘러내렸다. 그것이 치욕감인지, 고마움인지, 고통 때문인지 알 수 없었다. 돌아서서 휭하니 길을 가던 철도는 빈 지게를 지고 나무를 하러 올라가는 두 남자를 보았다. 일각이 지나지 않아 일도는 그들에게 발견될 것이 분명했다. 그길로 열흘을 더 남쪽으로 내려갔다. 눈앞에 어마어마한 산이 하늘을 절반쯤 가리고 서 있었다. 지리산이었다. 철도는 지리산의 한 자락을 타고 오르기 시작했다.

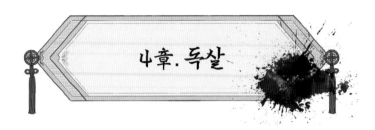

4章. 독살

철도가 마포의 집에 도착했을 때, 안방에서 희미하게 불빛이
새어 나오고 있었다. 열무와 마날이 아직 잠들지 못하고 철도를
기다리고 있었다. 철도가 안방 문을 열고 들어서자 기다리고 있
던 열무와 마날이 달려들었다. 철도의 복잡한 심경을 알 리 없는
열무와 마날은 제비 새끼처럼 보채기 시작했다.

"형님! 임금의 얼굴은 보았소?"

"냄새만 맡고 소리만 들었다."

"뭔 음식을 만들라카더나?"

"음식이 아니다."

윤홍에게 받은 돈주머니를 방바닥에 던져 놓자 열무가 송골
매 병아리 채가듯 주워 들고는 좋아했다.

"오옷! 이것이 첫 녹봉이요? 벼락출세요! 벼락출세! 종6품이

74

면 무관으로 치면 종사관급이여!"

철도가 시큰둥하니 대꾸가 없자, 눈치 빠른 마날이 철도의 얼굴을 빤히 쳐다보았다. 철도와 동생들 사이에는 비밀이라는 것이 없었다. 즐거운 일은 물론이고, 걱정거리라면 더더욱 함께 나눴다.

"오라방아. 와 돈꿰미보다 백배는 더 무거운 근심 꾸러미를 달고 온 것 같아 보이지?"

"누가 육쪽 마날 아니랄까 봐…… 눈치 돌아가는 건 네가 언니다. 사내놈들은 그저 쯧쯧……."

"풀어봐라. 오라방이 지고 온 근심 꾸러미."

철도는 돈주머니를 들고 좋아하는 열무와, 말똥말똥 자신을 바라보고 있는 마날을 번갈아 바라보며 어디서부터 말을 시작해야 할지 생각했다. 그는 차근차근 대궐에서 있었던 일을 이야기했다. 그러나 어머니의 된장 이야기만은 뺐다. 동생들이 기겁할 것이 눈에 선했다. 두 동생의 반응은 철도의 예상대로였다. 동생들은 종친 살해 사건이라는 역모의 범인을 쫓는 일에 무슨 일이 있어도 따라나서겠다는 것이다. 마치 포도청 소속의 관군이라도 된 듯 신이 난 열무는, 다음날 당장 대장간으로 달려가 여덟 근짜리 강철 육모방망이 두 개를 만들어 마날과 하나씩 나눠 갖겠다고 설레발을 쳤다.

철도와 동생들은 다음날 달이 뜰 무렵 북촌 마을이 내려다보이는 산자락에 올랐다. 마을을 내려다보며 철도가 두 동생에게 말했다.

"그저 같은 맛의 된장을 찾는 일이 아니다. 내가 너희들을 이 일에 끌어들인 게 옳은 일인지 모르겠다. 왕족을 살해하고, 토막을 내 대궐 잔치에 보낸 극악무도한 놈을 잡는 일이야."

"여까지 끌고와 시방 그게 무슨 말이여? 그놈을 잡으면 임금이 원하는 걸 준다잖소? 벼슬을 제대로 받으시오. 숙수 따위 말고, 무관으로다!"

"하모! 바늘 가는 데 실이 안 가겠나! 오라방의 출세는 우리의 출세지!"

"든든하구나."

철도는 두 동생의 허세에 피식 웃음이 나왔다. 마날이 산 아래로 펼쳐진 기와지붕들을 손차양 아래로 내려다보며 인상을 찌푸렸다.

"그런데 오라방아. 집집마다 숨어들어가 장맛을 본다꼬? 한양에서 김 서방 찾고, 섶에 떨어진 바늘 찾기 아이가?"

"꼭 그렇지만은 않지."

열무가 끼어들었다.

"요즘 같은 어려운 시절에 장을 담가 먹는 자라면 방귀깨나 뀐다는 자들이 아녀? 그라고, 된장이란 건 아랫목에 숨겨 두는 것도 아니고, 담만 넘어가면 장독대니 의외로 쉽게 찾을지도 모른당께?"

"열무 말이 옳다. 요즘 시절에 장을 담가 먹는 상민이 몇이나 되겠어? 권세 있는 양반들 집과, 돈 냄새를 풍기는 중인들의 장독만 뒤지면 될 것이야."

"아, 그래도 이건 좀 미련한 짓 같은데……."

무엇이든 하는 일에 능률을 중시하는 마날의 성품으로는 가

가호호 잠입해 장독을 뒤지는 방식이 마음에 들 리 없었다. 하지만 아무런 단서가 없는 상황에서, 그 누구에게도 없는 특출난 미각을 가진 철도로서는 이 방법이 가장 빠르다고 판단했다. '길어도 보름이면 답이 나올 것이다.' 철도는 그렇게 자신했다.

인경 소리를 들은 후 이각이 지났다. 철도와 두 동생은 천천히 능선을 타고 내려가기 시작했다. 산자락 바로 밑에 꽤 큰 규모의 기와집이 있었다. 철도는 이 집부터 시작할 요량이었다. 얼마 떨어지지 않은 곳에서 개 짖는 소리가 났다. 철도 일행은 긴장했지만 다행히 개는 금방 짖기를 멈췄다. 마날이 담 밖에서 망을 보고, 철도와 열무는 첫 번째 기와집의 담을 넘었다. 장독대에 접근한 열무가 조심스럽게 항아리 입구에 코를 대고 냄새를 맡아 된장 독을 찾아냈다. 열무가 뚜껑을 조심스럽게 열면 철도는 자신의 전용 숟가락으로 된장을 조금 퍼서 맛을 보았다. '이 맛이 아니다.' 철도가 열무를 보며 고개를 저었다. 두 사람은 펄쩍 뛰어 다시 담을 넘었다. 들어가서 나오는 데까지 걸린 시간은 탁배기 한 사발 마시는 정도의 시간이었다. 이런 식이면 하룻밤에 오십 집도 가능할 듯했다.

이번에는 담장을 이웃한 옆집으로 들어갔다. 같은 순서로 된장 맛을 봤으나 역시 그 집도 아니었다. 세 번째 집 된장은 너무 썼다. 도대체 어떻게 된장을 담근다면 이런 된장이 된단 말인가? 철도는 퉤, 퉤 침까지 뱉어냈다. 네 번째 집 장맛은 너무 떫었고, 다섯 번째 집은 냄새부터 틀렸다. 철도는 장독 뚜껑을 열자마자 고개를 저었다. 여섯 번째 집 장맛은 너무 짰고, 일곱 번째 집 장맛은 그런대로 괜찮았지만 철도가 찾는 된장은 아니었다.

그렇게 열댓 집이 되자 목이 탔다. 시원한 식혜 한 사발이 간절했다. 갑자기 열무가 제 옆의 항아리 주둥이에 코를 대고 킁킁거렸다. 뭐라고 입모양으로만 말을 하는데 알아들을 수가 없었다. 열무는 엎어진 채 놓여 있는 바가지를 찾아내 뭔가를 뜨는 흉내를 냈다. 철도가 알아듣고 독의 뚜껑을 들어주었고, 열무는 바가지를 넣어 성체 보를 액제를 한 바가지 펐다. 국화주었나. 새로 내린 술 같았다. 철도는 엉뚱함에 기가 찼지만, 열무가 내미는 바가지를 거부하지는 않았다. 그러자 바싹바싹 타던 갈증도 조금은 가시는 듯했다.

닭 홰치는 소리가 들리기 시작했고 새벽이 다가오고 있었다. 조금 있으면 조반을 준비하는 아녀자들이 일어날 시간이었다. 서둘러야 했다. 다음으로 담을 넘어 들어간 집은 육십 칸은 되어 보이는 규모가 상당한 기와집이었다.

"오늘은 이 집을 마지막으로 하자."

철도가 작게 속삭이자 두 동생이 고개를 끄덕였다. 이런 집은 담을 여러 번 넘어야 장독이 있는 곳으로 갈 수 있다. 세 번의 담장을 넘자 마당에 가득 찬 엄청난 규모의 장독대가 나타났다. 철도와 두 동생은 깜짝 놀랐다.

"이게 다 장독이야? 이 집엔 도대체 뭘 하는 인간이 살기에?"

"이 정도면 한양 사람 다 먹고도 남는다 아이가!"

"우와. 콩 쪼가리도 구경 못하고 사는 사람이 태반인데, 이거 어디부터 손을 대야 한단 말이오?"

"어디부터 대긴, 가까운 데부터 대야지."

철도와 열무가 짝이 되어 된장 맛을 확인했다. 장독이 많은 만큼 맛을 볼 된장 독도 많았다. 그러나 역시 찾는 된장의 맛은 아니었다. 철도의 눈에 담장 너머 옆 마당에 보이는 것이 있었다. 상여였다. 마침 열무도 그것을 본 모양이었다.

"저건 상여 야녀? 누가 죽었나?"

그때 마날이 뭘 보았는지 굳은 얼굴로 두 손을 들며 외쳤다.

"옴마야!"

철도가 마날의 시선을 따라 돌아보니, 그 집 하인들이 농기구를 들고 빙 둘러 서 있는 것이 아닌가! 덩치 큰 하인 하나가 날이 긴 쇠스랑을 철도의 울대에 댔다. 하인들 앞으로 한 중년의 사내가 나섰다. 중인 신분이 상중에 쓰는 작은 흰 갓을 쓴 것을 보니 이집 집사가 분명했다.

"웬 놈들인데 남의 집 장독을 함부로 열어보느냐?"

"…… 아뿔싸."

철도는 경계심을 늦춘 자신을 탓하며 중얼거렸다. 열무가 재빠르게 나섰다.

"저, 사정이 쪼매 있은게 조근조근 좋게 말로 하시더라고요."

열무가 억지 웃음을 지어 보였으나 집사는 콧방귀를 뀌었다.

"사정이라? 있겠지. 그러나 월담한 죄 값은 치르자. 사정은 그 다음에 듣지. 얘들아! 조져!"

하인들이 일제히 달려들었다. 철도는 팔짱을 낀 채 뒤로 물러났고 그와 동시에 열무와 마날이 앞으로 달려 나가며 화려한 몸놀림으로 팽이처럼 돌았다. 순식간에 하인들의 절반이 쓰러졌다. 쓰러진 자들은 하나같이 급소를 쥐고 다양하게 앓는 소리를 내며, 뙤약볕에 달궈져 모래밭에 올라온 지렁이들처럼 몸을 비틀고 있었다. 온전히 서 있는 자들은 눈이 휘둥그레져 얼어붙었다. 가장 놀란 것은 집사였다.

"워, 월래? 왜 이래? 저, 저녁을 안 먹었나?"

철도가 스윽 앞으로 나섰다.

"이보시오. 이쯤에서 사정 좀 들어 보실 테요?"

"어험! 지썰여…… 보시오!'

"결코 도둑질을 하기 위해 월담한 건 아니오. 상세히 말 못할 사정이 있으니, 이쯤에서 물러나 날이 밝으면 다시 오겠소."

"상세히 못하겠으면 두리뭉실이라도 좋소. 누구요? 초상집에 왜 월담을 했으며, 장독은 왜 열었소?"

앞으로 나서긴 했지만 난감했다. 임금이 이 일을 은밀히 진행하라고 하지 않았던가.

"그게…… 우리는……."

철도가 얼버무리자 열무와 마날이 불안한 눈으로 철도를 바라보았다. 철도의 입에서 뜬금없는 말이 튀어나왔다.

"의금부 소속 나장들이오."

일단 그렇게 던져 놓긴 했지만 누가 봐도 나장의 행색은 아니었다. 철도는 기도 안 찬다는 얼굴의 집사에게 다가가 목소리를 낮췄다.

"소문은 들어 아실 거요. 지금 온 나라를 떠들썩하게 만든 그 일로 혹 단서를 찾을까 하여 사복으로 야경을 돌던 중 웬 수상한 자가 이 집 담을 넘지 않겠소? 그래서 우리도 따라 넘었소."

그리고 손가락으로 장독대를 가리켰다. 그러자 집사가 화들짝 놀라 백 개는 훨씬 넘는 장독들을 바라보더니 하인들에게 손짓으로 장독을 뒤지라고 지시했다. 하인들은 절뚝거리며 일어나 삼삼오오 짝을 지어 장독대를 둘러쌌다. 큰 항아리 앞에서 일부는 무기를 들었고, 일부는 뚜껑을 열어 젖혔다. 괴한이 튀어나오면 즉시 머리를 박살낼 기세였다. 하인들이 그렇게 장독과 주변을 샅샅이 뒤지는 동안 집사는 땅이 꺼져라 한숨을 쉬고 담 너머의 상여를 바라보며 묻지도 않은 것들을 주절이기 시작했다.

"하루아침에 날벼락이지, 대군께서 그렇게 참혹하게 돌아가실 줄이야……."

"대군? 그럼 여기가? 그……?"

"알고 오신 거 아닙니까?"

뜻밖이었다. 이 집이 바로 어전난로회 때 토막 난 시체가 되어 우심 대신 배달된 봉령군의 사저라니! 철도의 놀라는 모습에 집사가 의심의 눈초리로 바라보았다. 철도는 얼른 표정을 단속하고 목소리를 깔았다.

"죄를 지은 자들은 모름지기 그 현장에 다시 나타나는 법이오. 모르고 어떻게 여길 오겠소. 장례 준비는 잘 되어 가시오?"

"열 토막이 난 시신을 겨우 꿰매 붙여, 불행 중 다행으로 오일장에 맞추게 되었습니다."

"시신을 좀 볼 수 있소?"

철도는 뜬금없이 끼어든 마날을 휘둥그레진 눈으로 나무라면서 입술을 실룩거렸다. '뭐 하자는 게냐? 얼른 자리를 뜰 생각을 안 하고?'라는 말 대신 보낸 시선이라는 것을 눈치 빠른 마날이 모를 리 없건만 그녀는 철도의 시선을 외면했다. 집사가 손을 내저으며 말했다.

"이미 검관들이 복검, 삼검을 마쳤는데 또 보신다고요?"

"꼭 봐야겠습니다."

철도는 어이가 없어서 고개를 돌렸다. 그의 시야에 여전히 장독대를 뒤지고 있는 하인들이 들어왔다.

철도 일행은 집사의 안내로 봉령군 이적의 집 사랑채로 들어갔다. 병풍 뒤 관 속에는 봉령군의 시신이 안치되어 있었다. 철도와 열무는 영 내키지 않아 마날의 뒤에 숨어 우물쭈물 하고 있었지만, 시신은 옷을 입혀 놔서 그런지 생각보다 흉하지는 않았다. 마날이 눈을 반짝이며 시신을 감싼 상복의 소매와 바짓단을 걷었다. 거칠게 살가죽을 꿰매 붙인 시신의 팔다리가 드러났다.

열무는 기겁을 하고 물러났고, 움찔 놀란 철도는 손으로 입을 막고 연신 헛구역질을 했다. 마날은 거침이 없었다. 봉령군의 팔에 꿰매어 붙인 손을 뚝 떼어 그 단면을 들여다봤다. 열무는 참지 못하고 구역질하며 밖으로 도망쳤고 정신이 아찔해져 휘청거리던 철도는 차라리 안 보겠다는 듯 눈을 질끈 감았다. 눈 하나 깜짝하지 않는 마날은 시신의 냄새를 맡아보고, 손가락으로 여기저기 눌러봤다. 품에서 은비녀를 꺼낸 마날은 봉령군의 입을 힘겹게 벌려 집어넣으면서 말했다.

"오라방. 촛불 갖고 이리 좀 와 봐라."

"왜, 왜 그러느냐?"

"시신이 전체적으로 부풀어 오른 것 같지 않나?"

"부패가 시작됐겠지. 사건이 발생한 지 벌써 사흘째가 아니냐······."

철도가 인상을 찌푸리며 시신의 얼굴을 힐끔 쳐다봤다. 시신의 얼굴은 유난히 검푸르고 전체적으로 부어 있었다.

"시체 틈바구니에서 먹고, 자며, 나이를 먹은 게 바로 내다. 지금 이 시체는 냄새에 비해 색이 너무 검푸르다."

"……!"

"이 양반 면상은 또 와 이라노? 풍등처럼 부었다 아이가."

"왜 이런 것이냐?"

마날은 봉령군의 입에 넣었던 은비녀를 빼서 촛불에 비춰 보았다. 입에 들어가 있던 은비녀는 갈변되어 있었다. 철도와 마날이 동시에 외쳤다.

"독이다!"

"여기, 잘린 단면을 좀 봐 바라."

마날이 봉령군의 잘린 손을 들어 철도 눈앞에 흔들어 댔다.

"죽은 지 최소 하루 이상 지난 후 팔다리가 잘렸어. 딱 보면 안다."

"그, 그래. 알았다. 제발 좀 치워라. 흔들지 마라. 좀! 집사가 오일장이라고 했다. 그럼 네 말과 맞아 떨어진다. 어전난로회가 사흘 전이었으니, 난로회 이틀 전 이미 봉령대군 이적은 죽었던 것이다."

그때, 누군가 방으로 들어와 소리쳤다.

"웬 놈들이 무엄하게 관을 열었느냐?"

집사와 함께 들어 온 상복 차림의 남자는 얼굴에 짐승의 발톱 자국이 분명한 길고 깊은 상처가 있었다. 의금부 소속의 김원회였다. 그러나 그를 돌아본 철도가 아는 이름은 김원회가 아니었다. 강일도. 한눈에 일도를 알아본 철도는 저도 모르게 일어섰다.

그러나 일도는 철도를 알아보지 못하는 눈치였다. 하긴 십사 년 전, 산에서 호랑이에게 당한 일도를 도와준 이후 처음 만나는 두 사람이었다.

"네놈이냐? 의금부에서 왔다는 자가?"

철도가 대답을 못 하자 집사가 목소리를 높였다.

"이부시오. 나리께서 하문하시지 않소!"

조금 전까지 풀이 죽어 있던 집사는 주인 앞에 서자 갑자기 번견(番犬)처럼 이빨을 드러냈다. 철도는 고개를 숙인 채 대답했다.

"예, 그렇습니다."

"이미 조사를 마쳐 아침에 발인을 앞둔 관에 손을 대다니, 네놈들이 정녕 죽고 싶은 게냐? 누가 보내서 이런 패륜을 저지르는 것이냐?"

철도는 고개를 들어 일도를 바라보았다. 여전히 그는 철도를 알아보지 못하는 눈치였다. 철도는 생각했다. 임금의 기밀 유지 명령을 어길 수는 없다. 그렇다면 그 아랫사람을 팔아야 했다. 좌상 대감이 그 자리에 있었고, 이 사건의 책임자라고 했다.

"그것이……. 좌상 대감께서 내리신 명입니다."

"좌상 대감께서?"

좌상 대감이라는 말은 철도의 기대보다 훨씬 큰 효과가 있었다. 일도는 다소 당황하는 눈치였고 태도가 눈에 띄게 누그러졌다. 그는 어쩔 수 없다는 듯 돌아서며 말했다.

"일이 끝났으면 대군의 옥체를 다시 정중히 모셔 놔라."

"알겠습니다."

철도가 고개를 숙였다. 그때 방에서 나가려던 일도가 문득 멈춰 서며 물었다.

"네 이름이 무엇이냐?"

"…… 귀설이라 하옵니다."

일도는 날카로운 눈을 들어 철도를 일별하고 방을 나갔다. 철도는 멍하니 그가 나간 방문을 바라보고 서 있었다. 마날의 눈에는 그런 철도가 분명 이상해 보였다. 하지만 목구멍을 간질이는 궁금증을 꿀꺽 삼켜버리고 이불이라도 꿰매듯 봉령대군의 사지를 다시 이어 붙이기 시작했다. 철도 일행이 집을 나서려하자 집사가 따라나왔다. 철도가 집사에게 조용히 물었다.

"아까 그분은 뉘시옵니까?"

"다 알고 왔다면서? 이 집 상주요. 후사가 없는 봉령군의 유일한 상주! 사위이기도 하지요. 의금부 도사 김원회를 모른단 말이오?"

"김원회? 이름이 김원회라는 말이오?"

"원래는 아니었지. 몰락한 무반, 강 씨 집안의 아들이었으나, 나는 새도 떨어트린다는 좌의정의 양자로 들어가 새로 얻은 이름이오. 참말로 뭘 알고 온 것이 맞소?"

철도는 커다란 나무망치로 머리를 얻어맞은 듯 그 자리에 한참을 서 있었다.

철도 일행이 봉령군의 집에서 나왔을 때는 이미 새벽이 파랗게 밝아 오고 있었다. 가까운 주막에 든 그들은 아직 아랫목에 붙어 있어야 할 주모를 깨웠다. 아침밥을 기다리며 일단은 탁주로 목을 축였다. 마날이 평상 위에 펼쳐 놓은 지도에 지금까지 장맛을 본 집을 표시하다가, 평상 끝에 엉덩이를 걸치고 생각에 잠긴 철도를 바라보았다. 철도는 봉령군의 집에서 얼굴에 흉터가 있는 자를 만난 후부터 급격히 말수가 줄어들었다. 마날이 조심스럽게 물었다.

"누고? 아까 그 사람?"

"……."

"또 입을 닫아버리네? 아는 사람이가?"

"너는 말이다. 눈치가 지나치게 빨라. 사람 기분을 몹시 나쁘게 해. 너도 알지? 가끔은 좀 모른 척할 수는 없겠냐?"

마날은 철도의 힐난을 인정한다는 뜻으로 입맛을 '쩝' 다셨지만 역시 제 할 말은 다 했다.

"그래서 누구냐니까?"

철도는 소문으로 들었던 지난 환국 때의 이야기를 떠올렸다. 그의 아버지 강자성이 서인들의 모함을 받아 망나니의 칼에 죽게 될 운명이라는 것을 미리 알고 있던 일도의 외가는 서둘러 강자성과 사정파의를 했다. 혼인 관계를 정리한 일도의 어머니 이씨는 일도를 서인 가문의 양자로 넣어 목숨을 부지하도록 했다는 것이다. 그 소문이 사실이었다. 김원회. 자신의 아버지를 역모로 몰아 죽인 자에게 목숨을 구걸한 자의 새 이름이었다.

"그짝은 오라방을 모르는 것 같던데?"

"오랫동안 잊고 있었던 사람들이 하나 둘 내 앞에 나타나고 있다. 모두 나를 흔들기로 작심이나 한 듯."

"뭘 봉창을 두드리노? 내 질문이 그리 어렵나. 선문답을 하네?"

"오늘은 이쯤에서 돌아가자. 집에 가서 한숨 자고, 낮에 또 움직이자."

화제를 돌리자 마날의 눈꼬리가 가늘어졌다. 철도는 지금 뭔
가 숨기고 있는 게 분명했다. 분위기 파악이 전혀 안 되는 열무
가 걱정스런 얼굴로 끼어들었다.

"그럼 대낮에도 담을 넘어라?"

"작은 오라방 대가리는 그냥 겉치레로 달린 거가? 써라. 쫌.
대가리."

"뭐라? 대, 대가리? 이 가이나가 참말로?"

마날과 열무가 티격태격하는 동안, 철도는 밥값을 치르기 위
해 평상에서 일어섰다. 툇마루에 앉아 꾸벅꾸벅 졸고 있는 늙은
주모가 철도의 눈에 들어왔다. 발소리를 죽여 주모에게 다가가
마루 끝에 조심스럽게 엽전을 내려놓았다. 행여 주모가 깰까 봐
발소리를 죽여 조심스럽게 돌아서 나갔다. 그런 철도를 마날은
흠모하는 눈빛으로 바라보고 있었다. 눈치 없는 열무가 철도를
부르려고 하자 마날이 다리를 쭉 뻗어 발바닥으로 열무의 입을
막고, 검지를 입술에 대며 조용히 하라는 시늉을 했다.

오시가 지났다. 누가 봐도 부잣집인 고대광실 기와집의 높다
란 솟을대문 앞에 보부상과 새파랗게 젊은 방물장수가 서 있었
다. 철도와 동생들이었다. 열무는 새우젓 항아리를 짊어지고 있
었고, 마날은 치마저고리를 챙겨 입고 작은 가채까지 구해 쓰고
있었다. 먼저 열무가 목청을 높여 외쳤다.

"소금이 왔어요. 소금! 새우젓. 밥반찬에 좋은 오젓, 토실토실
알배기 육젓이 왔어요."

"옥비녀, 은비녀, 금비녀, 골무, 바늘, 명주실, 비단실~ 방물!"

"이놈들 보게? 어디 가서 굶어 죽지는 않겠구나."

철도가 동생들의 능청 떠는 꼴을 지켜보며 웃고 있는 동안 대문이 삐그덕 소리를 내며 열렸다. 중년의 하인 하나가 나왔다.

"이보게들, 오늘은 날이 아니니 그냥 물러들 가시게."

"새벽이슬을 밟고 제물포서 달려왔습니다요. 마수걸이해서 팥죽이라도 한 숟가락 히게 형편 좀 봐 주시지요."

열무가 그럴 듯하게 받아넘기자 하인이 이맛살을 찌푸렸다.

"지금 이 댁은 상중이다. 잡상인을 들일 처지가 아녀."

상중이라는 말에 철도와 마날이 빠르게 신선을 교환했다. 열무 역시 흔치 않게 찰떡 같이 알아듣고 하인에게 되물었다.

"상중이시라면서 대문에 '상중'은 왜 안 붙이셨소?"

"거, 말이 참 많은 놈이구나. 썩 물러가라."

"왜 화는 내고 그러시오."

하인의 언성이 높아지자 열무는 웅얼거렸다. 철도는 그런 하인의 태도가 더욱 의심스러웠다. 하인이 문을 닫고 들어가려는 순간, 철도가 갑자기 울상이 되어 물었다.

"상중이시라면! 아이고 혹시 대감마님이? 아이고 대감마님, 이를 어째!"

"우리 대감님을 아느냐?"

"그럼입쇼. 해마다 후한 값으로 거래를 터주셔서 은혜를 갚을 날이 있을까 고대하고 있었는데, 이렇게 허무하게 가시다니!"

"환갑잔치 찾아 드시고 이틀 만에 가셨으니 그나마 호상이다."

"아이고 대감마님! 천한 놈은 여기서 문상을 드리겠습니다. 부디 왕생극락 하옵소서. 대감마님."

대문 앞에서 철도가 절을 하기 시작했다. 하인은 적잖이 감동하는 눈치였고, 철도의 그런 모습에 열무와 마날은 혀를 내둘렀다. 능청이 저희들보다 한 수 위가 아닌가? 이러지도 저러지도 못하는 하인의 모습을 보고 열무가 결정타를 날렸다.

"우리 형님이 저토록 서러워하시니, 동생 된 자로 가만히 있을 수 없소. 육젓이나 서너 되 부주하고 가게 해주시오. 그리고 이건……. 탁배기라도 한 잔 하시지요."

열무는 하인의 손에 엽전 두 닢을 쥐여 주었다. 하인은 얼른 소매춤에 갈무리하고 속삭이듯 말했다.

"하이구. 뭐 이런 걸……, 그럼 뒷문으로 오시게들."

철도가 입으로는 여전히 거짓으로 흐느끼며 동생들에게 한쪽 눈을 껌벅였다. 두 동생은 정나미가 뚝 떨어진 표정이었다. 후문으로 들어온 철도 일행은 새우젓을 옮겨 담는 척하면서 장맛을 보기 시작했다. 그러나 역시 그들이 찾는 된장은 아니었다. 마날이 주위를 살핀 후 철도에게 다가갔다.

"아까 이집 하인 말 들었제? 주인이 환갑잔치를 치르고 죽었다 했다."

"똑똑히 들었다."

"요상타 아이가? 어젯밤 봉령군도 그렇고, 양반들만 걸리는 괴질이라도 도는 기가? 한 집 건너 초상집이고?"

"이상한 게 그뿐이냐? 이 살림에 곡녀를 쓸 돈이 없을 리 만무한데, 곡소리도 안 들린다. 이 집이 누구네 집이냐?"

마날이 지도를 꺼내 보며 말했다.

"호조 참판 홍진표 대감 집이다."

"홍진표라면 권신 중의 권신 아니냐? 봉령군도, 홍 참판도 둘 다 잔치를 치르고 죽었다?"

"잘 차려 먹고 죽었으니 때깔들은 좋겠네."

열무가 콧방귀를 뀌었다.

"아무래도 시신을 봐야 안 하겠나?"

마닐이 칠도를 바라보며 말헀다.

그들은 쥐죽은 듯 조용한 안채로 접근했다. 문간에 숨어 살펴보니 집안사람들이 상복을 입긴 했으나 조문객을 받지는 않는 낌새였다. 집안 여자들이 삼삼오오 모여 앉아 더러는 눈물을 찍어 내며 소리 없이 울고 있었고, 일부는 소곤거리고 있었다. 아무리 봐도 상을 당한 사람들치고는 괴이쩍은 모습이었다. 철도 일행은 안채에서 돌아서 나오다가 지나가는 중노미의 눈에 띄고 말았다. 철도는 차라리 잘됐다 싶어 그 중노미의 뒷덜미를 낚아채 비어 있는 마구간으로 끌고 갔다. 열무가 품에서 마패를 꺼내 중노미의 눈앞에 들이밀었다. 마패를 본 중노미는 눈이 화등잔만 하게 커졌다. 놀란 것은 철도도 마찬가지였다. 엉뚱한 열무 녀석은 언제 또 저런 건 만들었단 말인가? 마닐이 방물 바구니에서 무쇠 육모방망이를 꺼내 턱에 들이대자 중노미의 입에서는 집안 사정이 술술 새어 나왔다.

"대감 나리와 아드님 두 분이 동시에 급살을 맞았습니다요."

"풍비박산이 따로 없네. 그런 집안치고는 너무나 조용하다. 장삿날은 언제냐?"

열무는 제법 언변이 좋아졌다. 철도는 가만히 열무가 하는 짓을 지켜보기로 했다.

"내일모레입니다요."

"그럼 망자의 관은 어디 있느냐?"

"아직 입관도 못했습니다. 오늘 밤에야 관이 오기로 되어 있습니다요."

"밤에 온다?"

관을 왜 밤에 가지고 온다는 것인가? 철도는 이 역시 괴이쩍다는 생각이 들었다.

"시신은 어디에 모셨느냐."

"임시로 뒤채 사당에 모셨습니다요."

"앞장 서거라."

마날이 앞서가면서 '발설했다가는 목이 달아날 것이다'를 손짓과 몸짓으로 다짐을 넣고 있었다. 중노미는 연신 위아래로 고갯짓을 했다. 뒤로 처진 철도는 열무를 잠시 잡아 두고 물었다.

"웬 마패냐?"

"쌀 한 말 주고 구했지라. 어제 같은 일이 생기면 일일이 말하기도 귀찮지 않소?"

"하! 이 숭악한 놈. 내가 너를 그렇게 안 키웠거늘……. 이리 줘 봐라."

철도는 마패를 건네받아 만져보다가, 열무에게 속삭이기 시작했다. 꾸지람을 듣는 줄 알고 긴장했던 열무의 표정이 이내 진지해지더니 연신 고개를 끄덕였다.

"알겠어라!"

열무는 그 길로 내달려 담장을 넘어 사라졌다. 열무가 사라진 쪽을 잠시 바라보던 철도는 손에 들린 가짜 마패를 품속으로 갈무리했다. 사당 안으로 들어가 병풍을 치우니 홍 참판과 두 아들의 시신은 관도 없이 사당 바닥에 안치되어 있었다.

시신들의 얼굴에는 천 쪼가리가 덮여 있었다. 마날이 천을 치우자, 검푸르고 풍선처럼 부은 얼굴들이 드러났다. 철도는 차마 볼 수 없어 두 눈을 감았다. 눈 하나 깜짝 않는 마날이 차분하게 입을 열었다.

"봉령군의 얼굴과 똑같다. 이번에도 역시 중독사다. 같은 독에 당한 것이 틀림없다. 게다가 모두 죽기 전에 잔치를 치렀다. 이것이 그냥 우연이가?"

"우연으로 보기엔 겹치는 게 너무 많다. 무엇보다 마음에 걸리는 것은 죽음을 대하는 집안사람들의 태도다."

"태도?"

"마날아. 여기서 나가면 지난 한 달간 도성 내에서 잔치를 치른 집을 조사하거라. 광통교 아래 각설이들이라면 세 살배기도 일 년 치 일정을 꿰고 있을 게다."

"알았다."

그 시각 열무는 안산 아래 자리 잡은 마을에 있었다. 그곳은 목재를 가공하는 업자들이 부락을 이루고 사는 동네였다. 통나무를 쌓아 놓고, 자르고, 켜서 판자를 만드는 목수들 십여 명이 바쁜 일손을 놀리고 있었다. 하나같이 거친 노동으로 단련된 사내들이었다. 대부분 웃옷을 벗어젖혔는데, 검게 그을린 근육들 위로 땀이 번들거리고 있었다. 열무가 소매 속에 양손을 엇갈려 집어넣고 빙글빙글 웃으며 작업장 이곳저곳을 기웃거리자, 목수들은 일손을 놀리면서도 경계심 가득한 시선으로 열무를 쫓기 시작했다. 편수(목수의 우두머리)로 보이는 작고 탄탄한 몸을 가진 사내가 대패질을 하다가 일손을 놓더니 옆에 세워놓은 자귀를 들고 일어섰다. 열무는 편수 앞으로 다가오며 빙글빙글 웃었다. 편수의 희끗희끗한 구레나룻이 움직였다.

"거기, 빨래터에 갔다가 말 좆 본 큰애기처럼 히죽거리는 이유가 뭐냐?"

"인사가 쪼까 거치네?"

"뭐여? 어디서 굴러온 개뼉다귀냐?"

"용건만 말하겠소. 최근 한 달간 관 짜 준 집을 전수 알고 자픈디?"

"한양이 무슨 계집년 손바닥도 아니고……. 일 년 삼백육십오 일 관을 짜는데, 뭔 할 일이 없는 개잡놈이 그딴 걸 일일이 대가리에 넣어 둘까?"

"걸레를 물고 태어났소? 입이 참 거시기 하요. 그렇게 씨부릴 것이라고 짐작은 했지만 태도가 상당히 거슬리네 잉?"

이미 첫눈에 한바탕 싸움을 예감한 두 사람에게 열무의 깐족거림이나 편수의 퉁명스러움은 수인사나 마찬가지, 편수가 인상을 확 일그러트리며 손에 든 자귀로 열무를 찍었다. 열무가 조금의 동요도 없이 슬쩍 자귀를 피하며 오른발로 편수의 왼쪽 오금을 걸어 찼고, 편수는 한쪽 무릎이 접히며 픽 꿇어앉고 말았다. 놀란 눈치를 감추기 위해 편수가 피식 웃었다. 그는 자신이 상대를 너무 얕잡아 보았다는 걸 알았다. 목수들이 일제히 일어나며 당장 손에 잡히는 것들, 끌, 정, 자귀, 도끼 따위를 쥐고 열무를 둘러쌌다.

"그 집들 중 한밤중에 쉬쉬하며 관을 배달한 집이 있을 것이오."

"기억이 가물가물, 노망난 할마시 시집온 날인디?"

"그 집만 말해 주면 다치지는 않을 것이여."

"낮술을 처먹었나. 아비 어미도 몰라볼 후레아들 놈일세. 얘 들이!"

편수의 신호에 맞춰 목수들이 일제히 열무를 둘러쌌다. 열무 는 온몸의 피가 머리로 몰려드는 느낌이었다. 이럴 때면 정신이 맑아지고, 잡념이 사라졌다. 사물의 움직임도 눈에 더 잘 들어왔 다. 열무는 뒤춤에 감춰 두었던 무쇠 육모방망이를 꺼내 빙빙 돌 리며 말했다.

"우리 형님이 말이여. 내가 열두 살 때부터 쌈박질을 갈쳤어. 그때 이렇게 말했지. 여러 놈이랑 붙을 때 상책은 도망치는 것이 요, 중책은 무릎을 꿇고 덜 맞는 것이라고 했지. 근데 말이여, 꼭 싸워야 할 때는…… 그 하나!"

열무가 강철 육모방망이를 들고 손바닥에 침을 탁 뱉었다.

"빠르게 움직여라!"

그렇게 외친 열무는 좌우 앞뒤로 발걸음을 분주히 움직이며 주위를 분산시켰다. 편수가 소리쳤다.

"오두방정이 뒤집힌 풍뎅이 새끼로구나! 뭣들 하느냐! 저놈을 톱밥으로 만들어라!"

열무는 달려오는 목수들을 이리 치고, 저리 비키며 도망치다 가 공중제비를 돈 후 제일 앞에서 쫓아오던 목수의 등 뒤에서 후 려쳤다. 그리고 비명을 지르며 쓰러지는 자를 일으켜 세워 방패로 삼고 막아섰다. 제비처럼 빠른 열무가 지나갈 때마다 목수가 한 명씩 고꾸라졌다. 목수들이 일제히 멈춰 섰는데 그들은 당황한 기색이 역력했다.

열무가 다시 외쳤다.

"두 번째, 한 놈만 팬다!"

하지만 더 이상 감히 달려드는 자가 없었다. 편수가 이를 갈며 다시 외쳤다.

"뭣들 하는 게냐! 아침들 안 먹었어?"

"안 먹은 게 아니고 못 먹었습니다!"

누군가 그렇게 대답했다.

"헛소리들 말고 동시에 달려들어!"

목수들은 주저했다.

"뭣들 하냐고!"

편수의 거듭되는 재촉에 목수 두 명이 열무에게 달려들었다. 열무는 방패로 삼았던 목수의 머리통을 때려 기절시킨 뒤, 달려드는 자들에게 밀어버렸다. 서너 명의 목수가 한데 뭉쳐 쓰러졌다.

열무가 다시 소리쳤다.

"그, 셋! 우두머릴 노린다!"

또 다른 목수가 도끼를 들고 열무에게 달려들었다. 열무는 쌓아 놓은 목재 더미 위로 펄쩍 뛰어 올라 그 위로 달렸고, 목수들은 목재 더미 아래서 쫓았다. 그러는 사이 열무는 편수에게 달려가 뛰어내리며 덮쳤다. 한쪽 팔로 편수의 목을 휘어 감고 매달렸지만, 편수 역시 만만치 않았고 힘으로 열무를 뿌리쳐 던져버렸다. 저만큼 떠서 날아간 열무가 빙글 공중제비를 돌며 착지했

다. 그때를 놓칠세라 편수가 자귀를 힘껏 던졌다. 핑그르르 돌며
날아오는 자귀를 열무는 강철 육모방망이를 던져 막아냈다. 그
때 열무의 좌우로 목수들이 달려들어 양팔을 잡았다. 열무가 한
목수의 귀를 물어뜯자, 물린 목수는 비명을 지르며 손을 놓았고,
그 틈을 이용해 발목에 차고 있던 단도를 꺼내 다른 목수의 목에
들이댔다. 편수는 다시 자귀를 주워 들고 열무에게 달려들었고
열무에게 잡힌 목수는 두 손을 들고 아우성쳤다.

"형님, 오지 마! 나 죽는다니께!"

한 손으로 목수의 머리를 안고 있는 열무의 다른 손에는 칼이
들려 있었다. 그쪽 손에 힘이 들어갔다. 동패가 잡힌 것을 보면
서도 편수는 악을 쓰며 계속 열무에게 달려들며 외쳤다.

"으아아아아아! 나를 따르라!"

"안 돼! 오지 말라니께!"

열무에게 잡힌 목수가 외쳤다. 아랑곳없이 돌진하던 편수는
뒤통수가 스산한 것을 느꼈다. 멈춰 서서 돌아보는데, 자신을 따
르는 자가 아무도 없었다. 목수들이 하나 둘 무기를 내려놓았다.
들고 있던 자귀를 던져버리고 무릎을 꿇은 편수는 그 기세로 미
끄러져 열무의 앞까지 밀려왔다. 싸움은 그렇게 싱겁게 끝났다.
목숨까지 걸어 가며 지켜야 할 비밀은 없는 모양이었다. 편수가
술술 불기 시작했다.

"요 한 달간 밤에 몰래 관을 배달한 집은 한 예닐곱 집 됩니다."

"그것이 어디, 어디요?"

"밤나무골 김 참판댁, 남산골 한 대감댁, 전 이조판서 송 대감
댁, 호조판서 홍진표 대감댁……."

열무는 씨익 웃고, 그길로 약조한 주막거리로 향했다. 그리고 기다리고 있던 철도에게 경과 보고를 했다. 마침 마날도 급한 걸음으로 들어와 앉으며 품에서 명단이 적힌 종이를 철도에게 내밀었다. 철도가 명단을 훑어보고 말했다.

"스물한 집?"

"자질구레한 잔치는 빼고 사흘 이상 잔치를 벌인 부잣집만 추린 겁니더."

마날이 철도의 잔에 탁배기를 한 사발 따라 벌컥벌컥 들이켰다. 열무가 또 다시 콧방귀를 뀌었다.

"사흘씩이나 잘 처먹고 잘 놀다 뒈졌으니 여한들은 없겠소."

철도는 열무의 얼굴을 빤히 바라보았다.

"우째 그런디요?"

"뒈져버리다니. 남의 집 일이라지만 사람이 죽었다. 왜 그렇게 함부로 말을 하는 것이냐?"

"칫! 생불 나셨소. 백성들은 피죽도 못 먹는 춘궁기에 매칠씩 잔치를 하다가 뒈진 것인디, 난 동정할 맘이 손톱만치도 안 생기요!"

"그것이다."

"뭣이요?"

"바로 그것이 일련의 죽음의 또 하나의 공통점이다. 아무도 슬퍼하지 않는 죽음. 가족들조차 숨기려는 죽음."

"죄를 짓고 뒈졌단 말이오?"

"남들에게 드러낼 수 없는 수치스런 죽음일지도……."

열무가 어울리지 않게 가만히 생각에 잠기다 고개를 들었다.

"부잣집 잔치라면 필시 연회도를 그렸을 것 아니오. 잔치를 치르고 뒈진 집의 연회도를 보면 실마리가 잡힐지도 모르지라?"

마날이 놀란 얼굴을 들고 반색했다.

"작은 오라방, 오늘 대굴빡에 기름이라도 둘렀나? 어떻게 그런 생각을 다 했노?"

어깨를 으쓱하며 거드름을 피우는 열무를 철도가 바라보며 눈을 반짝였다.

"연회도라…… 좋은 생각이다. 열무야, 마날아. 너희들은 각기 봉령군과 홍 대감댁에 가서 연회도를 빌려 오너라."

"순순히 주겠나?"

"지난번에 못 봤느냐? 만에 하나 거절하거든 의금부와 좌상 대감을 팔아라."

열무와 마날이 동시에 대답했다.

"알겠습니다!"

5장. 연회도

운종가 뒷골목에 있는 화방촌의 한 화방에서는 한창 인기를 구가하고 있는 춘화 전문 화공 청학이 작화에 몰입하고 있었다. 그는 최고 난이도의 체위를 취하고 있는 반라의 남녀를 화폭에 옮기고 있었다. 청학은 그림 속 남녀의 모습이 마음에 들지 않는지 인상을 찌푸렸다.

"어허, 참. 몇 번을 말해야 삼굴 자세를 이해하겠는가? 목, 허리, 다리는 기본적으로 구부린다. 응? 또 구목반개의 법칙! 입과 눈은 항상 반만 열라니까!"

청학의 잔소리에 반라의 두 남녀는 뽀루퉁한 얼굴이 되면서도 요구대로 자세와 표정을 바꿔줬다. 그때 밖에서 헛기침 소리가 들려왔다.

"어흠!"

"작업 중에 어떤 우라질 놈이냐? 내가 작업 방해를 세상에서 제일 싫어하는 걸 몰라?"

청학은 아마 그림 거간꾼이 찾아 왔나 싶었던지 목소리를 높였다. 미닫이가 '스르륵' 열리면서 불쑥 나타난 마패가 허공에서 달랑거렸다. 방 안으로 얼굴을 다짜고짜 들이밀며 능글맞게 웃는 사람이 있었다. 천도였다. 그 위로 배시시 웃는 마날과 험상궂은 열무의 얼굴도 나타났다. 철도가 능글맞게 웃으며 속삭였다.

"암행어사 출두요."

나체의 두 남녀는 기겁하여 옷가지를 챙겨 몸을 가리기에 바빴다. 급했던 나머지 서로 옷이 바뀌어 남자는 치마를 집어 가고, 여자는 남자의 저고리를 가져갔다. 남녀가 바뀐 옷을 입고 눈물을 흘리며 살려달라고 하는 꼴을 보고 열무와 마날은 오히려 미안해져 당황할 정도였다. 마날은 민망한 얼굴을 가릴 셈으로 아무 그림이나 주워 들고 소리죽여 웃었다. 하필이면 마날이 집은 춘화는 그 음란함의 정도가 아주 심했다. 남녀가 엉켜 있었는데 도대체 무얼 하는 것인지 첫 눈에 알아보지 못한 마날은 춘화를 이리저리 돌려 보다가 결국 얼굴이 홍당무가 되어버렸다. 열무는 그 와중에도 육모방망이를 제 사타구니에 대고 여인을 향해 눈을 찡긋거리며 희롱하고 있었다. 철도는 뒷짐을 진 채 방안의 그림들을 둘러 보며 뭔가 트집거리를 찾고 있었다. 불안에 떠는 두 남녀와 달리 청학은 어딘지 모르게 철도 일행이 수상한지, 반들거리는 눈동자로 아래에서 위로 보고, 위에서 아래로 훑어보고 있었다. 철도는 서안에 걸터앉아 그리고 있던 춘화를 대충 본 후 청학을 똑바로 바라보았다. 먼저 입을 연 것은 청학 쪽이었다.

"죽을 죄를 졌사옵니다만, 삼천리 방방곡곡 엄중한 국정이 태산처럼 쌓였을 텐데 어찌 이 누추한, 하필! 소인의 화방에 어사또의 발길이 닿으셨는지……."

"못 믿겠다는 겐가? 하긴 이런 마패야 대장간에서 쌀 한 말이면 만들 수 있으니 무리는 아니다. 그러나!"

화공이 움찔했다.

"관아에 달려가 고해 보면 내 정체와 여기에 온 이유가 드러날 터. 그 후폭풍을 네가 감당할 수 있겠느냐?"

"죽을죄를 졌습니다요."

"목소리에 진정성이 없어 보이는구나. 죽을 죄? 무슨 죄를 졌느냐?"

"그, 그것이……. 음란한 그림을 생산하여 미풍양속을 해쳤겠지요. 그저 목숨만 살려줍쇼."

철도는 굳은 얼굴로 청학을 노려보다 갑자기 얼굴을 무너트리며 너스레를 떨었다.

"다 먹고 살자고 하는 일이 아니냐?"

"예?"

"우주의 원리와 음양의 이치를 남녀의 육신을 통해 표현했을 뿐인데, 그게 무슨 죄가 되겠느냐?"

"그러니까요!"

"잔칫집에 불려가 연회도도 그리느냐?"

"예?"

갑자기 말이 통하나 싶던 청학은 철도가 연회도에 대해 묻자

의아한 표정을 지었다. 청학도 물론 연회를 그렸다. 그러나 지금은 그보다 수입이 몇 배 좋은 춘화를 생산하고 있기 때문에 굳이 일 많고 까탈스러운 양반들을 상대로 연회도를 그릴 필요가 없었다. 철도는 빌려 온 연회도를 펼치고 이것저것 묻기 시작했고, 청학은 아는 바에 대해 모든 것을 털어놓았다.

"화공 없는 잔치는 무흉니다요. 보통 세도가의 잔치에는 저희 같은 화공이 빠지는 일은 절대 없습니다. 회갑연이나 탄신 잔치라면 더욱 그렇습죠. 참석한 사람, 규모, 차린 음식, 일어났던 일을 상세히 그려 잔치 후에도 오랫동안 보존하는 것이 목적입니다. 크게 그려 병풍을 만들기도 하고 작게 만들어 늘 펼쳐볼 수 있는 화첩을 만들기도 합죠."

열무가 서안에 올려놓은 연회도를 짚으며 침을 흘렸다.

"여기 여, 춤추는 기녀 허리 좀 보랑께요? 아유, 그냥 낭창낭창헌게. 아유, 그냥⋯⋯!"

"초선이년이구먼."

"그림만 보고도 알 수 있소?"

"당연하지. 여기 요것은 명월당의 명월이. 얼굴의 점까지 그려 놓지 않았소."

"어? 여기 이 각설이⋯⋯? 광통교 밑에서 이 잡던 놈이네? 우와!"

연회도를 들여다보던 마날이 놀라 소리쳤다. 그러자 철도가 고개를 갸웃하고 청학을 바라보면서 물었다.

"그런데 화공. 기생들은 입가의 점까지 그려놨으면서 왜 석쇠 위에는 아무것도 안 그렸지?"

"맞네. 화덕 위에 걸친 석쇠까진 그렸는데 그 위에 뭘 굽고 있는지……. 빈 석쇠 아이가?"

마날이 눈을 반짝이며 말했다. 철도의 말을 들은 방 안의 모든 사람들이 연회도에 머리를 들이댔다. 철도가 화공을 바라보며 그림 속의 석쇠를 검지로 짚었다. 연회도 속의 화로에는 벌겋게 숯불이 타오르고 화덕 주위에 앉은 사람들이 부채질을 하며 피어오르는 연기에 인상을 찌푸리는 표정까지 묘사되어 있었다. 그런데…… 화덕 위의 모든 석쇠가 비어 있는 것이었다. 아무것도 없다. 철도는 다시 화공에게 물었다.

"잔칫상 위에는 밥, 떡, 고기, 술, 탕, 과일 등이 다 있는데, 왜 이 석쇠 위에는 아무것도 없을까?"

화공은 다시 그림을 살펴보고 이내 '하!' 하고 웃었다.

"아! 나리도 참. 그야 그릴래야 그릴 수가 없으니까 그렇지요."

"그릴래야 그릴 수가 없다니?"

"그것은 바로, 바로 우심적."

"우심적?"

"국법으로 소고기를 먹는 것이 금해진 것은 아시지요? 혹시나 화공들이 깜빡하고 그릴까봐 잔칫집마다 신신당부를 하는 일입니다요. 절대 소 염통을 그려서는 안 된다고 하면서요."

철도의 턱이 떨어졌다. 열무가 눈을 껌벅이며 말했다.

"우심적이라면 몇 년 전부터 유행하기 시작한 소의 염통구이가 아니오?"

"그렇지요. 서성 왕희지가 먹었다는 우심적. 소 한 마리를 잡아야 하나 겨우 나오는 귀한 소의 심장을 굽는 건 먹물 꽤나 튕기는 양반들의 호사 중의 호사, 어찌 보면 허세 중의 허세지요."

대단한 비밀을 알려 준다는 듯 몸을 좌우로 흔들며 주절대는 화공의 말이 끝나자 마자 마날과 열무가 동시에 울컥 화를 냈다.

"그니까. 쉬쉬하며 도둑 장사를 치르는 것들은 마카 다 소 잡아먹고 뒤졌다 이 말이가?"

"죄가 되는 줄 알면서 처먹은 거여!"

기대하던 반응이 아니라는 것을 깨달은 화공이 말을 더듬었다.

"그, 그렇지요. 엄연히 우금령은 지엄한 국법이니까요."

철도는 생각했다. 우금령은 예전부터 있었다. 그러나 수많은 사대부가의 잔치 음식들을 만들어 오는 동안, 그 어느 집에서도 우금령을 두려워해 소를 잡지 말라는 말을 들어본 적이 없었다. 우금령을 범해 처벌을 받았다는 상민은 있어도 양반이 처벌을 받았다는 말 또한 들어본 적이 없었다. 그런데 양반들은 소고기 먹는 것이 기록에 남지 않도록 철저히 관리한 것이다. 때로는 직접 소를 잡고, 소고기를 이용해 수많은 음식을 만들면서 양반들의 내밀한 밥상을 관장해 온 철도마저도 몰랐던 사실이다. 그러면서도 소를 먹었다는 것이 기록되어, 대대손손 전해질지도 모르는 연회도를 그리는 화공들만은 철저히 단속하는 양반들의 교묘함에 소름이 돋았다.

그믐달이 떴다. 열무와 마날은 사옹원 처마 밑에 쭈그리고 앉아 있고 철도는 사옹원 내실에서 윤홍 대감을 만나고 있었다. 그동안의 수사 내용을 보고하기 위해서였다.

"열흘간 일백 오십여 가구의 된장 맛을 봤습니다만, 찾아야 할 된장은 아직 찾지 못하였습니다. 송구하옵니다."

"아닐세, 그렇게 쉽게 꼬리가 잡힐 일이 아니라는 것은 모두가 알고 있네."

"대감마님. 수사 중 이상한 일을 겪었습니다."

"이상한 일?"

"봉령군은……. 사지가 절단되기 전 이미 독살당하신 것 같습니다. 이 일은 꼭 보고드려야 할 것 같았습니다."

"독살?"

윤홍이 놀란 눈으로 철도를 바라보았다.

"그렇습니다. 그것도 특정 음식, 소 염통구이, 즉 우심적을 먹고 돌아가신 것 같사옵니다. 그런데 우심적을 먹고 죽은 사람은 그 외에도 더 있습니다. 그것이 이 명단입니다."

철도는 사람들의 이름이 적힌 명단을 내놓았다. 명단을 훑어본 윤홍의 얼굴이 하얗게 굳었다.

"여기에 적혀 있는 인사들이 전부 우심적을 먹고 죽은 사람들이란 말인가?"

"그렇습니다."

"전부 고관대작이 아닌가? 이렇게나 많이!"

윤홍은 명단에 적힌 사람들의 직위와 숫자에 큰 충격을 받은 듯했다. 철도가 말을 이었다.

"이 연쇄적인 살인은 우연이라 하기에는 이상한 점이 너무 많습니다. 계획된 독살인 아닌가 싶습니다만……."

"계획된 독살이라면, 도대체 누가? 왜?"

"증오지요."

"증오?"

"소를 잡아먹는 자들에 대한 증오지요. 우심적. 먹는 자들에게는 공명의 상징이지만, 농우를 가족처럼 여기는 백성들에겐 원한이 맺힌 음식입니다."

"……!"

"우심적이라는 양반들의 한 끼 허세를 위해 조선 사람 목숨 마흔 명을 책임지고 있다는 일소 한 마리가 죽어야 했습니다. 범인은 그런 패악을 널리 알리고자 시신을 토막 내 대궐에서 고기를 구워 먹는 행사에 보낸 것이 아닐런지요?"

윤홍의 얼굴이 어두워졌다.

"그렇다면 이건 보통 일이 아닐세. 이 일을 당장 전하께 보고해야겠네!"

"대감마님. 수사의 방향을 바꿔야 할 것 같습니다. 된장을 추적하는 것보다 이 연쇄살인을 추적하면 그 끝에 봉령군의 살인범이 있을 것 같은, 아니 최소한 어떤 연결고리가 있을 것 같습니다."

윤홍이 말없이 고개를 끄덕였다.

윤홍과 헤어진 철도는 사옹원 밖으로 나와 기다리던 열무, 마날과 합류했다. 그들은 점포들이 문을 닫은 을씨년스러운 저잣거리를 걷고 있었다. 앞만 보고 걷는 철도의 머릿속은 복잡했다. 사옹원을 나오는 순간부터 수상한 그림자들이 따라 붙어 미행하고 있었기 때문이다. 그런 철도의 속도 모르고 눈치 없는 열무는 계속 보채고 있었다.

"형님, 어디 가서 객고 좀 풉시다요. 딱 탁배기 한 사발씩만……."

"하, 그놈 참 끈질기구나. 그럼 네가 앞장서 봐라."

철도가 슬쩍 뒤를 돌아보자 그림자들은 다시 어둠 속으로 사라졌다. 아무것도 모르는 열무의 걸음걸이만 흥거워졌다. 그때, 마날의 눈에도 검은 그림자들이 어둠 속에서 나왔다 사라지고, 사라졌다 나타나는 것이 보였다. 마날은 철도를 바라보았고, 철도는 알고 있다는 의미로 작게 고개를 끄덕였다. 저자의 어둠 속에서 그림자들이 계속 철도 일행과 나란히 움직이고 있었다. 마날이 앞을 바라본 채 조용히 말했다.

"오라방, 우쩔까?"

"태연히 걸어라. 머릿수가 심상찮고 모두 칼을 들었다. 저 앞 모퉁이를 돌아서면 일제히 흩어져 달리거라!"

"응? 갑자기? 왜?"

열무만이 아직 그림자들을 의식하지 못하고 있었다.

"돌아보지 마라!"

철도는 삼십여 보 앞에 펼쳐진 어두운 골목 안의 모퉁이를 바라보았다. 그들은 아무 일도 없다는 듯 모퉁이를 향해 걸었다. 모퉁이를 돌자마자 탁 트인 공터가 나타났다. 철도와 마날은 각각 다른 방향으로 흩어지며 달리기 시작했다.

"음마? 뭐여?"

열무는 철도와 마날이 가지 않은 세 번째 방향으로 달리며 연신 좌우를 두리번거렸다. 저자부터 따라온 검은 복면의 사내들이 저자의 지붕, 담장 위에서 후두두둑 뛰어내렸다. 그들은 얼마 가지 못해 검은 복면들에게 둘러싸였다. 예닐곱 명의 검은 복면들이 일제히 칼을 뽑아 들었다. 그 칼들이 얼마 없는 달빛을 하얗게 반사시켰다. 복면들이 포위망을 좁혀 오자 그물에 걸린 물고기 마냥 그들은 공터 중앙으로 몰리기 시작했다. 철도가 두 동생들을 등지고 복면들을 향해 소리쳤다.

"웬 놈들이냐?"

뭐라 시비를 따질 겨를도 없이 검은 복면들은 칼을 휘두르며 철도와 동생들을 향해 달려들었다. 그들은 공격을 막으며 점점 뒷걸음을 쳐 서로 등을 맞대고 똘똘 뭉친 형국이 되고 말았다. 철도가 검은 복면들을 향해 다시 외쳤다.

"네놈들 정체가 뭐냐?"

아무런 대꾸가 없자 당황한 열무가 손에 침을 뱉어 육모방망이를 고쳐 쥐며 말했다.

"워매. 형님, 우리가 하는 일이 이렇게 위험한 일이었어라?"

"검을 제대로 다루는 자들이다. 정신 똑바로 차려!"

그때 복면 하나가 '아앗!' 소리를 지르며 철도를 향해 칼을 똑바로 찔러 나온다. 철도는 날렵하게 피하며 그의 옆구리에 발길질을 먹였다. 철도에게 차인 복면이 '윽!' 소리를 내며 바닥에 뒹굴었다. 하지만 치명타는 아니었는지 이내 엉거주춤 일어났다. 어느새 철도의 왼팔 옷자락이 찢겨 나갔다. 그때 또 다른 복면이 마날을 칼로 내리쳤다. 마날이 칼을 육모방망이로 받자 불꽃이 튀어 올랐고 마날은 주저앉았다. 칼을 막아내긴 했지만 그 힘을 감당하기엔 역부족이었던 것이다. 바닥에 굴렀던 복면이 뒤로 빠지는 대신 또 다른 복면이 튀어나와 철도를 향해 검을 내질렀다. 겁만 주겠다는 공격이 아니었다. 반드시 목숨을 빼앗겠다는 의지가 담긴 매서운 공격이었다. 철도는 제자리에서 몸을 돌려 칼끝을 피하며 한 동작으로 상대의 턱에 돌려차기를 명중시켰다. 반깊질이 제대로 들어갔는지 둔중한 신음 소리를 내며 고꾸라졌다. 철도가 상대가 놓친 칼을 주워들었다. 마날은 여전히 땅에 쓰러진 채로 있었다.

"열무야, 마날을 도와라!"

열무가 돌아보았지만, 열무 역시 또 다른 복면과 겨루는 중이라 여유가 없었다. 긴 칼을 짧은 육모방망이로 대적하자니 영 불리했다. 철도는 교대로 달려드는 세 명의 복면들을 상대하며 연신 마날을 살폈다. 마날은 일어나지 못한 채 필사적으로 자신을 공격하는 복면을 앉아서 막아내고 있었다. 열무는 상대하던 복면을 물리친 후 마날을 구하러 달려갔다. 마날이 달려오는 열무를 향해 손을 뻗었고 열무가 그 손을 잡아채 마날을 일으키려는 순간, 다른 복면의 칼이 열무의 머리를 향해 내려왔다. '챙!' 그 칼을 막아내는 또 다른 칼! 철도였다.

"형님! 내 모가지가 붙어 있소?"

열무가 놀란 가슴을 쓸어내리는 동안, 철도는 열무를 공격하던 복면을 향해 분노의 칼을 휘둘렀다.

"악!"

"윽!"

복면 두 명이 철도의 칼에 어깨와 팔을 맞고 쓰러졌다. 손으로 전달되어 오는 느낌으로 상대에게 입힌 상처가 꽤 깊다는 것을 알 수 있었다. 끊임없이 이어지는 철도의 맹공에 복면들은 당황하며 뒤로 물러섰다. 그때였다.

"멈춰라!"

복면 하나가 마날의 목을 뒤에서 조른 채 목에 칼을 대고 있었다.

"마날아!"

철도가 놀라 외쳤다. 마날의 목에 칼을 대고 있는 복면에게서 위협적인 목소리가 튀어나왔다.

"경거망동하지 마라!"

"무얼 원하느냐?"

"네놈들의 목숨이다."

"하찮은 숙수의 목숨이 왜 필요한가?"

"……."

"네놈들이냐? 잔칫집에서 사람을 죽인 놈들이?"

"……."

넘겨짚어 보았으나 복면들은 필요 이상의 말은 절대 하지 않았다. 철도가 침착한 음성으로 말했다.

"아직 어린아이다. 그 아이를 놓아주면 조용히 물러가겠다."

"…… 오라방."

마날이 목에 들어온 칼 때문에 턱을 쳐들고 미안한 표정을 지었다. 쓰러진 자가 하나, 피를 흘리며 뒤로 물러나 있는 자가 둘, 아직 서 있는 자들이 넷이었다. 철도는 옆에 있는 열무에게 속삭였다.

"저놈들, 우릴 죽일 생각이다. 열무야, 그걸 써야겠다."

철도의 말이 떨어지기 무섭게 열무가 허리를 굽히더니 행건 밑에 숨겨둔 표창을 뽑아 그대로 던졌다. '쌔액!' 소리와 함께 날아간 표창은 마날의 목을 휘어 감고 칼을 들이대고 있던 복면의 미간에 박혔다. 얼굴을 타고 흘러내리는 검붉은 피를 어둠 속에서도 볼 수 있었다. 상대는 끈 떨어진 꼭두각시처럼 푹 주저앉았다. 그 틈을 타 잽싸게 몸을 빼낸 마날은 철도의 뒤로 도망쳐 왔고 열무를 향해 거친 말과 함께 주먹질을 했다.

"야! 미쳤나? 신호를 줘야지! 뒈질 뻔했다 아이가!"

"아니, 내가 언제 헛손질하던?"

"그래도 그렇지! 이 캄캄한 데서 그런 숭악한 걸 막 던지냐고! 내 마빡 위로 날아가는 소리가 들렸다고!"

"구해줘도 지랄이네."

열무가 투덜대고 있는데 대치하고 있던 복면 세 명 중 한 명이 품에서 무언가를 꺼내 철도 일행을 향해 뿌렸다. 순식간이었다. 정체를 알 수 없는 뭔가를 뒤집어쓴 철도와 동생들은 말도 할 수 없었고, 눈도 뜰 수 없었다. 목이 매캐하고 눈이 화끈거렸다.

"아얏! 뜨거!"

열무가 외치는 소리를 들은 철도 역시 두 눈에서 불이 나는 것 같았다. 복면들에게 공격할 틈을 줄 수 있었기 때문에 철도는 두 눈을 감은 채 마구잡이로 칼을 휘둘렀다.

"형님! 콜록! 콜록!"

"에, 에취!"

앞이 보이지 않는 철도가 마구잡이로 칼을 휘두르자, 복면들은 부상당한 동료를 부축해 물러났다. 복면들의 발소리가 멀어지자 철도는 비로소 안도의 한숨을 토했다. 화끈거리는 눈에서 눈물이 줄줄 흐르는 와중에도 퍼뜩 머릿속을 스쳐간 생각이 있었다. '저들이 나를 노린다면 윤홍 대감도 안전치 못하다!' 철도는 마음이 다급해졌다.

"열무야, 윤 대감님이 위험하다! 사옹원으로 가라. 어서!"

"예? 거기 계신 것은 맞어라? 어디로 갔음 어쩌라고?"

"윤홍 대감댁은 남산골이다. 사옹원에 안 계시면, 남산골로 가는 귓갓길을 쫓아라!"

"형님……, 에, 에취! 눈은, 괜찮어라?"

"윤홍 대감 목숨이 위험하다. 내 걱정은 말고 어서 기리!"

"알았어라!"

열무가 잽싸게 몸을 날려 사라졌다. 한편 그 시각, 관복을 벗고 도포에 갓을 쓴 윤홍은 철도와 헤어진 후 사옹원을 나왔다. 임금에게 수사 결과를 보고하기엔 너무 늦은 시간이었다. 그는 이미 서촌을 지나고 있었다. 어둠 속에 서 있는 기와집들에서 불빛이 새어나오고 있었다. 지체 높은 당상관이었지만 말도, 가마도 이용하지 않고 혼자 걸어서 퇴청하는 것이 그의 습관이었다. 윤홍은 한 손에 초롱을 들고 빠른 발걸음을 옮기고 있었다. 어둠 속에서 지켜보고 있는 시선이 있다는 것을 짐작도 하지 못한 채……. 윤홍이 밤나무 아래를 지나갈 즈음, 나무 위에서 눈만 빼놓고 복면으로 얼굴을 가린 자가 펄쩍 뛰어내려 그의 앞을 가로막았다. 놀란 윤홍이 멈춰 섰다.

"누, 누구냐!"

초롱을 들어올리며 뒤를 돌아보니, 어느새 같은 복색을 한 자들이 윤홍을 둘러싸고 있었다. '스르렁' 칼집에서 칼을 빼는 소리가 동시에 들려왔다. 등골이 서늘해졌다.

"웬, 웬 놈들이냐고 물었다!"

윤홍이 앞뒤를 번갈아보며 다시 외쳤다. 맨 앞에 섰던 복면이 빠르게 윤홍에게 달려들어 칼등으로 목덜미를 내려쳤다. 나무 위에서 뛰어내렸던 그자였다. 들고 있던 호롱이 땅바닥에 떨어져 굴렀다.

"억!"

그는 맥없이 쓰러진 윤홍의 목에 손가락을 대고 맥을 짚어보았다. 죽지는 않은 모양이었다. 윤홍의 품을 뒤져 철도가 건넨 명단을 손쉽게 찾아냈다. 다른 복면들이 사위를 경계하고 있는 동안 명단을 빠르게 훑어보고 얻고자 한 것을 얻은 듯 품속에 찔러 넣었다. 두령인 듯한 그는 다른 두 복면에게 명령했다.

"깔끔하게 마무리해라."

그 말을 남기고 두령은 어두운 골목으로 사라졌다. 남은 복면들은 정신을 잃은 윤홍을 들쳐 업고 두령이 사라진 반대 방향 모퉁이 뒤로 모습을 감췄다. 그들이 담장 모퉁이 뒤로 모습을 감추자마자 칼과 칼이 부딪히는 쇳소리가 들려왔다. 이어서 '윽!' '억!' 하는 짧은 비명 소리가 났다. 어두운 골목 안으로 사라졌던 두령의 귀에도 그 소리가 들렸다.

두령이 우뚝 멈춰 섰다. 방금 들은 칼 부딪히는 소리와 단말마가 몹시 불길했다. 두령은 발길을 돌려, 오던 길을 되짚어 달리기 시작했다. 모퉁이 뒤편에서는 방금 윤홍을 업고 온 두 복면이 길에 쓰러져 있었고 두 사내의 옆에는 정신을 잃은 윤홍도 쓰러져 있었다. 그리고 삿갓을 쓴 정체불명의 거구가 쓰러진 부하들을 내려다보고 있었다. 삿갓은 윤홍의 품속을 뒤지기 시작했다. 그러나 찾는 것이 없는 듯, 짙은 음영이 깃든 그의 얼굴에 낭패감이 지나갔다. 불과 물 한 모금 마실 시간이었다. 그 짧은 순간에 두 명의 숙련된 칼잡이를 해치운 자라면 범상한 자가 아니다. 두령은 모퉁이에 몸을 감춘 채 그를 주시하고 있었다. 원하는 것은 손에 넣었으나 갑자기 나타난 이 불청객을 어떻게 해야 할지 머리가 복잡했다. 그때였다. 개 짖는 소리와 함께 발소리가 들려왔다. 그 소리에 삿갓이 먼저 반응했고 그는 담장을 훌쩍 넘어 사라졌다.

"대감마님!"

누군가가 외치는 소리와 함께 발소리는 점점 가까워졌다. 발소리의 주인은 열무였다. 열무는 쓰러진 윤홍에게 다가가 그의 가슴께를 흔들었다.

"대감마님! 대감마님!"

복면의 두령은 그런 열무를 두고 담장을 뛰어넘은 삿갓을 쫓기로 한 듯, 담장을 훌쩍 넘어갔다. 반대편 담장 위를 가볍게 달리던 삿갓은 자신을 추격하는 자가 있다는 사실을 감지한 듯 돌아봤다. 삿갓이 집과 집 사이의 길을 건너, 다른 담장 위로 올라가 내달렸다. 두령 역시 길을 사이에 두고 담장을 타고 삿갓을 쫓았다. 그러나 두 사람은 얼마 못 가 막다른 골목을 만났다. 삿갓과 복면의 두령은 피할 수 없는 상황이라는 것을 동시에 깨달은 듯 각각 허공으로 뛰어올랐다. 두 담장 사이의 공중에서 '챙, 챙, 챙!' 몇 번의 칼이 부딪히며 불꽃이 튀어 올랐다. 두 사람은 서로 상대가 서 있던 담장 위에 착지했다. 삿갓은 이내 자세를 갖추었으나 복면의 사내는 칼을 떨어트리고 담장 아래로 뛰어내리며 주저앉았다. 삿갓이 반대편 담장에서 펄쩍 뛰어 복면 사내의 목에 칼을 대고 물었다.

"나를 쫓는 이유가 뭐냐?"

삿갓은 칼을 뻗어 복면 사내의 복면을 벗겼다. 깊은 상처가 있는 얼굴이 드러났다. 일도였다. 이제는 김원회라는 이름으로 사는 자. 일도는 피가 흐르는 팔을 다른 쪽 손으로 감싸 쥔 채 삿갓의 얼굴을 쳐다보았으나 그의 얼굴은 그림자 속에 숨겨 있었다. 삿갓이 일도에게 말했다.

"네 물건이 아닌 것을 가지고 있을 게다."

"이것을 말하는 것이냐?"

일도가 순순히 윤홍에게서 빼앗은 서찰을 꺼내 내밀었다. 삿갓은 그것을 품에 넣고 일도의 칼을 멀리 던져버렸다. 그리고 칼을 높이 들어올렸다. 일도의 눈에 절망이 드러났다. 그때였다. '딱, 딱, 딱!' '딱, 딱, 딱!' 순라꾼의 딱따기 소리였다. 저만큼 떨어진 골목 어귀에서 두 명의 순라꾼이 나타났다. 삿갓을 쓴 자객은 일도의 얼굴을 걷어차며 말했다.

"운이 좋구나!"

"윽!"

그는 재빨리 자리를 떴고 얼굴에 발길질을 당한 일도는 정신을 잃었다.

그 시각. 마날의 부축을 받아 집으로 돌아온 철도는 우물가에서 두 눈을 씻고 있었다. 마날은 연신 두레박으로 물을 길어 철도의 머리에 부어주었고, 철도는 조심스럽게 두 눈을 문질렀다. 무려 한 시진이 지나서야 겨우 눈을 뜰 수 있었다. 하지만 여전히 눈알이 화끈거렸고 귓속까지 욱신거렸다. 마날이 철도의 눈앞에 손을 흔들어 보이며 물었다.

"오라방아, 보이나? 이기 고춧가루 아이나?"

"왜놈들이 무기로 쓴다더니 이제야 그 내막을 알겠다."

복면들이 철도에게 뿌린 것은 고춧가루였다. 고추는 이제 삼남지방에서는 널리 퍼진 작물이었다. 그때 윤홍을 들쳐 업은 열무가 마당으로 들어서고 있었다. 철도는 열무의 등에 업힌 윤홍을 보고 놀랐다.

"대감마님! 안으로, 안으로 뫼셔라!"

철도와 동생들은 아직도 정신을 차리지 못한 윤홍을 안방에 뉘었다. 땀범벅이 된 열무가 숨을 거칠게 쉬며 벽에 기대 늘어졌다. 철도가 열무의 머리를 쓰다듬으며 물었다.

"애썼다. 우리를 공격한 그자들이냐?"

거친 숨을 토해내던 열무가 대답 대신 고개를 끄덕였다. 마날은 바가지에 떠온 물을 열무에게 건넸다. 열무는 그 물을 벌컥벌컥 들이키고 말했다.

"의원을 불러야 하지 않겠소?"

"아니다. 소문이 나서 좋을 게 없다. 호흡이 안정된 것이, 조만간 정신을 차리실 게야."

밖으로 나온 철도는 열무와 마날의 얼굴을 차례대로 바라보며 말했다.

"아무래도 내가 너희들을 끼어서는 안 되는 판에 끌어들인 게 아닌가 싶다."

"양반들 권력 싸움에 낀 새우 꼴이 된 거 아니오?"

"도대체 어떤 놈들이고? 감이 안 오나? 된장만 찾으면 될 줄 알았고마…….”

“아무튼 너희들, 이제 이 일에서 손을 떼라.”

“뭔 말이고?”

“오늘 당하지 않았느냐? 그놈들, 그 칼부림은 기어코 죽이겠다는 칼부림이었다. 너희까지 죽게 할 순 없어.”

“워따. 말 한 번 섭하게 하시네. 같은 날 나지는 못했어도 같은 날 죽기로 한 의형제가 아니여?”

“함께 죽자는 얘기냐?”

“아니. 함께 관두자는 얘기지.”

“난 그렇게 못한다.”

“와?”

“그 된장……, 어머니의 된장 맛이었다.”

열무와 마날이 무슨 말인지 언뜻 이해가 가지 않는 얼굴이 됐다.

“고, 고것이 뭔 말이오? 그니께……. 시방 우리가 찾을 된장이 형님의 어매 된장이란 말이오?”

“봉령군의 잘린 머리가 담겼던 된장 단지에서 우리 어머니의 된장이 나왔다.”

“어, 어떻게? 왜? 형님 어머님의 된장이……, 거기서 나온단 말이오?”

“그러게 말이다.”

열무와 마날이 턱을 빠트린 채 서로의 얼굴을 바라봤다.

“너희들은 내일 당장 한양을 떠라. 그동안 본 것이 있으니 잔칫집을 찾아다니면 굶어죽지는 않을 게다.”

“…….”

"……."

"어머니가 살아계신다. 난, 이 일의 끝을 봐야 해."

마날이 조심스럽게 입을 열었다.

"오라방아. 어머니의 된장이 있다고 해서 어머니가 꼭 살아계신다는 말은 아이지 않나?"

"네 말도 맞다. 하지만……. 십 년 만에 찾은 어머니의 흔적이다."

순간 마날은 자신의 실수를 깨달았다.

"미, 미안타. 오라방아……."

"형님! 형님 어머이는 우리 어머이요. 안 그렇소? 같이 찾읍시다!"

"우린 오라방 밥풀떼기다. 절대로 안 떨어진다."

철도는 눈시울이 뜨거워졌다. 하지만 동생들을 위험에 빠트려야 한다는 생각에 마음을 정할 수 없었다.

"하아. 이놈들……, 진짜 말 참 안 들어 먹네."

마날이 말했다.

"오라방아. 그럼 아까 그놈들은 도대체 누고? 왜 살인범 역적을 잡으려는 오라방을 방해하는 거나?"

"하면 그놈들이 범인인 거 아녀? 봉령군 죽인 범인."

"아직은 모르겠다. 우리가 그저 장기판의 '졸'일 수도 있어."

"오라방. 그놈들은 우리를 샅샅이 아는 눈친데, 그럼 동부승지 대감을 여기에 모시는 것도 위험하지 않겠나?"

"그렇다. 대감을 가장 안전한 곳으로 옮겨야 한다."

"거기가 어녀?"

"대궐 안이다. 지금 당장 대궐로 대감을 옮겨야겠다."

남인들이 모여 사는 동촌 한 저택의 대문 앞에 삿갓을 쓴 자색이 그 모습을 드러냈다. 사색은 내문을 두드렸고, 이내 내문이 열렸다. 그는 주위를 경계하며 열린 대문 안으로 들어갔다. 병조 참판 한덕원의 집이었다. 그는 한덕원의 사랑채에 들어가 좌정했다. 한덕원이 초조한 얼굴로 서안 가까이 다가앉았다. 자객은 삿갓을 벗어 내려놓았다. 의금부 경력 허각현이다. 허각현은 품속에서 일도에게 빼앗은 윤홍의 명단을 서안 위에 올려놓았다. 급히 펼쳐 본 한덕원의 얼굴이 묘하게 일그러졌다. 냉소와 우려가 교차했다.

"역시, 서인의 핵심들이구나. 자네 말대로 최근 급사한 자들이기도 하고."

"이 명단을 김항주에게 빼앗길 뻔 했습니다."

"뭐야?"

"김항주의 양아들, 김원회가 윤홍 대감에게 이 명단을 강탈했었습니다. 그것을 제가 다시……."

"천행이다!"

"그런데 왜 윤홍은 같은 서인이면서 사옹원의 직속상관인 김항주에게 바로 보고하지 않았을까요? 서인들 내부에 균열이 생긴 것일까요?"

"젊은 서인들 중 분당을 획책하려는 세력이 있다는 소문은 들었으나, 그렇다고 아직 살변을 일으킬 만한 갈등이 있다고 보긴 어렵다."

"그러나 서인의 중책들이 연달아 죽어 나간 것은 보통이 일이 아니지 않습니까? 게다가 그들은 그 죽음을 쉬쉬하며 숨기기까지 하고 있습니다."

한덕원이 눈을 가늘게 뜨며 생각에 잠겼다. 허각현은 초조한
듯 다시 입을 열었다.

"그렇다면 우리 쪽 재야의 동지들이 움직인 게 아닐까요?"

"있을 수 없다. 있어서도 안 되는 일이고."

"있어서도 안 되다니요? 김항주에게 모략을 당해 수많은 남인
들이 역모의 누명을 쓰고 죽은 것이 불과 구 년 전의 일이옵니다!"

"그날의 피눈물을 어찌 잊겠느냐? 하지만 지금은 때가 아니다.
병권이 내 손에 들어올 때까지는 숨죽이고, 참고, 견뎌야 한다."

"……."

"확실한 건, 이제 세상의 눈길은 우리 남인들을 향할 것이야."

"무슨 말씀이옵니까?"

"어쨌든 서인들이 죽어 나갔다. 우리가 그들과 불구대천의 관
계라는 것은 세상이 모두 아는 일, 앞으로 더욱 언행에 조심해야
할 것이다."

"서인 놈들, 도대체 무슨 일을 벌이고 있는 것일까요?"

"아무튼 모든 것을 주상보다 우리가 먼저 알아야 한다. 서인
들의 잇따른 변사 사건은 맨주먹으로 싸우는 두 사람 사이에 갑
자기 떨어진 한 자루의 칼과 같은 것, 칼을 주운 자는 살고, 아닌
자는 죽는다."

"……!"

한덕원의 눈동자 속에 촛불이 일렁였다.

서촌에 있는 김항주의 사랑채 촛불도 일렁이고 있었다. 노한

김항주가 서안을 내려쳤기 때문이다. 눈꼬리를 치켜올린 김항주 앞에 일도가 무릎을 꿇고 앉아 있었다.

"빼앗겨? 어떤 놈에게?"

"그것이……. 전혀 짐작이 가지 않습니다."

"뭐라? 이런 얼빠진 놈!"

"송구합니다. 검을 제대로 배운 자였습니다."

"뭐라?"

"하지만 명단의 이름은 확실히 보았습니다."

"……?"

"아버님의 염려대로입니다. 전부 우리 서인들입니다."

김항주가 어금니를 꾹 깨물었다.

"그 숙수 놈은 처리했느냐?"

"아이들을 먼저 보냈으니 이미 저세상 사람이 되었을 겁니다."

그때 문밖에서 발자국 소리가 들려왔다. 김항주와 일도의 시선이 그곳으로 향했다. 일도에게 낯익은 목소리가 들려왔다.

"대감마님."

일도가 일어나 문을 열었다. 대청 아래 꿇어앉은 사내들은 그의 부하들이었다. 한 시간 전, 철도를 공격하라고 보낸 복면의 칼잡이들이었다. 그중 한 사내가 얼굴을 가렸던 복면을 내리고 말했다.

"그 숙수 놈, 보통내기가 아니었습니다."

일도의 얼굴이 일그러졌다. 황망한 눈으로 돌아서서 김항주 앞에 다시 무릎을 꿇었다.

"아버님! 용서하시옵소서!"

김항주가 놋쇠 재떨이를 들어 일도에게 던졌다. 재떨이는 일도를 맞추지 못하고 창호지가 발린 미닫이에 박혔다. 김항주의 눈에서 불똥이 떨어지는 듯했다.

"당장 긴급 회합을 알려라."

서인들의 회합을 뜻하는 것이었다. 일도와 복면의 사내들은 김항주의 명을 받아 즉시 뿔뿔이 흩어져 회합을 알렸다. 얼마 지나지 않아 갓 쓰고 도포 입은 서인 핵심 인사들이 속속 김항주의 사랑채에 집결하기 시작했다. 중앙의 상석을 비워놓고 양쪽으로 길게 좌정한 서인들이 쉬지 않고 피워대는 연초(煙草) 때문에 방 안에는 연기가 자욱했다. 제대로 갓과 도포를 갖춘 김항주가 입장하자 사람들이 일사불란하게 일어났다 앉았다. 김항주는 매서운 눈으로 일동을 훑어보고 입을 열었다.

"작작들 하시오! 작작들!"

서인들은 어리둥절한 표정으로 김항주를 바라보았다.

"우심적이니 뭐니 하면서 소를 그렇게 잡아대니, 결국 이런 사달이 일어나는 게 아니오!"

"좌상 대감. 어인 일로 그렇게 노하십니까?"

"남인 수괴 한덕원이 케케묵은 우금령을 빌미 삼아 함정을 파고 있음을 내 일찍이 경고했소. 그런데 왜들 스스로 그 거미줄에 걸려 버둥대는 것이오?"

"도무지 짐작이 가지 않습니다. 무슨 말씀이신지요?"

정말 모르겠다는 얼굴로 시치미를 떼고 있는 사람들을 보고 있자니 울화가 터졌다. 결국 김항주는 방 안이 쩌렁쩌렁 울리도록 소리쳤다.

"잔치를 마치고 원인도 모른 채 죽어 나간 일가친척이 그대들에겐 진정 없단 말이오!"

서인들은 그제야 눈알을 굴리며 민망함을 감추려는 헛기침 소리를 여기저기서 내기 시작했다. 김항주의 불같은 질책은 계속됐다.

"가만히 있었으면 벌써 용상에 앉아있을 봉령군이 왜 그런 개죽음을 당했소? 열흘에 소 한 마리씩을 잡는다며 그 사치, 오치 하더니 결국엔 부관참시당해 우리 서인 전체를 위기에 빠트리지 않았소! 구 년 전 환국으로 내쫓긴 남인들을 잊었소? 이대로라면 조만간 우리가 그 꼴이 될 것이오."

"임금이 환국을 획책한다는 말입니까?"

"무엇을 빌미로요? 우리가 그런 빌미를 드러낸 적이 없거늘, 무엇이 두렵습니까?"

"딱하시오! 지금 좌상 대감의 말씀을 이해하지 못한 것입니까? 나라의 녹을 먹는 자들이 앞장서서 우금령을 어겼지 않습니까? 그것이 빌미입니다!"

누군가가 한 그 말이 좌중에서 중구난방 튀어나온 말들을 멈추게 했다. 좌중에는 무거운 침묵이 흘렀다. 김항주가 그 침묵을 깨고 허공을 바라보며 혼잣말을 하듯 중얼거렸다.

"태산을 담는 거함도 작은 구멍 하나로 가라앉는 법입니다. 그래서 미리 충격을 줘 봤던 것입니다. 임금의 환국 생각이 쏙 들어가게. 오금이 저릴 만큼의 공포를 느끼게……. 그런데 뜻하지 않던 훼방꾼이 생겼단 말이오. 그놈이 우리 일을 송두리째 망치고 있소."

김항주의 눈꼬리가 날카로워졌다. 방 안의 서인들은 그가 무슨 말을 하는지 이해하지 못했다. 어리둥절한 표정으로 서로의 표정만 살피고 있을 뿐이었다.

철도는 사용원에 있었다. 처마 밑에서 왔다 갔다 하며 초조함을 감추지 못하고 있는데, 저만큼에서 한 사람이 다가왔다. 청동 반면을 쓴 충선이었다. 철도는 윤홍을 만난 이후 복면들에게 당한 일을 충선에게 상세하게 설명했다. 모험이었지만 충선을 믿어볼 수밖에 없었다. 철도의 감이 맞다면, 충선 만큼은 어쩐지 임금에게 한 마디의 왜곡도 없이 전달할 것만 같은 생각이 들었다. 충선의 기민함은 예상을 뛰어넘는 것이었다. 사복시(司僕寺, 궁중에서 사용하는 말, 가마 등을 관리하는 관청)의 허락을 받아야만 가능한 '덩(혹은 덕응, 공주나 옹주가 타는 가마)'을 수배했다.

임금의 귀에 이미 윤홍의 안부가 전달되었다는 것을 의미했다. 비상연락망을 이용해 비번인 내관들은 윤홍을 덩에 태워 대궐로 일사불란하게 옮겼다. 아직 야심한 밤이라 언제 불미스런 일이 생겨도 이상하지 않았다. 그래서 불안했다. 하지만 그 또한 기우였다. 충선은 금군을 동원해 윤홍의 가마를 호위케 하였다. 그래도 경계심을 내려놓지 않은 철도는 동생들과 함께 윤홍의 가마를 멀찌감치 떨어진 곳에서 뒤따라갔다. 칼부림을 겪은 동생들만 집에 남겨 두는 것도 아직은 안전하지 않았기 때문에 열무와 마날을 동행시켰다. 철도 일행은 어둠 속에서 담장, 나무 위 등을 살피며 혹시 모를 습격에 대비했다. 육조 거리에 도달하자 철도는 비로소 안심이 되었다. 길이 넓어지자 철도와 열무,

마날은 어깨를 나란히 하고 걸었다. 철도가 좌우의 동생들을 돌아보며 말했다.

"하나 물어보자. 만약 너희가 어떤 놈을 죽여야 한다면, 길가에 숨었다가 그놈을 칼로 베는 쪽을 택하겠느냐, 아니면 잔칫집에 숨어들어 음식에 독을 풀겠냐?"

"아따, 뭐 땀시 사람 눈 많은 잔칫집에 들어간다요? 어두컴컴한 데 숨었다가 그냥 뒤통수를 확 쌔려뿌리지!"

"경우에 따라 다르다. 완력이 딸리면 독을 쓰는 게 낫지 않겠나? 나 같은 여자라면 더욱 더."

"여자라? 그 생각은 한 번도 안 해 봤구나."

"독을 쓴 이유는 또 있다."

마날의 말에 철도와 열무가 동시에 돌아봤다.

"죽은 사람들이 왜 죽었는지를 알리는 게 범인의 목적 아이가? 뭘 먹고 죽었는지를 알리는 데 독보다 좋은기 어딨나?"

마날의 말을 듣고 있던 철도가 우뚝 멈춰 섰다. 마날의 말이 옳았다. 범인은 독을 써야만 했다. '우금령을 어기고 소를 잡아먹으면 죽는다.' 범인은 이 메시지를 전하기 위해 독을 쓸 수밖에 없었을 것이다. 선택이 아닌, 필수였다. 그렇다면 그 다음에 풀어야 하는 수수께끼는 어떤 독을 어떻게 썼길래 먹은 후 이틀 뒤에야 죽었는가라는 것이다. 잔치에서 소고기를 먹은 자는 여럿인데 어떤 자는 죽고, 어떤 자는 안 죽었다. 어째서? 이 두 가지의 의문이 풀리면, 범인의 행동과 정체도 드러날 것만 같았다.

윤홍을 태운 가마가 서소문 앞에 도착하자 동이 트고 있었다. 철도는 충선에게 인사하고 집으로 돌아가려고 했다. 그런데 충선은 특유의 살벌한 얼굴로 철도에게 따라오라는 손짓을 했다. 할 수 없이 두 동생만 집으로 보내고 경계를 늦추지 말라는 당부를 잊지 않았다. 열무와 마날은 반쪽만 드러난 충선의 얼굴을 경계의 눈으로 바라보며, 자신들 걱정은 하지 말라며 씩씩하게 발길을 돌렸다. 철도는 돌아서 가는 두 동생의 뒷모습을 바라보며 생각했다. '녀석들, 언제 저렇게 컸단 말인가?' 동생들이 새삼 듬직하면서도, 이제는 각자 자신의 몫을 다하는 그들에게 알 수 없는 서운함이 느껴졌다.

철도의 눈이 다시 검은 천으로 가려졌다. 충선의 칼집을 잡은 철도는 그에게 이끌려 어딘지 알 수 없는 곳으로 가고 있었다. 몇 개의 굽이를 돌고, 몇 개의 문턱을 넘고, 몇 개의 계단을 올랐다. 마지막으로 문이 열렸고, 철도는 특유의 다향과 묵향으로 자신이 처음 왔던 바로 그 방 안으로 들어왔다는 것을 알 수 있었다. 그곳은 임금의 집무실이었다. 주로 승지들이 가져오는 상소를 읽는 공간이지만, 야심해지면 침전으로 가지 않고 임금이 잠을 청하기도 하는 공간이었다. 흔하지는 않지만 독대를 청하는 대신들과도 이곳에서 환담했다. 그러나 임금의 자리는 비어 있었다. 충선은 철도를 병풍 뒤로 안내했다. 충선이 멀뚱히 서 있는 철도의 어깨를 짚어 누르며 조용히 말했다.

"병풍 뒤다. 숨소리도 내지 말고 기다려라."

"윽……!"

철도는 충선의 우악스런 손아귀 힘에 저도 모르게 신음을 뱉었다. 그대로 꿇어앉은 철도는 생각했다. '누구를 기다리라는 건가? 또 임금을 만나는 것인가?' 얼마나 기다렸을까? 삼각은 몰라도 이각(일각=15분, 즉 30분)은 족히 지났을 것 같았다. 철도는 다리가 서려 책상다리로 바꿔 앉았다. 눈 눈은 여전히 가려진 채로 답답했지만 처음처럼 긴장하지는 않았다. 방바닥에서 따스한 열기가 올라오고 있었다. 하루 동안 겪은 피로감이 졸음과 함께 일시에 몰려왔다. 깜박하는 사이에 그의 입은 벌어졌고, 고개는 열심히 상모를 돌리고 있었다. 중얼거리는 사람들의 목소리가 꿈결처럼 들려왔다. '이건…… 꿈이 아니야.' 제풀에 화들짝 놀라 깨어 입가의 침을 닦았다. 아뿔싸! 여긴 지금 대궐 안이다. 어차피 보이지는 않았지만 눈을 떴다. 그때 내관의 간드러진 목소리와 익숙한 목소리가 병풍 너머에서 연달아 들렸다.

"전하, 좌의정 김항주 대감 드시옵니다."

"들라 하라."

김항주……. 어디선가 들어본 이름이었다. 지난번 처음 입궐했을 때는 그저 좌의정이라는 벼슬만 들었을 뿐 김항주라는 이름은 듣지 못하였다. 익숙한 이름 김항주. 그러나 그 이름을 어디서 들었는지 좀처럼 떠오르지 않았다. 미닫이문이 열리고 닫히는 소리가 들려왔다. 철도는 병풍에 귀를 바싹 대고 곤두세웠다. 김항주가 임금에게 절을 하고 좌정했다. 그가 앉자마자 임금이 급하게 물었다.

"윤홍의 용태는 어떠합니까?"

"목숨에 지장은 없다고 하옵니다."

철도는 눈가리개를 내리고 병풍의 이음새 어딘가에 틈이 있나 찾아보았다. 아주 작은 틈이었지만 병풍 너머의 상황을 엿보기에는 모자람이 없었다. 일부러 만들어 놓았다고 보는 것이 옳았다. 철도는 자신을 병풍 뒤에 앉혀 놓은 이유가 이것이라는 생각이 들었다. 그 구멍에 눈을 가져갔다. 김항주의 얼굴을 처음으로 보게 된 철도의 머릿속에 한줄기 번개가 지나갔다.

십 년 전, 대기근이 조선을 휩쓸고 지나갈 때 굶주린 백성들은 부잣집을 찾아가 광에 있는 쌀을 나눠달라고 사정했다. 더러는 광의 곡식을 풀어 백성들에게 나눠주는 부자들도 있었지만, 담장을 높이 치고 문을 걸어 잠근 부자들이 훨씬 더 많았다. 그중 가장 악랄했던 자들은 차라리 쌀을 불에 태워버리는 한이 있어도 백성들에게는 나눠줄 수 없다는 자들이었는데 그게 바로 지금 눈앞에 앉아 있는 김항주였다.

그 당시 철도는 지리산에 움막을 짓고, 약초를 캐고 나물을 뜯으며 사는 생활을 몇 년째 이어가고 있었다. 철도 나이 열아홉이 되던 해다. 그해, 약초를 곡식과 바꾸려고 내려가곤 하던 산 아래 마을 사람들이 오히려 산속으로 하나 둘 들어오기 시작했다. 마을에 먹을 것이 없다는 것이다. 그런 사람들은 점점 더 늘어났고, 산으로 들어오는 사람들의 입에서 나온 소문은 점점 흉흉해졌다. 두 해 연속으로 대흉작에 전염병까지 돌아 조선 사람 열에 한두 명은 굶어죽는다는 것이다. 어머니가 걱정되어 산에서 내려온 철도는 그것이 소문이 아닌 현실임을 두 눈으로 확인했다. 지방에서는 마을 하나가 통째로 사라지는 경우가 허다했다. 사람들은 무리를 지어 임금이 사는 한양으로 향했다. 도성에 가면 그래도 목숨을 부지할 수 있을 것이라는 한 가닥 희망을 품은 사람들이었다. 철도 역시 그 유민들의 무리에 합류해서 한양에 도착했다. 그러나 한양도 상황은 마찬가지였다. 폭도로 변한 유민들은 기와집 담을 넘기 시작했다.

"지기가 만석꾼 심항수의 집이다!"

누군가 그렇게 외쳤던 것이 이제야 생각났다. 철도는 김항주의 집 담장을 넘던 사람들이 그 집의 하인들과 김항주가 휘두르는 칼에 팔다리가 잘려나가던 것을, 김항주가 자신의 집 마당에 산더미처럼 쌓여있는 쌀가마니에 기름을 붓고 불태우면서 외치던 말들이 새록새록 떠올랐다.

"쌀이 곧 권력이다! 권력을 빼앗기느니, 차라리 태워버리고 말리라!"

철도가 어린 열무를 발견해서 구했던, '먹는 흙'이 난다는 규조토 산에서도 김항주는 삶과 죽음의 경계에 있던 백성들을 학살하고 산에서 쫓아냈다.

"네 이놈들! 여기가 뉘 땅인 줄 알고 마음대로 흙을 파 가는 게냐! 여기는 종친들이 소유한 땅이다. 함부로 규조토를 파지 말라!"

"흙도 못 퍼먹는단 말이요? 백성이 없으면 나라가 무슨 소용이요! 나라가 없는데 임금이 어찌 있겠소!"

누군가가 그렇게 부르짖었지만, 이내 그는 김항주의 사병들이 휘두른 칼에 쓰러졌다. 철도가 악몽에서 깨어나듯 옛 기억을 헤치고 나왔다. 임금이 김항주에게 말했다.

"동부승지를 저렇게 만든 자들은 도대체 누구요? 그들이 바로 역적 아니오?"

"동부승지가 일어나면 소상히 물어보도록 하겠습니다."

"그간의 수사결과는 없는 것이오? 진전이 있소?"

"황송하옵니다. 동부승지 대신 아뢰겠나이다. 그동안의 조사로 새로이 알게 된 사실이 있긴 있습니다. 봉령대군은 옥체를 훼손당하기 전, 이미 독에 중독되어 돌아가신 것 같사옵니다."

"독?"

"그렇사옵니다. 봉령대군께서는 당신의 탄신 잔치에서 음식을 드신 후 이틀 뒤 목숨을 잃으신 것으로 사료되옵니다."

"그래서 시신이 그토록 변색이 되고, 얼굴이 부풀어 올랐던 것인가? 그렇다면 집 안에서 음식을 만드는 자들이 관련되어 있을 게 아니오?"

"그것이…… 여러 가지로 묘하기 그지없습니다."

"묘하다?"

"잔치에서 같은 음식을 먹은 자들이 수십 명인데, 탈이 난 자가 아무도 없었사옵니다."

"그것이 무슨 말인가?"

"연륜 있는 검시관의 말에 의하면, 식궐(食厥)이 의심된다 하옵니다. 특별한 음식이나 식재료에 유별나게 반응하는 현상으로, 자칫 목숨을 잃는 경우도 있다고 합니다."

새빨간 거짓말이었다. 병풍 너머에서 듣고 있던 철도는 기가 차서 하마터면 병풍을 차고 소리를 지를 뻔했다. 임금이 다시 김항주에게 물었다.

"봉령군이 무엇에 식궐이 있었다는 것인가? 가까운 피붙이들이라면 알았을 터인데?"

김항주는 그 질문에 대한 답변까지는 준비하지 못했다. 그는 당황했지만 다행히 식궐을 유발하는 식재료 하나를 떠올릴 수는 있었다.

"옻이옵니다."

"옻이라면……. 칠감으로 쓰는 옻 말이오? 그것을 먹었다?"

"그러하옵니다."

"옻을 어떻게 먹었다는 것이오?"

"여, 열구자탕이옵니다."

"열구자탕?"

"그러하옵니다. 옻은 닭을 삶을 때나, 개를 삶을 때 함께 넣기도 하지요."

"그러한가?"

임금은 시종 침착한 모습으로 일관했다. 고개를 숙이고 잠시 생각하다가 다시 용안을 들었다.

"열구자탕이라 하면 여러 가지 재료를 넣고 끓여 먹는 음식이 아니오?"

"그러하옵니다."

임금은 말이 없었다. 김항주는 식궐에 대한 군색한 설명을 더 이상 하지 않아도 되었기에 안도했다. 무거워진 임금의 용안을 살피며 입을 열었다.

"전하. 이번 봉령군 시해 사건은 나라에 바로 서야 할 예가 그 뿌리째 썩어가고 있다는 증거이옵니다."

"이 나라의 예가 썩어가고 있다?"

"사대부는 사대부의 예를 지키지 않으며, 양민은 양민의 법도를 지키지 않고, 상민은 산속에 숨어들어 비적이 되고 있사옵니다. 조선의 네 개의 기둥 사, 농, 공, 상이 흔들리니, 이는 결국 그 기둥이 떠받들어야 할 전하의 권위와 사직이 흔들리는 것이옵니다."

"계속하시오."

"아뢰옵기 황송하오나 생전의 봉령대군은 장안에 소문난 탐식가로 백성들의 원성을 사고 있었습니다."

"탐식……가?"

"봉령군께서는 주로 종친이 맡는 사옹원의 도제조라는 직분을 이용해, 전국 각지의 수령들에게 계절마다 나는 산물을 사사로이 상납받고, 바다를 건너온 희귀한 식자재로 만든 음식을 탐하는 것은 물론, 열흘에 소 한 마리씩을 잡은 잔치광이었습니다."

"……!"

"사대부는 물론이요, 종친이라 할지라도 지나친 사치로 백성들을 분노케 하여 왕실과 사대부에 대한 반항의 빌미를 준 것은 크나큰 불충이 아닐 수 없습니다."

"봉령군의 죽음은 식궐로 인한 사고라 하나 여전히 그의 시신을 훼손한 자는 밝혀지지 않았소."

"기둥을 흔들려는 자들입니다."

"신분제를 파괴하려는 자들이란 말이오?"

"전하와 조선을 흔들고자 하는 자들입니다. 방치하면 조선은 망하고 말 것입니다."

"어떻게 해야 그 기둥을 튼튼히 할 수 있겠소?"

"사대부를 중심으로 예를 바로잡아야 하옵니다. 예라는 것은 가장 근본적인 것, 가장 가까운 곳에서 시작해야 하옵니다. 소신이 그 방법을 궁리해 보겠나이다."

임금은 물끄러미 김항주의 얼굴을 바라볼 뿐 더 이상 말하지 않았다. 김항주가 일어나 절을 하고 물러갔고 병풍 뒤의 철도는 얼른 눈가리개를 다시 올렸다. 잠시 후 충선이 병풍 뒤로 와 철도의 눈가리개를 끌어내렸다. 철노는 두 눈을 들어 충선을 바라보았다.

"병풍 앞으로 나오거라."

철도는 충선의 말에 따라 임금 앞으로 가 네 번 절하고 꿇어앉아 고개를 숙이고 있었다.

"병풍 뒤에서 들은 것과 네가 아는 것이 일치하느냐?"

뜻밖의 질문이었다. 철도는 목이 타들어가는 것만 같았다. 임금이 다시 물었다.

"다시 묻는다. 좌의정의 말과 네가 본 것이 다름이 있느냐?"

"전하. 좌의정 대감은…… 거짓을 아뢰었나이다."

잠시 숨 막히는 침묵이 흘렀다.

"고개를 들어 나를 봐라."

철도는 천천히 고개를 들어 임금의 용안을 바라보았다. 가슴이 철렁 내려앉는 느낌이었다. 임금이 생각보다 훨씬 젊었기 때문이었다. 열무 또래의 나이로 햇빛이 닿지 않은 하얀 얼굴에는 아직 소년의 모습이 남아 있었다. 그는 처연하고 간절한 목소리로 철도에게 물었다.

"그렇다면 네가 본 것은 무엇이냐?"

철도는 어딘가 고독하고, 서글픈 눈빛의 젊은 임금을 바라보며 마음이 복잡해졌다. 그는 윤홍에게 말했던 것들을 빠짐없이 임금에게 고했다.

6章. 밥상의 예

민심이 요동치고 있었다. 십 년 전 대기근 때부터 발생하기 시작한 유랑민은 이미 팔도에 범람하고 있었다. 더 큰 문제는 유랑민들이 무장을 하고 산속으로 들어가 녹림당을 자처하는 일이었다. 이름난 산에 산적들이 없는 것이 이상할 정도였다. 이들은 지방 관아를 제집 드나들 듯 털었고, 여러 세력이 연합하여 관군이 호위하는 세곡선까지 습격하는 상황이었다. 당연히 조정의 재정은 위태로워졌고, 집권 세력인 서인들의 입지는 점점 불안해졌다.

김항주는 용광로처럼 끓고 있는 백성들의 분노가 바로 자신, 서인들에게 향하고 있음을 너무나 잘 알고 있었다. 대기근을 겪은 후 백성들의 의식은 확연히 달라졌다. 양반들을 바라보는 백성들의 눈빛에는 존경과 경외 대신 증오가 가득 차 있었다. 대기근 당시, 선대왕과 다른 당파에서는 청나라에서 좁쌀과 대두를 수입할 것을 주장했다. 그랬다면 굶어 죽은 백성들의 숫자는 줄었을지도 모른다. 하지만 그 주장대로 좁쌀과 콩이 수입되었다면 남인들의 입지가 확고해졌을 것이다. 그들의 주장을 철저히 봉쇄했기에 지금의 권력을 가질 수 있었다. 어찌 보면 김항주와 서인들의 집권은 수십, 수백만 백성의 희생 위에 서 있는 것이었다.

그래서 더욱 이 권력을 지켜내야만 했다. 서인들에 대한 분노를 사대부 전체로 돌려야 했다. 굳건하던 신분제가 흔들리고 있음을 언급하여 사대부들에게는 위기감을 조성하고, 상민과 천민들에게는 여전히 넘을 수 없는 신분의 격차가 있음을 인식시켜야 했다. 그리고 가능하다면 임금도 사대부의 일족으로 권력의 한계가 있음을 선언하는 묘수가 김항주에게는 필요했다.

대전 옥좌의 임금을 중심으로 대소신료들이 좌우로 앉아 있었다. 김항주가 입을 열었다.

"공자께서는 흰쌀밥을 좋아하셨고, 회는 가늘게 썰어야 하며, 반듯하게 썬 것이 아니면 입에 대지 않았습니다. 그리고 간이 맞지 않는 것은 멀리하셨습니다."

건너편에 앉은 한덕원은 경멸과 경계의 눈빛으로 김항주를 노려보며 생각했다. '저자가 또 무슨 꿍꿍이인가?'

"고기가 많아도 밥을 이길 만큼 먹지 않았으며, 술이 있어도 취할 정도로 마시지 않았습니다. 공자가 예를 세우기 위해 했던 것들입니다."

"예가 밥상에서 시작한다는 말씀이오?"

임금이 건조하게 하문하자 김항주가 답했다.

"모든 근본이 거기에 있기 때문입니다. 가장 근본적인 것에서 예를 출발시켜야 하기 때문입니다."

"원리는 알겠소만 실현할 방도가 있소?"

"신, 좌의정 김항주, 조선의 밥상에도 법도를 세워야 할 때임을 감히 말씀드리옵니다. 공경대부는 9첩 반상, 양반은 7첩, 중인 이하 5첩, 상민과 천민은 3첩의 반상을 먹는 법을 만들어야 합니다."

한덕원이 코웃음을 쳤다.

"우금령조차도 지켜지지 않는 마당에 안방에서 차려 먹는 밥상을 무슨 수로 단속한단 말입니까?"

김항주가 예상했던 반응이었다. 우금령을 언급함으로써 서인들의 치부를 알고 있음을 노골적으로 드러낸 것이다. 김항주가 한덕원을 쏘아보며 말했다.

"백성을 계도하여 예를 세우고, 예가 굳건해지면 법이 되는 것입니다. 그것이 조정의 일이 아니겠습니까?"

임금이 재미있다는 듯 끼어들었다.

"공경대부가 9첩이라……. 그렇다면 한 나라의 임금인 과인은 어떻게 먹어야 하겠소?"

"망극하옵니다. 전하!"

"만물의 주인인 군주는 무엇이든 드실 수 있사옵니다."

"좌의정의 전대미문의 망발을 멈춰 주소서. 전하!"

여기저기서 신료들이 다투어 목소리를 높였다. 김항주가 그런 신료들의 목소리를 제압하려는 듯 목소리를 높였다.

"군주의 수라상은 12첩 반상으로 정하는 것이 옳다고 생각되옵니다."

"군주의 수라상을 제한하다니, 극악의 무례요! 당장 취소하시오!"

한덕원이 김항주를 향해 즉시 소리쳤다. 기다렸다는 듯 김항주가 한덕원에게 말했다.

"무너질 대로 무너진 이 나라 조선의 예를 세우기 위함입니다!"

마치 눈앞의 임금이 보이지 않는 듯, 김항주의 목소리와 태도는 거칠었다. 대신들은 그런 김항주에게 경악했다. 임금은 충혈된 눈으로 김항주를 노려보고 있었다.

철도가 기습을 받은 지 사흘이 지났다. 다행히 그 뒤로 아무 일도 일어나지 않았다. 철도는 뒷산에 올라 집을 내려다보고 있었다. 정체를 알 수 없는 자들에게 언제 기습을 받아도 이상하지 않은 입장이었기에, 역지사지로 적이 되어 가장 공격하기 좋은 길목을 점검해 보았다. 오솔길에 설치한 올무나, 낯선 발자국을 탐지하기 위한 고운 모래나, 쌓아 놓은 작은 돌탑들이 그대로 있었다. 사람이 지나가지 않았다는 증거다. 점검을 마친 철도는 풀줄기를 뽑아 입에 물고 풀밭에 앉아 하늘을 바라보았다. 생각해 보니 참으로 오랜만에 바라보는 하늘이었다.

임금을 배알한 후 철도는 머릿속에서 떠나지 않는 얼굴 때문에 오래된 체증을 앓고 있는 것처럼 가슴이 답답했다. 그 얼굴은 오랫동안 뇌리에 박혀 있던 김항주라는 악명의 얼굴이 아니었다. 눈을 뜨고 단 한 번 보았던 젊은 임금의 고독하고 서글픈 얼굴이라는 게 그 자신도 놀라웠다. 오래 묵은 체증과 같은 답답함과 심란함은 임금에 대한 동정심 때문이라는 것을 조금씩 깨달았다. 이제껏 세상을 살아오며 가슴 속에 새기고 있던 어머니의 말씀이 있었다. 그의 어머니가 버릇처럼 되풀이하시던 말씀이었다.

'서한아. 어딜 가서라도 모나지 말고, 앞장서지 말고, 눈에 띄지 말고…… 그게 우리가 타고난 운명이다. 내 말 알겠느냐?'

그런데 지금 그는 어머니의 말을 처음으로 거역해야만 할 것 같았다. 좌의정이라는 중신이 자신의 군주 앞에서 뻔뻔스럽게 거짓말을 하는 것을 듣고 본 것이다. 비대한 살집은 눈에 거슬렸지만 임금을 돕고 싶었다. 어찌 보면 자신을 세상일에 관여하게 한 것은 어머니 자신이 아닌가? 십 년 만에 앞에 나타난 어머니의 된장. 그 된장만 아니었다면 철도는 지금 이런 고민을 하지 않아도 되었을 것이다. 철도는 풀밭에서 일어나 윤홍 대감을 찾아가기로 마음먹었다.

윤홍의 집은 남산 자락 마을의 작은 초가집이었다. 기와 한 장 쓰이지 않은, 당상관 동부승지의 집으로는 지나치게 초라했다. 그나마 다행인 것은 칼을 찬 금군 두 명이 집을 지키고 있다는 것이었다. 사립문은 열려 있었다. 초가집 마당에 들어 선 철도의 손에는 오다가 구한 잉어 한 마리가 새끼줄에 꿰어 들려 있었다. 마루 끝에 앉은 열 살 정도의 여자아이가 작은 돌절구에 뭔가를 찧고 있었다. 철도가 헛기침을 해도 아이는 시선을 주지 않았다. 안방 댓돌 위에는 여인용 낡은 꽃신이 가지런히 놓여 있었다. 부엌에서 윤홍 대감이 불쑥 나왔다. 물일을 하던 중이었던 듯, 그는 소매를 걷고 바가지를 들고 나오다 놀란 얼굴로 철도를 바라보았다.

"강 숙수! 지네기 웬일인기?"

"대감마님……."

윤홍의 목에는 칼등에 맞아 생긴 짙은 멍 자국이 있었고 이마를 싸맨 수건에 아직도 피가 말라붙어 있었다. 하지만 표정은 밝아 보였다.

"자네 손에 들린 건 잉어가 아닌가?"

잉어를 건네받은 윤홍의 얼굴에 화색이 돌았다. 그는 잉어로 찜을 만들겠다고 해서 철도를 놀라게 했다. 거들겠다는 철도를 한사코 만류한 윤홍은 익숙한 손놀림으로 잉어를 손질하고, 작은 솥에 안쳐 찜을 만들었다. 철도에게는 그 모든 것이 충격이었다. 윤홍의 손놀림 자체도 볼거리가 됐지만 양반, 그것도 벼슬을 하는 조선의 사대부가 음식을 직접 만든다는 건 상상도 해 본 적이 없었기 때문에 눈을 크게 뜨고 부엌 안의 윤홍을 바라만 볼 뿐이었다. 윤홍이 계면쩍어하자 철도는 마당의 평상으로 물러나 조촐한 술상을 앞에 두고 우두커니 앉아 있었다. 윤홍은 잉어찜의 꼬리 쪽이 담긴 소박한 밥상을 들고 안방으로 들어갔다. 방안에서 두런두런 이야기하는 소리가 흘러나왔다. 부인의 목소리는 들리지 않았지만 윤홍의 목소리는 분명히 들렸다.

"좀 어떻소? 사옹원의 강 숙수가 귀한 잉어를 가져왔기에 찜을 좀 해 봤소."

물끄러미 안방 문을 바라보던 철도는 대감의 부인이 앓고 있는 것이라 생각했다. 다시 그의 목소리가 들려왔다.

"좀 들어보시오. 잉어가 부녀자들에게 좋다고 하오."

안방에서 나온 윤홍은 잉어의 머리 쪽을 들고와 철도 앞에 앉았다. 철도는 화들짝 놀라 일어섰다. 당상관인 윤홍과 겸상을 하며 대작을 한다는 것은 있을 수 없는 일이었다. 당황하는 철도를 보자 윤홍이 인자하게 웃으며 부드럽게 말했다.

"괜찮네. 앉으시게."

"하오나……!"

"오늘은 상하 관계가 아닌, 벗이라 생각하겠네."

"당, 당치도 않사옵니다."

"앉으래도."

"대감마님……."

철도가 엉거주춤 무릎을 꿇고 앉았다.

"편히 앉으시게. 제발. 자네는 내 생명의 은인이 아닌가?"

철도가 불편함을 드러내며 좌정하자 윤홍은 절구질을 마치고 마루 끝에 오도카니 앉아 있는 여자아이에게 빈 술병을 들어 보였다. 아이는 발딱 일어나 공손히 머리를 숙이고 부엌으로 뛰어 갔다. 철도가 댓돌 위의 낡은 꽃신에 시선을 주며 입을 열었다.

"마님이 병환 중이신가 봅니다. 소인이 무례를 범한 것은 아닌지요."

"아닐세. 이리 와 줘서 얼마나 고마운지 모르겠네. 내자는 자리 보전한지 몇 년 되었네."

"아……. 걱정이 많으시겠습니다."

"뭘. 그 덕에 밥 짓는 일의 소중함을 알고, 빨래하는 일의 고단함을 알게 되었다네."

쓸쓸히 웃는 윤홍의 얼굴을 본 철도는 감히 더 이상 할 말을 찾지 못하고 존경과 놀라움의 시선으로 바라만 볼 뿐이었다. 그러는 사이 아이가 새 술상을 가져와 평상 위에 펼쳐 놓았다. 그리고 고사리 같은 손으로 철도에게 잔을 건넨 후 술을 따라 주었다.

"향이라고 한다네. 십 년 전. 저자에 버려진 아이를 데려다 딸처럼 키웠네. 농아일세."

"십 년 전이라면?"

"대기근 때일세."

"그땐…… 그랬지요. 엊그제의 일만 같습니다."

"십 년. 이 나라에서 태어났다는 이유만으로 열에 한 사람이 굶어 죽었던 일이 마치 없었던 일처럼 잊혀지는 데 걸린 시간일세."

철도는 향이를 바라보며 십 년 전의 열무와 마날을 떠올렸다. 그때 거리에서 죄 없는 아이들이 얼마나 많이 굶어 죽었던가. 철도는 한숨을 쉬고, 말을 이었다.

"대감님. 대감님과 소인을 공격한 자들은 어떤 자들입니까?"

"진실이 알려지는 걸 두려워하는 자들이겠지."

"제가 드린 그 명단은 도대체 어떤 의미가 있는 것입니까?"

윤흥이 잔을 들어 목을 축였다.

"죽은 자들은 모두 서인, 그중에서도 하나같이 권신들이지."

"우심적을 먹고 죽은 자들이 모두 서인이라구요? 그렇다면 남인들의 복수입니까?"

"나라에서 엄금하는 소고기를 먹고 죽었네. 살변이 나도 발고를 못하는 건 당연할 터. 서인들을 노리는 세력이 있다면 절호의 기회가 아닌가?"

"좌상 대감은……."

좌상 대감이라는 말에 윤홍이 눈을 들어 철도를 바라보았다.

"봉령군이 열구자탕을 먹고 죽었다고 말했습니다. 주상전하 앞에서요. 우심적과 소고기를 먹고 죽은 자들에 대해선 일언반구도 없었습니다."

"진하를 배일했나? 시인 영수가 주상 앞에서 자신들의 치부를 실토할 수는 없었겠지. 이것이 지금 이 나라 조정의 현실이네."

윤홍의 반응은 의외였다. 분노도 놀라움도 없었기 때문이다. 우금령을 어기고 소를 잡아먹은 자들이 죄인인지, 그들을 처단한 자가 더 큰 죄인인지 혼란스러웠다.

"소인은 모르겠습니다. 죽은 자들이 죄인인지, 죽인 자가 죄인인지."

"어쨌든 우리는 범인을 잡아 이 연쇄살인을 멈춰야 하네."

"잔칫집을 돌며 같은 수법으로 독을 쓰는 자가 있는 듯합니다. 굳이 위험하게 독을 쓴 이유와 어떤 독을 사용한 것인지 알 수 있다면 범인을 잡을 수도 있을 것 같습니다."

"내 생각도 같네. 음식에 독을 넣되 그 효력이 이삼일 뒤에 나타나는 약을 쓴다면 의심 받지 않고 유유히 빠져 나갈 수 있네."

윤홍 대감의 말에 철도는 더욱 확신을 가졌다. 그러나 풀리지 않는 의문이 있었다.

"그런데 잔칫집에서 음식을 먹는 자들은 수십 명인데 어찌 특정인만 찍어 죽일 수 있단 말입니까?"

"그건 풀어야 할 수수께끼일세. 잔칫상에 가장 가까이 접근할 수 있는 자라면 가능하겠지. 잔치를 이용해 사람을 죽였다면 조만간 열리는 또 다른 잔칫집에도 나타나지 않겠나?"

철도는 윤홍의 말을 듣고 무릎을 쳤다. 그리고 스스로를 질책했다. '아, 그 생각을 왜 못 했을까? 이런 미련한 머리통을 어디다 쓴단 말인가!'

"왜 그러나?"

"잔치 숙수입니다. 소인처럼 잔칫집을 떠돌며 음식 솜씨를 파는 자들입니다. 혹시 그들 중 범인이 있다면?"

"가능한 일이네! 권신들의 잔치라면 소문난 숙수들을 앞다투어 부르지 않는가? 짐작가거나 도움을 줄 사람이 있는가?"

"그것은……. 힘들 것 같사옵니다. 소인은 다른 잔치 숙수들에게 기피 인물이라……."

"어쩌다가?"

"원래……. 최고의 자리에 오른 자는 적들이 생기게 마련이지요."

"공임을 다섯 배 이상 받으면서 단골을 다 빼앗은 탓은 아니고?"

"뭐, 그런 것도 있겠지요."

윤홍이 철도를 놀리는 듯 웃었지만 철도는 머쓱한 표정으로 고개를 떨궜다. 속으로는 난감하다고 생각했다. 그래도 부딪혀 보는 수밖에 없었다. 철도는 남은 술을 마시며 자신이 아는 잔치 숙수들의 이름과 얼굴을 머릿속에 나열하기 시작했다.

철도는 열무와 마날의 도움을 받아 잔치 숙수들을 만나 보기로 했다. 그들 중 어쩌면 범인이 있을 수도 있다. 순순히 말하지 않는다면 그것도 단서가 될 것이다. 열무는 주로 한성의 북부에서 활동하는 잔치 숙수를 찾아갔다. 개장국과 소고기를 잘 다루기로 이름난 숙수였다.

"밤나무골 김 참판댁, 남산골 한 대감댁, 전 이조판서 송 대감댁, 호조판서 홍진표 대감댁······. 이중 숙수님이 잔치 음식을 하신 데가 있을까요?"

상대의 반응은 예성을 조금도 빗나가지 않았다. 열무를 아래위로 훑어보던 잔치 숙수가 가자미눈을 떴다.

"네놈은 그 귀설인가 뭔가 하는 놈 밑에 있는 놈 아니냐?

"그게 뭔 상관이요? 기면 기다 아니면 아니다, 간단한 이바구 아니오?"

"내가 왜? 내가 왜 이 자식아? 난 귀설 그 이름만 들어도 아주 이가 갈리는 사람이여. 그놈한테 빼앗긴 단골이 열두 집이 넘어!"

"이제 다 돌려 드린다니께요? 우리 형님은 이제 잔치 숙수 안 혀요. 대령 숙수랑께?"

하지만 더 이상 상대해 주지 않았다. 그 동네에서 소문난 또 다른 잔치 숙수들을 찾아다녔지만 별다른 소득은 없었다. 열무는 그나마 다행이었다. 한성 남부를 담당했던 마날 찾아간 숙수의 집 대문 앞에서 다자고짜 구정물을 뒤집어써야 했다.

"아이고 와 이러십꺼? 그니까 밤나무골 김 참판댁, 남산골 한 대감댁, 전 이조판서 송 대감댁, 호조판서 홍진표 대감댁. 이 집 잔치에는 안 가셨다 이 말씀이지요?"

"귀설 그놈한테 전해라. 또다시 내 눈 앞에 띄면 아주 육포를 떠버릴 거라고."

"아! 오라방. 도대체 어떻게 하고 다녔길래 인심이 이렇게 싸

납노?"

구정물을 뒤집어씌우고노 성이 차지 않았는지 송아지만 한 삽살개를 풀어 마날을 쫓아냈다. 하마터면 개에게 궁둥이를 물릴 뻔한 마날은 그 뒤로도 몇몇 집을 더 찾아갔지만 역시 문전박대를 당했을 뿐 소득이 없었다.

한편 철도는 한때는 막역한 사이었으나 여자 문제로 된통 싸웠던 박자팽이 생각났다. 철도가 한양 이남을 주무대로 삼았다면, 숙수 박자팽은 한양 이북과 경기도, 평안도를 주무대로 삼았다. 박자팽에게 한 가지 병이 있다면, 여난(女難)이 끊일 날이 없다는 것이었다. 그는 팔 척이 넘는 허우대에 풍성한 콧수염과 구레나룻을 자랑하는 호남이었다. 술 좋아하고, 여자 좋아하는 바람에 모아둔 재산은 변변치 않았고, 수중에 마지막 엽전이 떨어질 때까지는 일을 안 하기로도 유명한 자였다. 근본이 나쁘지는 않아 철도와 박자팽은 꽤 통하는 구석이 있었다. 철도는 말까지 세를 내어 혜화문 밖 오 리쯤에 있는 박자팽의 집을 물어물어 찾아갔다. 모아둔 재산이 없다던 박자팽의 여섯 칸짜리 기와집 앞에 도착한 철도가 혀를 내둘렀다.

"이자가 드디어 철이 들었나? 집을 장만하다니! 집이…… 너무 좋은 걸?"

그때 집 안에서 묘한 소리가 들려왔다.

"대낮부터 짐승이라도 잡나, 이게 무슨 소리지?"

철도가 그 소리의 정체를 파악하는 데는 얼마 걸리지 않았다. 절정감에 숨이 넘어가는 여자의 교성이었다. 철도는 뒷짐을 지고 점잖게 사람을 불렀다.

"이리 오너라."

아무런 반응이 없었다. 대문을 밀어 보니 바로 열렸다. 마당 안으로 들어가자 'ㅁ'자 형의 아담한 집이 꽤 안락해 보였다. 안 방에서는 여전히 숨이 넘어가는 소리가 들려왔다.

"허허 참, 낮거리에 도끼자루 썩는 줄 모른다더니…… 요란도 하다. 이리 오라니까!"

철도가 다시 한번 외쳤다. 교성이 멈추고 방문이 벌컥 열렸다. 장대한 기골, 한 손으로 사람을 죽일 수 있을 듯한 사내가 웃통 은 까고, 바지를 추스르며 밖을 내다보았다. 박자팽은 화등잔만 한 눈으로 마당에 서서 빙글거리고 있는 철도를 어이가 없다는 듯 바라보더니 입을 열었다.

"귀설? 잠깐 기다리게."

"서둘지 마시게. 하던 일, 마저 매조지하시게나. 허허허."

박자팽이 방문을 닫고 들어갔나 싶던 순간, '쾅!' 다시 방문을 걷어차고 뛰어나오는 것이 아닌가! 달라진 것이 있다면 양손에 는 그가 분신처럼 아끼는 숙수용 칼이 들려 있다는 것이었다. 박 자팽은 대청을 달려 나오다 허공으로 뛰어올라 다짜고짜 철도를 내리쳤다.

"이크!"

철도는 얼른 몸을 돌려 피했고, 마당에 내려선 박자팽은 쌍칼 을 휘두르며 철도를 쫓았다. 철도는 평상을 빙빙 돌며 쫓기면서 도 대화를 시도했다.

"박 숙수. 간만에 상봉했거늘 사람을 살리는 숙수의 칼이 유현 덕의 쌍고검도 아닐진데, 이렇게 막무가내로 휘두르면 조앙신이 노하시네!"

"내가 분명히 말했을 텐데? 두 번 다시 내 눈에 띄면 도륙을 내 젓갈을 담근다고!"

"박 숙수. 아, 왜 이러시나. 동업자 인심이 너무 야박하네!"

"뭐, 야박? 너 정말 죽고 싶은 게냐?"

"아하, 아직도 그 월향이 때문에 그러나?"

월향은 한양에서 논다 하는 최고의 한량들이 모여드는 기방 월향각의 주인이었다. 원래 변변찮은 기방의 일개 기생이었던 그녀는 뛰어난 미모와 그에 못지않은 영업수단으로 불과 칠 년 만에 한양의 최고 기생 자리에 오른 그 바닥의 입지전적 인물이다. 대궐을 드나드는 별감 하나를 샛서방으로 들인 후, 성욕은 있으나 수컷의 그것이 없어 풀 방법이 없는 내관들의 은밀한 욕정을 아주 특별한 방법(?)으로 해소시켜 주고 엄청난 이권과 권력층과의 끈을 확보했다는, 확인 안 된 소문이 늘 그녀를 따라다녔다.

아무튼 그녀는 그렇게 모은 검은 돈으로 망해가는 기방 하나를 인수해 자기의 기명과 같은 월향각을 세운 것이다. 월향은 자신의 기방을 최고의 기루로 만들기 위해 여타 기방과는 완전히 다른 상술을 적용했다. 새로운 기녀의 수급에 흥망을 거는 것이 일반적인 기방들의 생존 전략이라면 월향각은 술과 음식으로 고급 손님들을 유인했다. 궁중음식은 물론이요, 화려한 청식이나 왜식도 선보였다. 고급 손님들이 월향각으로 몰리자, 일급 기녀들도 고급 손님들을 따라 월향각으로 몰렸다.

박자팽은 그런 월향의 눈에 띈 첫 번째 숙수였다. 박자팽이 거금의 공임을 받고 월향각의 숙수로 들어가기로 했다는 소문을 들은 철도는 그 자리를 가로채기로 결심하고, 여자라면 사족을 못 쓰는 박자팽의 약점을 이용해 함정에 빠트렸다. 그를 누구보다도 잘 알고 있던 철도가 박자팽에게 술을 먹여 월향각 기녀와의 합방을 유도했던 것이다. 하필 그 기녀는 한성 판윤 아무개가 머리를 얹어주기로 야조한 처녀였다. 그 일은 바로 월향의 귀에 들어갔다. 일도 시작하기 전 월향에게 찍힌 박자팽은 쫓겨났고, 그 자리를 철도가 꿰차게 된 것이다. 박자팽으로서는 원한을 품어도 무리가 아니었다. 그는 다시 이를 갈며 소리쳤다.

"내, 네놈 눈알을 뽑고 입술을 도려내, 삶아서 초간장에 찍어 먹으리!"

"그 일은 참말로 미안하게 됐네. 내 그 일에 대해선 사과하고, 앞으로 박 숙수가 하는 모든 일에 훼방놓지 않고 응원을 하려고 한다네."

"개소리 말거라!"

쌍칼을 휘두르며 쫓던 박자팽이 날쌘 철도를 잡을 수 없다는 것을 깨달았을 때는 이미 꽤나 지친 후였다. 박자팽은 제풀에 지쳐 평상을 두 손으로 짚고 거친 숨을 뱉으며 말했다.

"이 개종자야! 네놈이 갑자기 개심을 할 리는 없고, 원하는 게 뭐여? 내 일을 방해하지 않고 응원을 하겠다고? 그 말을 나보고 믿으라는 게냐?"

"응. 믿게. 내 손모가지를 걸지. 왼쪽 걸까? 오른쪽 걸까?"

"가만히 있는 내게 갑자기 그 다짐을 하려고 온 건 아닐 거 야 녀! 이 쥐새끼야!"

"에이. 이렇게 잘난 쥐가 어디 있나? 사실은 내 물어 볼 말이 있어 왔네. 흑시 밀일세……."

조금 전까지 박자팽과 배꼽을 맞추며 끈끈한 감창소리를 내지르던 여인이 옷차림을 단속하고 나와 돌배를 깎아 주안상을 내놓았다. 아직 귀밑머리가 땀으로 젖어 있었고, 볼에는 홍조가 남아 있었다. 철도와 눈이 마주치자 한쪽 입꼬리를 올리며 빙긋 웃는데 색기가 좔좔 흘렀다. 과연 천하의 오입쟁이 박자팽과 자웅을 겨룰 만한 여인이라고 생각했다. 평상 위에 앉은 두 사내 사이에 탁주잔이 몇 번 오가고, 안주로 나온 돌배가 떨어지자 박자팽은 주안상을 물리고, 그 자리에 맷돌을 가져다 났다.

"녹두를 좀 갈아야 해서."

박자팽이 어처구니(맷돌을 돌리는 손잡이 = 맷손)를 잡고 맷돌을 돌리자 철도도 자연스럽게 어처구니를 잡았다. 방금 전까지 칼을 들고 쫓고 쫓기던 사내들이 맷손을 함께 잡고 맷돌을 돌리는 모습을 본 '감창의 여인'이 중얼거렸다.

"어처구니가 없다더니, 이런 걸 두고 하는 말인가?"

맷돌을 돌리는 철도와 박자팽의 호흡이 척척 맞았다. 철도는 그 틈을 이용해 박자팽에게 물었고 박자팽은 별 의심 없이 대답했다.

"밤나무골 김 참판댁, 남산골 한 대감댁, 전 이조판서 송 대감댁, 호조판서 홍진표 대감댁이라. 전부 내가 놓친 집인데?"

"전부 돈깨나 있는 집이라 공임이 짭짤했을 텐데? 그 좋은 일을 자네가 놓치다니? 대체 왜?"

"자네같이 발 빠른 쥐새끼들이 어디 한 둘인가?"

"또, 또. 그런다."

"혹시 엄 상궁인가?"

박자팽이 고개를 갸웃하며 말했다.

"엄 상궁? 그건 또 누구인가?"

"자네가 어머니 찾는다고 하삼도(충청, 전라, 경상도) 지방을 떠돌 때 슬며시 이 바닥에 나타난 반빗아치지."

"반빗아치라면…… 여인?"

"서른 줄은 넘겼을 걸? 원래는 궁녀였는데 병이 나서 출궁 당했다는 소문이 있어."

철도가 상체를 앞으로 당기며 물었다.

"그 얘기 좀 더 해 보게나."

"그게 다고 더는 몰라. 근데 엄 상궁은 왜?"

마날이 말한 가설대로 범인이 여자라면 엄 상궁이라는 인물은 새롭게 등장한 유력 용의자였다. 박자팽이 입을 꾹 다물어버린 철도를 바라보며 다시 입을 열었다.

"사시사철 고깔을 쓰고 다닌다고 했던가?"

"고깔……?"

집으로 돌아온 철도는 동생들을 불러 초상 당한 집에서 빌려온 일곱 장의 연회도를 평상바닥에 펼쳐놓았다. 세 사람은 머리를 맞대고 연회도를 꼼꼼히 훑어보았다. 연회도 속의 수많은 인물들 중 박자팽이 말한 엄 상궁이 있을지도 모른다는 생각에서였다. 그때 마날이 외쳤다.

"고깔이다!"

"워매. 참말로 있네! 얼굴은 안 보이지만 치마저고리여!"

열무가 짚은 손가락 아래에 치마저고리를 입고 고깔을 써 얼굴을 감춘 여인이 있었고, 다른 그림에도 그 여인이 있었다. 여인은 연회도에 따라 정주간에도 있었고, 마당에도 있었으며, 우물가에도 있고, 대청에서 허리를 숙여 주안상에 안주를 놓기도 했다. 철도와 동생들은 서로를 바라보며 놀라워했다.

"더운 부엌에서 왜 하필 고깔을 썼을까?"

"고깔은 얼굴을 감추기 위한 물건 아니냐?"

"……!"

"어험!"

낯선 헛기침 소리에 철도 일행이 놀라 돌아보았다. 박자팽이 문 앞에 서 있었다. 아마 철도의 뒤를 밟아 쫓아온 것 같았다. 다짜고짜 들어와 철도 옆에 앉은 박자팽은 뜻밖의 말을 하였다.

"자네, 소 염통을 좀 구해줄 수 있나?

철도가 황당한 얼굴로 동생들을 일별하고 말했다.

"우심을 구해 달라? 그건 산신령도 못해. 요즘 기찰이 좀 살벌한가?"

"그래? 그럼 할 수 없지. 내, 엄 상궁에 대해 하지 않은 말이 있는데 말이야."

박자팽은 미련 없이 일어났고, 철도가 놀라 얼른 그의 팔을 잡았다.

"참말인가?"

"내 입을 열게 할 수 있는 건 우심뿐! 하나면 돼! 단 하나!"

"박 숙수, 미친 게야? 이 시국에 우심을 찾아? 모가지 내놔야 한다고!"

박자팽이 팔을 뿌리치고 대문 밖으로 말없이 나갔다. 철도는 버럭 소리를 질렀다.

"어디다 쓰게!"

"잔치를 거하게 치르겠다는 대갓집이 있어서 말이야."

"뭐라? 그 양반 세상 다 살았나?"

"뭔 소린가? 그집 잔치를 내가 맡았는데 우심적을 꼭 먹어야 겠다니 어쩌겠나."

"그게 누군가?"

"왜? 또 내 단골 뺏어가게?"

"이제 사가의 잔치는 안 가겠다 약조했잖나!"

"암튼 뉘 집 잔치인지 계속 묻는다면 난 그만 가겠네!"

"승질머리하곤……. 우심을 구해주면 엄 상궁에 대해 더 알려주는 겐가?"

"약조하지. 게다가 자네가 엄 상궁을 왜 찾는지, 묻지도 따지지도 않겠네."

"……!"

"자네 말대로 지금 시국엔 마당발에다 권모술수, 중상모략에 능한, 낯짝 두꺼운 귀설이 아니면 우심은 못 구해. 말미는 이틀 줌세."

철도는 오래 생각할 여유가 없었다.

"좋네. 그 우심, 내가 구해다 주겠네."

박자팽은 씨익 웃었고 열무와 마날은 턱을 빠트린 채 철도를 돌아봤다. 박자팽은 그길로 떠났다. 평상 위에 다시 모여 앉은 철도와 마날, 열무의 갑론을박이 시작됐다.

"오라방아. 박 숙수는 잔칫집에서 우심적 먹으면 죽는다는 걸 아직 모르는 갑지?"

"죽은 자들의 식구조차 쉬쉬하는 바람에 그 소문이 박자팽에 게까지는 안 간 모양이지. 중요한 것은 그게 아니다. 뉘 집 잔치 인지를 알아내야 한다. 만약 잔치를 치르겠다는 자가 서인의 벼 슬아치라면 범인은 반드시 나타날 것이다."

"그 잔치는 방금 박 숙수가 맡았다자녀요? 거기 엄 상궁이든, 범인이든 낄 자리가 없잖소?"

"맞네."

"박 숙수가 그 잔치를 못 하도록 해야지."

철도의 눈빛이 반짝였다. 열무와 마날이 서로의 얼굴을 쳐다 보았다. 마날이 철도에게 물었다.

"근데, 우심은 어떻게 구할라꼬?"

철도는 대답 대신 생각에 잠겼다. 그때 철도의 얼굴에 반사된 빛이 어른거렸다. 눈이 부셔 인상을 찌푸린 철도는 손차양을 만 들어 이마에 대고 돌아봤다. 사립문 앞에 누군가 얼굴에서 강렬 한 빛을 반사하는 자가 있었다. 빛 속에 반쪽 청동 가면을 쓴 충 선이 서 있었다.

"전하께서 부르신다."

충선이 직접 말까지 끌고 온 것을 보면 급한 일이 분명했다. 앞장선 충선이 점점 속도를 높였다. 철도 역시 박차를 가했고 순 식간에 철도의 말이 충선의 말을 추월했다. 충선도 반쪽밖에 보 이지 않는 얼굴을 일그러트리며 역시 박차를 가했다. 두 마리의 말이 나란히 서자, 철도는 더 빨리 말을 몰았다. 그의 얼굴에 짓궂은 미소가 떠올랐다. 충선이 눈을 부라리더니 말에게 채찍을 가했다. 충선의 말이 철도의 말을 추월하려고 하자, 철도 역시 엉덩이를 안장에서 떼고 채찍을 가해 속도를 높였다. 어느새 철도와 충선은 말 경주를 하는 형세가 되었다.

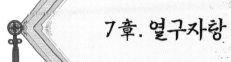

7장. 열구자탕

　백정 마을이 내려다보이는 대봉산 꼭대기의 열무와 마날은 너럭바위 위에 서 있었다.

　"형님 없이 우덜만 가는데 도움을 줄랑가?"

　"어떻게든 구해야 하는 상황이라는 거, 니도 알제? 이 일에 오라방과 우리 목심이 달렸다."

　"알기야 안다만……."

　마날이 앞장서 산을 내려가기 시작했고 열무가 그 뒤를 따랐다. 이 산을 넘어가면 그 아래 백정 마을이 있었다. 박자팽이 부탁한 우심을 구하기 위해 철도는 대궐로 불려가면서 두 동생들을 먼저 백정 마을로 보냈다. 이 시국에 우심을 구할 수 있는 한 가닥의 희망이 있다면, 백정들을 만나보는 것이 우선이었다.

　열무와 마날은 오래지 않아 백정 마을 입구에 도착했다. 철도를 따라 몇 번 와 본 곳이기도 했다. 움막집, 귀틀집이 대부분이고, 제일 좋은 집이 초가집이었다. 백정 마을 특유의 비릿한 냄새와 여기저기 걸려 있는 짐승들의 가죽이 흉물스럽게 보였다. 이곳 사람들의 절반은 조선인이고, 나머지 절반은 온갖 계통의 혼혈인들의 후예였다. 북방의 여진족과 같은 유목민 계열도 있었고, 눈은 크지만 코가 낮은, 바다를 건너온 남방계의 피가 섞인 사람들도 있었다. 어떤 연유로 조선에 정착했는지는 알 수 없지만, 온몸에 털이 나고 키가 큰 사람들도 있었다. 왜란 때 왜병으로 끌려온 사람이 조상이라는 그들은 검은 피부에 두툼한 입술을 하고, 엉덩이가 치켜 올라가 이미 골격부터 조선인과는 확연히 다른 모습이었다.

이들은 유일하게 허락된 생업으로 짐승을 잡는 일에 종사하는 천민 중의 천민들이었다. 올 때마다 느끼는 것이지만 이곳 사람들은 늘 활기가 넘쳤다. 굶주림이 일상인 것이 천민들의 삶이지만, 이곳에서는 언제나 무언가를 끓이고 있었고, 누구나 무언가를 씹고 있었다. 얼굴에는 기름기가 있었고, 비록 누추하지만 웃음소리가 끊이지 않는 것도 신기했다. 모든 것이 낯선 마날은 연신 고개를 좌우로 돌리며 두리번거렸다. 그런 마날에게 열무는 아는 척하며 으스댔다. 열무는 낯익은 백정들에게 먼저 인사를 건넸다.

"안녕들 하신게라! 지 알지라? 강 숙수의 동상! 오른팔이요, 오른팔."

그러나 열무의 인사를 받아주는 사람은 아무도 없었다. 일손을 놀리는 자나, 집 앞에 나와 해바라기를 하는 자나 모두 '저건 뭐여?' 하는 표정이다. 열무는 갑자기 기가 죽었고 그런 열무를 본 마닐은 입을 가리고 웃었다.

"촌장님, 안에 계신게라우?"

그중 번듯한 초가집에 도달한 열무가 아까보단 훨씬 기가 죽은 목소리로 촌장을 찾았다. 환갑을 넘긴 지 한참은 되었을 법한 노인이 열무와 마닐을 맞이했고 집 안으로 들였다. 촌장은 우심을 구하러 왔다는 열무의 말을 듣자마자 머리를 절레절레 흔들었다.

"힘들어. 아주 씨가 말랐어."

"어르신. 사정이 좀 있어라. 소 한 마리가 다 필요한 건 아니고, 우심만 있으면 된다니께유?"

"거 말귀 참 못 들어 먹네. 누가 간이 필요하다면 간만 꺼내 줄 수 있나? 배를 갈라야 간이 나오듯 소를 잡아야 우심이 나오지."

"그야 그렇습니다만……."

"우심은 둘째로 치고 소 자체가 읎어."

"무슨 방법이 없겠습니꺼?"

마닐이 수심에 찬 목소리로 물었다.

"글쎄다. 강 숙수, 그놈 부탁이라 나도 어지간하면 들어주고 싶다만……. 아니, 근데 그놈은 뭐하느라 코빼기도 안 보여?

촌장의 이마주름 사이에 시름이 깊어지는 것이 보였다. 열무와 마닐도 덩달아 기운이 빠졌다.

철도는 창경궁의 후원에 천막을 쳐 만든 임시 부엌에서 음식을 만들고 있었다. 불과 이십여 보 떨어진 곳 정자 위에는 임금과 좌의정 김항주, 병조참판 한덕원, 동부승지 윤홍이 앉아 철도의 음식을 기다리고 있었다. 임금의 뒤에는 늘 그렇듯 그림자 같은 충선이 서 있었다. 김항주, 한덕원, 윤홍은 각각 음식이 차려진 소반을 앞에 두고 아무도 입을 열지 않았다. 김항주와 한덕원은 석연찮은 분위기를 감지하고 눈알을 굴리거나 수염을 쓰다듬었다. 특히 김항주는 이미 죽었어야 마땅한 숙수 놈이 눈앞에서 음식을 만들고 있다는 것이 속이 매스꺼울 정도로 거슬렸고 그 탓인지 손바닥에 땀이 날 지경이었다. 김항주는 조용히 심호흡을 하며 땀이 나는 손바닥을 허벅지에 문질렀다.

철도는 소주방 나인들의 도움을 받아 신선로에 여러 재료를 두른 열구자탕을 준비했다. 열구자탕은 양반들 사이에 널리 유행하던 음식으로 철도가 수십, 수백 번은 만들어 본 음식이었다. 열구자탕은 조선 음식 중 가장 손이 많이 가는 음식 중 하나로 미리 육수를 준비해야 하는데 육수의 주재료는 소고기와 무이다. 백성들에게는 귀하디 귀했지만, 대궐에서는 여전히 소고기가 넘쳐 났다. 소주방에서 나온 나인들이 귀한 양지머리와 최상품의 무를 준비하고 있었다. 철도는 양지머리와 무를 잘라 가마솥에 안쳤다. 장작을 지펴 육수를 내는 동안 나머지 재료를 준비해야 했다. 손 빠른 소주방 나인들의 도움으로 철도는 이것저것 지시하고 확인만 하면 되었기에 일은 일사천리였다.

소 갈빗살을 떼어 삶아 채를 썰고, 양이나 천엽 같은 소 내장역시 끓는 물에 살짝 데쳐 채를 썰었다. 꿩고기가 빠질 수 없었다. 꿩의 특유한 향과 육질이 가지고 있는 식감은 절대로 닭이 대신할 수 없었다. 꿩고기는 기름에 데쳐 채를 썰었고, 숭어의

회를 떠 전유어(지금의 전과 같은 음식으로, 밀가루를 묻혀 달걀 푸물에 담갔다가 기름에 지진 음식)를 만들었다. 마른 전복이나 해삼이 필요하고, 파나 부추처럼 비린내를 잡는 채소와 미나리, 생강도 들어가야 했다. 그 위에 말린 대추, 해송자(잣), 순무의 채 등을 올려 마무리했다. 재료 하나하나에 엄청난 시간과 노동이 들어 갔다. 최상의 재료로 만든 육수는 기름기가 풍부했다. 기름기를 걷어내자 보기만 해도 감칠맛이 도는 듯한 맑고 진한 육수가 완성되었다.

철도는 준비된 재료를 신선로에 보기 좋게 담았다. 이것은 다른 사람에게 시킬 수 없는 과정이다. 색과 모양을 조화롭게 놓아야 하기 때문이다. 그러나 여염집과는 다른 과정이 하나 있는데 그것은 눈에 불을 켜고 바라보고 있는 기미 상궁이 재료 하나하나를 먼저 맛보는 일이다. 이제 준비된 육수를 붓고 백탄을 신선로 밑에 넣으면 된다. 철도가 먼저 육수의 간을 보았고 기미 상궁도 맛을 봤다. 처음 끓이는 육수는 심심해야 했다. 기미 상궁이 임금에게 무독(無毒)함을 고했다. 철도가 작은 목소리로 기미 상궁에게 물었다.

"간은…… 어떻습니까?"

임금과 당상관들이 지켜보는 가운데 자신에게 말을 걸 것이라고는 생각을 못 했는지 중년의 기미 상궁은 움찔 놀라며 속삭이듯 대답했다.

"아, 알맞소."

기미 상궁의 볼이 귀까지 새빨개졌다. 철도는 자신이 무슨 무례를 범해서인지, 음식에 독 기운이 퍼진 것인지 알 수 없어 순간 당황했다. 고개 숙인 기미 상궁의 입가에 부끄러운 미소가 없었다면 아마 크게 놀라 신선로를 뒤집었을 것이다. 철도는 보글보글 끓기 시작하는 열구자탕을 직접 들고 정자 위로 올라갔다. 그리고 정자 중앙에 미리 준비된 소반 위에 신선로를 내려놓았다. 김항주의 미간이 좁아졌다. '열구자탕이라?' 그는 며칠 전 자신이 임금에게 고했던 밀이 벼락치럼 떠올랐다. 봉령군이 열구자탕을 먹고 독살됐다고 말했다. 옻이 들어간 열구자탕을 먹고 식궐로 죽은 듯하다고……. 신선로를 내려놓고 바닥에 엎드린 채 어렵게 뒷걸음질치는 철도에게 임금이 하문했다.

"봉령군이 먹었다는 옻도 넣었느냐?"

"예. 전하."

철도가 멈춰서 대답을 하자 김항주는 등골에 식은땀이 솟는 것을 느낄 수 있었다.

'이것이었나? 급하게 연회가 있다며 부른 이유가?' 임금의 옥음이 다시 들렸다.

"그 아이를 데려오라."

명이 떨어지자 금군 두 명이 일고여덟 살쯤 되어 보이는 계집아이를 데리고 정자 앞에 섰다. 김항주와 한덕원이 어리둥절한 얼굴로 계집아이와 임금의 용안을 번갈아 보았다. 차림새를 보아 하니 상민의 여식인 아이는, 사시나무 떨듯 떨고 있었다. 임금은 철도를 바라보며 말했다. 하지만 그 말은 철도에게 들으라고 하는 말이 아님을 김항주는 누구보다 잘 알고 있었다.

"이 아이의 식구들은 태생적으로 옻에 지독한 식궐이 있다 한다. 아이의 오라비는 옻나무를 만졌다가 목구멍이 부어올라 한 식경 만에 숨이 막혀 죽었다고 한다."

김항수의 얼굴이 창백해졌다. 임금이 철도에게 명했다.

"옻을 저 아이의 얼굴에 대라."

그 자리에 있는 사람들 모두 놀랐다. 누구보다 놀란 것은 철도였다. 옻에 식궐이 있는 아이에게 옻을 가져가라는 영문 모를 어명도 그랬지만 옻을 준비하라는 명을 따로 받지 않았기 때문이었다. 금군에게 이끌려 정자 위로 올라온 아이는 눈물을 쏟았다. 충선이 미리 준비한 듯 사발 하나를 내밀었다. 사발 안에는 손가락 길이로 자른 옻나무 가지들이 가지런히 담겨 있었다. 나무의 잘린 단면에는 옻 진액이 흘러나와 검게 변색되어 있었다. 당황한 철도는 앞에 놓인 옻나무를 바라보며 저도 모르게 입이 터졌다.

"저, 전하……!"

"어서! 저 아이 볼에 옻나무를 대라!"

임금의 명은 추상같았다. 누구하나 숨소리조차 내지 못한 채 철도를 바라보고 있었다. 철도는 옻나무 조각을 집어, 금군에 두 팔이 잡혀 있는 아이의 얼굴에 가까이 가져갔다. 계집아이는 그것이 어떤 효과를 낼지 너무도 잘 아는 듯, 몸을 비틀고 얼굴을 돌렸지만 금군들의 우악스런 손아귀를 벗어날 수 없었다. 철도도 울상이 되어 아이의 얼굴에 옻을 가져갔다. 옻이 얼굴에 닿지도 않았는데 아이의 얼굴은 두드러기가 생기기 시작했고 놀라운 속도로 얼굴 전체로 퍼져나갔다. 아이가 울음을 터뜨렸다.

"멈춰라."

임금의 목소리였다. 철도는 들고 있던 옻나무 조각을 정자 아

래로 던져버렸다. 저도 모르게 한 행동이었다. 임금의 다음 명이
떨어졌다.

"남은 옻을 열구자탕 속에 넣어라!"

좌중은 공기가 멈춘 듯 적막이 흘렀다. 김항주는 임금의 명령
이 의도하는 것이 무엇인지 비로소 완전히 깨달았다. 이제 저 국
물을 아이에게 먹어보라고 할 것이다. 며칠 전 자신이 고한 것처
럼 옻에 식궐이 있던 봉령군이 죽은 것처럼 계집아이도 죽어야
했다. 그래야 자신이 감히 성상의 앞에서 거짓을 고하지 않았다
는 것이 증명되기 때문이었다. 철도는 이번에는 조금의 주저함
도 없이 임금의 명을 따랐다. 사발 속에 남아 있는 옻을 젓가락
을 이용해 신선로 안에 다른 재료들과 마찬가지로 육수에 잘 잠
기도록 놓았다. 그리고 불이 붙은 백탄 몇 개를 불구멍에 더 넣
었다. 정자 위에는 여전히 무거운 침묵이 공기를 짓누르고 있었
다. 임금의 시선은 뚫어질 듯 신선로에 고정되어 있었다. 실상은
반각도 지나지 않았을 것이나 한나절 같은 시간이 흘렀다. 열구
자탕은 어느새 팔팔 끓어올랐다. 임금이 말했다.

"이제 열구자탕 속에 있는 옻을 꺼내 저 아이에게 먹여라."

김항주의 마른침 삼키는 소리가 철도에게까지 들렸다. 철도는
말없이 무릎을 꿇은 채 열구자탕 속에 있는 옻을 젓가락으로 집
었다. 아이가 다시 몸부림쳤지만 철도는 주저 없이 아이의 입으
로 옻을 가져갔다. 금군들이 강제로 아이의 입을 벌렸고, 철도는
눈을 질끈 감고 옻나무 조각을 넣으며 낮게 중얼거렸다.

"미안하구나."

울부짖던 아이가 이내 몸부림을 멈췄다. 조금 전까지 얼굴 전

체에 퍼져있던 두드러기도 많이 사라져 있었다 아이는 마치 지승에서 돌아온 것처럼 옻나무 조각을 물고 어리둥절한 표정을 지었다. 김항주는 창백한 얼굴로 계집아이를 바라보고 있었다. 임금이 철도에게 물었다.

"어찌 된 일이냐? 왜 저 아이의 식궐 증세가 나타나지 않는 것이냐?"

"옻은 끓이면 독성이 사라집니다. 열구자탕은 반드시 끓여 먹는 음식이온지라 옻을 넣어도 식궐이 생길 리 없사옵니다."

김항주는 손이 달달 떨리는 것을 감추기 위해 소반 밑으로 손을 감췄다. 임금이 자리를 떨치고 일어나며 분노에 찬 목소리로 말했다.

"오늘 연회는 여기서 파한다!"

임금이 성큼성큼 정자에서 내려가자 당황한 윤홍과 한덕원은 급히 일어나 엎드렸다. 김항주만은 제자리에서 미동도 없이 앉아 있었다. 한덕원과 윤홍이 떨고 있는 김항주를 내려다보았다. 한덕원의 얼굴에 통쾌한 미소가 스쳤고, 담담한 표정의 윤홍은 고개를 돌려 철도를 보았다. 철도는 얼른 계집아이의 앞에 무릎을 꿇고 앉아, 소매로 아이의 눈물을 닦아주며 말했다.

"괜찮느냐? 미안하구나. 정말 미안하구나."

윤홍과 한덕원, 철도와 나인들이 모두 물러난 빈 정자에 김항주는 여전히 앉아 있었다. 같은 자세로 앉아 머리를 조아리고 있었다. 우는 것인지 웃는 것인지 김항주의 어깨가 들썩였다. 서서히 고개를 드는 김항주는 악에 바친듯 웃고 있었다.

"크크크크크큭. 으하하하하하! 주상! 언제 그렇게 크셨소? 이

외삼촌이 주상을 너무 깔봤소이다! 으하하하하하하!"

창경궁 후원이 떠나갈듯 소리치며 광인처럼 웃던 김항주는 문득 웃음을 멈췄다. 두 눈에 독기가 가득 차 있었다. 그는 먼 곳을 응시하며 골똘히 생각에 잠겼다.

밤이 깊었지만 창경궁 외진 곳에 지어진 작은 전각에서 조용히 밀담을 나누는 소리가 새어 나왔다. 임금과 윤홍의 목소리였다.

"전하. 환국의 때가 왔습니다."

"서인들을 내칠 때란 말인가?"

"명분은 충분합니다. 우선 병권을 한덕원 대감에게 맡기시지요."

"병조참판 한덕원. 남인이기 때문인가? 신의가 있기 때문인가?"

"그저 적의 적이기 때문이옵니다. 전하. 소신을 포함한 위정자들은 그저 측간의 똥 막대기이옵니다. 전하께서는 한 번 쓰고 언제든지 버릴 수 있어야 하옵니다."

"그대까지 말이오?"

"물론이옵니다. 전하께서는 오로지 백성의 목소리만 듣고, 백성의 낯빛만 살피고, 백성의 목구멍만을 걱정하소서."

임금은 침묵했다. 더 이상의 대화 소리는 들려오지 않았고, 대신 소쩍새가 적막을 깨트렸다.

철도는 다음 날 아침이 밝자마자 말을 몰아 전속력으로 들판을 내달렸다. 백정 마을로 향하는 길이었다. 우심을 구하라고 동생들을 먼저 보내긴 했으나 박자팽과 약조한 날이어서 마냥 기다릴 수는 없었다.

그 시각, 김항주는 사랑채의 방문을 열고 집사를 불러 명했다.

"원회를 불러라."

심항주의 양아들이 된 일도는 스스로 행운아라고 생각했었다. 아버지 강자성이 대역죄인이 되어 삼족이 참형을 받을 상황이었다. 그것은 서인들이 꾸민 완벽한 함정이었고, 훗날 이것은 환국이란 이름으로 불리게 될 터였다. 어머니 이 씨는 서둘러 남편 강자성과의 사정파의를 결단했다. 사랑 없는 혼인이었고 사대부들 간의 이혼은 생각보다 쉽던 시절이었다.

이 씨는 아들 일도를 김항주의 양아들로 삼는 조건으로 스스로 김항주의 첩이 되었다. 황금 이백 냥이라는 지참금에 김항주는 종친의 일족이기도 한 이 씨를 거절할 이유는 없었다. 그러나 일도는 잘 알고 있었다. 십 년이 지난 지금 자신은 그저 김항주의 사냥개에 불과하다는 것을…… 김항주 앞에 불려 나온 일도는 긴장해 납작 엎드렸다. 더 이상 김항주의 눈 밖에 나는 것은 곤란했다. 어머니의 뜻을 따라 그의 양아들이 되어 목숨을 부지할 수는 있었지만, 그 대가는 컸다. 구린내 나는 일들을 도맡아 해야 했기 때문이다. 일도를 바라보는 김항주의 눈에는 살기가 등등했다.

"놈을 없애라. 그 천한 것이 우리의 목줄을 죄고 있다."

"예!"

일도는 귀설이라는 숙수 놈을 가리키는 것임을 잘 알고 있었다. 절을 하고 나가는 일도의 뒤통수에 대고 김항주는 말했다.

"명심해라. 그놈이 다시는 내 눈에 띄어서는 안 된다!"

미리 대기시켜 놓은 칼잡이 십여 명이 일도의 지휘 하에 일시에 말에 올라 흙먼지를 일으키며 출발했다. 그중에는 조총을 휴

대한 자들도 있었다. 그런데 일도 일행의 움직임을 지켜보는 눈이 있었다. 패랭이를 쓴 보부상 차림이었지만 몸놀림이 예사롭지 않았다. 김항주의 집 근처에 숨어 동정을 살피던 그는 일도와 휘하의 칼잡이들이 출발하는 것을 지켜본 뒤 날 듯이 산길을 타고 달리기 시작했다. 반 시진이 지났을 때 그 패랭이는 한덕원 대감의 집에 도착해 있었다. 한덕원은 패랭이에게 보고를 받은 뒤 즉시 허각현을 불렀다. 한덕원의 사랑방에서 서안을 사이에 두고 앉은 허각현은 자신의 눈앞에 놓인 서찰 한 통을 내려다보며 물었다.

"스승님. 이것이 무엇이옵니까?"

"주상이 드디어 환국을 결심했다. 내게 병권을 맡긴다는 서찰이다."

허각현이 급한 손놀림으로 서찰을 훑어보았다.

"스승님! 윤홍이 진정 주상을 설득한 것입니까? 윤홍 그자의 속셈을 도무지 모르겠습니다. 그 역시 서인이거늘 도대체 왜……?"

"알 수 없다. 하지만 그자가 약조를 지켰으니 우리도 지켜야 한다."

"약조라 하시면?"

"윤홍의 수족으로 일하는 그 숙수를 보호하는 일이다."

허각현은 여전히 의문이 가득한 눈으로 한덕원을 바라보았다.

"김항주가 이미 손을 쓴 모양이니 이쪽도 서둘러야 한다. 어서 출발하거라."

"알겠사옵니다!"

허각현은 즉시 수하들은 인근 숲속으로 불러 모았다. 털가죽으로 만든 사냥꾼 복장으로 통일한 자들이었다. 허각현이 수하들에게 말했다.

"서둘러야 한다. 지름길로 가야 할 것이다."

허각현과 수하들은 일제히 말을 몰아 달리기 시작했다.

한편 백정 마을에 도착한 철도는 어리둥절한 얼굴로 텅 빈 마을을 둘러보고 있었다. 촌장이 그런 철도를 알아봤다.

"강 숙수 아닌가?"

"어르신! 마을이 왜 이리 조용합니까?"

"우심을 구해 달라며?"

"그러면 다 소 잡으러 나간 겁니까?"

"글쎄, 그렇다고 할 수도 있고……, 아니라고 할 수도 있고……."

"……예?"

촌장의 알쏭달쏭한 대답에 철도가 턱을 빠트렸다. 말에서 내린 철도는 우물에서 물 한바가지를 떠 마시고 촌장에게 재차 물었다.

"어르신, 제 동생들은 어디 있습니까?"

"우심 구하러 갔다니까? 우리 아이들이랑 같이……."

"아니, 어디로요?"

"대봉산!"

대봉산 꼭대기에 다시 오른 열무와 마날의 손에는 활과 창이 들려 있었다. 동행한 서너 명의 백정들도 함께 있었다. 산 아래에서 꽹과리와 딱따기, 온갖 것들을 두드리는 소리가 들려왔다. 산 정상 쪽으로 짐승 몰이를 하고 있는 백정 마을 사람들이었다. 마날이 산 아래쪽을 내려다보며 말했다.

"소 대신 곰을 잡게 될 줄이야."

"웅심에서 이응자 하나 빼면 우심이지."

백정 하나가 그렇게 말해놓고 기득거렸다. 열무가 불만 섞인 목소리로 말했다.

"곰이 겨울잠에서 깨난 지 얼마 안 되었을 텐디, 살이 붙어 있겠소?"

"대봉산에서만 이십 년을 산, 산 주인이시오. 두 발로 서면 구척이 넘는 덩치지. 필요한 건 고기가 아니라 염통 아녀? 소의 염통은 세 근을 넘지 않으니, 웅심이 우심보다 크면 컸지 작지는 않을 게요."

어깨가 딱 벌어진 중년의 백정이 그렇게 말했지만 열무는 여전히 못미더운 얼굴이다.

"생김새는 다르지 않소?"

"쳇. 양반 놈들이 처먹을 줄만 알지, 소 염통과 곰 염통을 어찌 구별하겠소?"

철도는 그 시각 대봉산 자락을 말에 탄 채 오르고 있었다. 촌장으로부터 소 대신 곰을 잡아, 그 염통으로 우심을 대신하자는 계획을 듣고 그럴 듯하다고 생각했다. 하지만 곰을 잡는 것은 쉬운 일이 아니다. 열무와 마날이 앞장서다 크게 다칠지도 모른다는 생각에 마음이 급해졌다. 완만한 경사가 끝나고 길이 가파라 말에서 내려 나무에 고삐를 묶었다. 여기서부터는 걸어야 했다.

말안장에 달아 놓았던 화도와 활을 꺼내든 철도는 빠른 걸음으로 산을 오르기 시작했다.

한편 그 무렵 대봉산의 좌측 어깨를 넘어오는 사냥꾼들이 있었다. 허각현과 그 수하들이었다. 그들은 산을 조금 더 내려가 산 중턱의 수풀이 우거진 곳에 매복했다. 수하 중 대봉산 지리에 밝은 자의 말에 의하면, 이곳이 산을 오르는 놈이나, 내려가는 놈이나 반드시 거쳐야 하는 곳이라는 것이다. 그러나 그들은 반대편 산등성이에 자신들보다 먼저 자리를 잡은 불청객들이 있다는 사실은 미처 알지 못했다.

대봉산의 우측 어깨에서 조금 내려온 곳에는 음습한 원시림이 있었다. 범도 살 만한 깊은 숲이었다. 일도와 칼잡이들은 그 숲속에 매복했다. 훈련을 받은 자들이라 옷에 나뭇가지를 꽂아 능숙하게 위장하고, 미동도 없이 엎드린 그들의 눈엔 하나같이 살기가 돌았다. 저만큼 아래에서 다가오는 몰이꾼 백정들이 손가락만 하게 보였다. 복면으로 얼굴을 가린 자 중 하나가 일도에게 물었다.

"나으리, 그 숙수 놈은 아직 보이지 않는데 이대로 있다간 몰이꾼들에게 들키고 맙니다."

일도는 머리 위로 울창하게 자란 소나무를 쳐다보며 말했다.

"몇 명은 나무 위로 올라가 몸을 숨겨라. 팔복이 네놈은 나머지를 이끌고 정상으로 이동한다."

"산꼭대기에 올라서는 어찌 하오리까?"

"눈에 띄는 놈들이 있다면 남김없이 베어라."

"예!"

복면들의 일부는 나무 위로 올라가 숨었다. 팔복이라 불린 자는 나머지 몇 명을 인솔해 일사불란하게 산 정상으로 움직이기 시작했다. 홀로 남은 일도는 근처의 바위 뒤에 몸을 숨겼다.

한편, 허각현의 수하 중 전초로 나갔던 자가 숨을 헐떡이며 다가와 보고했다.

"김항주 수하의 일부가 산 위로 올라갑니다!"

"분명하냐?"

"예. 제 눈으로 똑똑히 보았습니다."

"따라붙어라."

"예. 영감!"

사냥꾼 복장의 자객들 예닐곱이 산꼭대기를 향해 이동하기 시작했다.

산 아래 백정 마을 몰이꾼들이 손으로는 물건을 두드리고, 입으로는 아우성을 치며 산허리쯤에 도달해 있었다. 포위망이 좁혀지자 토끼, 노루, 고라니, 멧돼지들이 놀라 산 위로 쫓겨 가기 시작했다. 아직 산자락에 머물러 있던 철도는 들려오는 꽹과리 소리에 기대어 소리 나는 쪽으로 비탈길을 달려 오르고 있었다. 이 산의 주인이라는 곰이 갑자기 나타나기 전에 먼저 열무와 마날이 있는 곳에 도착해야 마음이 놓일 것 같았다.

"못난 형을 만나 너희들이 고생이구나!"

혼잣말을 뱉은 철도는 점점 가팔라지는 산길을 거의 네 발로 기듯 오르고 있었다. 한 고비를 넘겼다 싶었는데 눈앞에 울창한 숲 지대가 나타났다. 곰이 당장 튀어나와도 이상하지 않은 숲이었다.

숲속 바위 뒤에 숨어 있던 일도가 생각해도 그곳은 시야에 한계가 있었다. 햇볕까지 차단된 이곳이 쫓기는 짐승들이 모여들기에 적당할 것 같아, 꽹과리 소리가 가까워질수록 빨리 결단을 내려야 했다. 일도는 숲이 끝나는 곳으로 나가 봐야겠다고 생각했다. 이번에도 실수를 하면 양부 김항주를 대면할 면목이 없었다. 생존이 걸린 일이었다. 나무 사이로 햇살이 들어오는 곳까지 온 일도의 눈에 옆으로 길게 늘어선 몰이꾼들이 보였다. 일도의 시선을 멈추게 한 것은 몰이꾼들의 뒤에서 빠르게 산을 오르는 바로 그 숙수였다. 장인 봉령군의 시신을 검시한다며, 좌의정 김항주의 이름을 팔았던 그놈!

철도가 몰이꾼들을 뚫고 그들을 앞질러 산을 올랐다. 철도와 일면식이 있는 백정들이 아는 척을 했다.

한편 일도는 미간을 좁혀 철도를 재차 확인했다. 그 숙수 놈이 맞았다. 일도는 숲속으로 달려가 나무 위의 부하들에게 수신호를 했다. 나무 위에 매복하고 있던 복면들이 활시위에 화살을 먹이기 시작했다. 철도가 몰이꾼들을 추월한 거리는 더욱 멀어졌다. 그리고 일도 일당이 매복하고 있는 나무 쪽으로 점점 다가갔다. 나무 위로 올라가 있던 일도가 수신호를 보내자, 복면들은 활시위를 당겼다. 아무것도 모르고 숲을 통과하는 철도를 표적으로 복면들은 시위를 놓았다. 바람을 가르며 시위를 떠나는 화살들, 그중 하나가 철도의 볼을 스치고 나무에 박혔다. 철도는 놀라 뒹굴며 나무 뒤로 벗어났다. 화살이 그치지 않고 쏟아졌다. 철도가 환도를 뽑아 일어서자마자, 칼을 뽑아 든 일도가 나무에서 뛰어내리며 철도를 내리쳤다. 철도는 가까스로 일도의 공격을 막아냈고, 몇 차례 서로의 칼이 부딪혔다. 철도와 일도는 서너 보 거리를 두고 대치하며 호흡을 가다듬었다.

대봉산 좌측 골짜기에 매복하고 있던 허각현은 몰이꾼들에게 들킬까, 산 위쪽으로 쫓겨 갔다. 그가 원하던 상황은 아니었지만 원래의 매복지에서 산 정상 쪽으로 조금 올라간 형국이었다. 그런데 아무래도 건너편 숲속에서 칼 부딪히는 소리가 난 듯했다. 허각현은 남은 부하 자객들을 이끌고 원시림 쪽으로 산을 횡단해서 달려갔다. 아니나 다를까, 저 아래 숲속에서 귀설이라는 자가 일도와 그 부하들에게 둘러싸여 있었다. 허각현은 부하들에게 소리쳤다.

"숙수가 위험하다! 가서 구해라!"

그때 '크아아아앙!' 하는 어마어마한 짐승의 괴성이 귀를 찔렀다. 기겁을 한 허각현과 가죽옷 자객들이 놀라 돌아보니, 바로 뒤에 대봉산의 주인, 구 척 반달곰이 두 발로 서서 표호하고 있는 게 아닌가! 눈앞에 나타난 거대한 맹수에 놀라 허각현과 자객들은 비명인지 함성인지 모를 애매한 소리를 지르며 산을 내려갔다.

한편 철도는 일도와 복면들의 날카로운 공격을 가까스로 막아내고 있었다. 일도는 살기 어린 눈을 번뜩이며 철도를 기필코 죽이겠다는 각오로 달려들었다. 일도의 부하들이 호시탐탐 허점을 노리는 터라 일도의 공격을 피하는 것만으로도 벅찼다. 그때였다. 산 위에서 사람들의 아우성 소리가 들려왔다. 철도는 물론이고 일도와 그 부하들도 그쪽을 바라보았다. 사냥꾼 복장을 한 일단의 사내들이 손에 칼이며 조총을 들고 이쪽으로 달려오고 있었다. 일도는 선봉에 선 자를 알고 있었다. 윤홍을 쫓던 자신의 부하들을 죽인 삿갓을 쓴 그날 밤의 자객이었다. 일도는 부하들에게 소리쳤다.

"뭣들 하느냐! 이놈은 나에게 맡기고 저놈들을 막아라!"

일도의 부하들이 달려 내려오는 허각현의 부하들을 맞이하려 진형을 갖추는데, 어쩐 일인지 허각현의 부하들은 뿔뿔이 흩어져 달아나는 것이었다. 그러나 바로 그 이유를 알게 되었다. 어마어마하게 큰 곰이 산에서 내려오고 있었다. 일도의 부하들도 칼을 거꾸로 쥐고 도망치기 시작했다. 그 틈을 타 철도 역시 산 아래로 내달리기 시작했다. 일도가 철도를 놓칠세라 달라붙었다.

대봉산 정상에서 곰을 기다리던 마날과 열무는 곰의 포효 소리를 들었다. 저 산골짜기 안에서 울려퍼지는 소리였다. 백정들이 긴장한 얼굴로 말했다.

"산 주인이시다! 저기, 저 아랜가벼?"

"그럼 어른 내려가야지. 몰이꾼들이 다칠지도 몰러!"

열무가 어떻게 해야 할지 몰라 마날을 쳐다봤다. 마날은 단호하게 결단했다.

"작은 오라방, 내려갑시다."

열무와 마날이 급히 산을 내려가려고 한 그때 검은 복면을 턱에 걸친 자들이 바위 뒤에서 불쑥 튀어나왔다. 일도가 보낸 사람들이었다. 그들은 칼을 들고 열무와 마날의 앞을 막아섰다. 열무와 마낟, 백정들이 당황하여 물러서자 이번엔 사냥꾼 복장을 한 또 다른 자들이 뒤에서 나타났다. 허각현의 부하들이었다.

"멈춰라!"

사냥꾼 복색의 자객들이 복면들을 향해 달려들었다. 두 패거리는 서로 엉켜 붙어 베고, 찌르기 시작했다. 놀란 열무와 마낟, 그리고 백정들은 그 틈에 급히 산 아래로 구르듯 딜리기 시작했다.

숲속에서는 인간들의 싸움에 불청객으로 끼어 든 거대한 반달곰의 추격 때문에 허각현의 무리와 일도의 복면들이 한편으로는 싸우며, 한편으로는 곰에게 쫓기며 산을 내려가고 있었다. 산을 오르던 백정 마을 몰이꾼들은 칼을 들고 달려 내려오는 사람들에 놀라 포위망을 벗어난 채 흩어졌다. 그러나 몰이꾼들도 위쪽에서 포효하며 달려오는 곰을 보았고, 일제히 징과 꽹과리를 버리고 아우성치며, 돌아 달리기 시작했다. 곰은 빨랐다. 산 중턱의 너른 억새밭에 도착한 곰이 좌충우돌 난동을 부리며 백정, 사냥꾼, 복면을 가리지 않고 쫓고, 치며, 물고, 흔들었다.

숲속에 단 둘이 남은 철도와 일도는 여전히 대치중이었다. 일도가 유리한 지형을 차지하고자 달리면, 철도 역시 나란히 달렸다. 어느새 두 사람은 숲 밖으로 나와 좁은 평지에 섰다. 철도의 우측, 일도의 좌측엔 산사태로 무너진 것인지 땅이 꺼져 내려 낭떠러지가 되어 있었다. 철도는 칼을 고쳐 잡고 일도를 노려보았고 일도 역시 칼을 들고 철도의 허점을 찾으며 천천히 움직였다. 두 사람의 거리는 불과 오륙 보. 철도가 입을 열었다.

"아직도 네놈 속에 아버지의 피가 남아 있을지 모르겠으나, 다시 만나면 기필코 죽인다고 했다."

"……!"

일도의 얼굴이 묘하게 일그러졌다. 비로소 철도를 알아본 것이다.

"네놈은? 네놈이 어떻게……?"

"아버지를 역적으로 몬 철천지원수의 양자가 되다니…… 개보다 못한 놈."

"아악!"

비명을 지르며 일도가 허공으로 뛰어올랐다. 철도 역시 허공으로 치솟았고 역광 속에서 두 사람의 그림자가 겹쳤다가 서로 상대가 있던 자리로 내려섰다. 일도가 서서히 자세를 흐트러트리며 고꾸라졌다. 그리고 그의 오른쪽 옆구리 저고리가 피로 물들기 시작했다. 일도가 몸을 새우처럼 마는가 싶더니 품에서 쌍열식 단총을 뽑아 철도를 겨눴다. 철도가 돌아서는 순간 단총은 발포되고 철도는 재빨리 몸을 날려 피하면서 그대로 일도를 향해 칼을 던졌다. 칼은 일도의 어깨에 꽂히며 칼자루가 요동쳤다. 일도는 비명을 지르며 단총을 떨어트렸다. 무릎을 꿇고 어깨에 꽂힌 칼을 뽑아 던진 일도의 두 눈은 두려움과 치욕으로 흔들리고 있었다. 철도가 서서히 일도에게 다가가자 죽은 듯 앉아 있던 일도가 일어나 그대로 낭떠러지로 몸을 던졌다. 낭떠러지 끝으로 걸어가 내려다보니 저만큼 아래에 쓰러진 일도가 보였다. 깊은 숨을 내쉰 철도의 귀에 곰의 포효 소리와 아우성치는 사람들의 목소리가 비로소 들려왔다. 철도는 그 소리를 쫓아 달리기 시작했다.

철도가 억새밭에 도착했을 때는 이미 사냥꾼과 복면 여럿이 곰에게 당해 여기저기 흩어진 채 쓰러져 있었다. 여전히 흥분한 반달곰은 이쪽저쪽 날뛰며 사람들을 공격하고 있었다. 철도는 곰을 향해 달려갔다. 백정들을 쫓던 곰이 뒤를 돌아보았다. 철도와 두 눈이 마주친 거구의 곰은 두 발로 일어서서 포효했다.

"크아아앙!"

생각보다 훨씬 큰 덩치였다. 거품이 물린 입 안에는 뼈라도 조각낼 듯한 날카로운 이빨이 가득 차 있었다. 곰은 철도를 향해 돌진했고 철도는 손에 들린 쌍열 단총을 들어올렸다. 아직 한 쪽은 총알이 들어 있을 터였다. 이십 보 앞에서 무서운 속도로 달려오고 있었다. 지축이 흔들린다는 느낌이 이런 것이리라. 철도는 왼팔을 구부려 손등 위에 오른손으로 잡은 단총을 올려놓고 곰을 겨눴다. 철도를 비웃듯 곰이 포효했다. 십 보 안으로 들어온 곰은 칠 보, 오 보, 삼 보……, 철도를 후리려는 듯 곰이 상체를 일으키며 다시 한번 포효했다. 철도는 침착하게 방아쇠를 당겼다. 곰의 검은 입이 철도의 시야에 가득 찼다. '탕!' 총소리가 대봉산에 울려퍼졌다. 거구의 곰은 고목나무처럼 서서히 고꾸라지며 철도를 덮쳤다.

"오라방!"

마날의 날카로운 외침 소리가 현실인지 꿈인지 알 수 없었다. 마침 산에서 내려오던 열무와 마날은 백정들의 도움을 받아 죽은 곰의 시체를 밀어냈다. 곰 밑에 깔렸던 철도가 비틀거리며 일어서 열무와 마날을 보며 피식 웃었다.

"무사했더냐?"

백정 마을에 잔치가 벌어졌다. 곰은 솜씨 좋은 백정들 여럿이 달라붙어 즉시 가죽이 벗겨지고 내장과 부위별로 해체되었다. 천운인 것은 백정들 중 크게 다친 자들이 없다는 것이었다. 철도는 촌장에게 큰 빚을 졌다며 몇 번이고 감사의 인사를 했다. 그리고 열무와 마날의 무용담을 통해 비로소 일도의 무리에 맞서 자신들을 보호하려는 세력이 있었음을 알게 되었다. 사냥꾼 복색이었다는 그자들이 누구의 세력인지 궁금해졌다. 임금이 보낸 자들인지, 아니면 또 다른 세력인지 지금으로서는 알 수가 없었다. 다만, 곰이 죽자 일도의 수하들은 동료의 시신까지 챙겨 모두 바람처럼 사라졌고, 사냥꾼 복장을 한 자들도 사라졌다는 것으로 봐서 어느 쪽이든 떳떳한 자들은 아니라고 짐작할 뿐이었다.

촌장은 적출한 곰의 염통을 작은 단지에 넣어 소금까지 쳐서 갈무리해 주었다. 기름종이로 항아리의 주둥이를 봉해 선선한 곳에 두었다. 지금 길을 떠나야 해가 떨어지기 전에 한성에 당도할 수 있었다. 그때, 백정 소년이 다가와 철도와 동생들에게 말했다.

"다들 와서 밥 먹으래요."

철도와 동생들의 눈이 휘둥그레졌다. 마을 중앙 공터에서 곰고기를 굽고 있었다. 거대한 곰 한 마리가 제공한 고기의 양도 어마어마했지만 백정 마을 사람들이 고기를 먹는 방법은 참으로 다양했다. 철도와 두 동생들은 이름도 모르는 조리법으로 끝없이 나오는 음식을 받아먹기 바빴다. 그런데 철도의 관심을 끄는 것이 있었다. 백정들은 하나같이 삶거나 구운 고기를 다양한 향신료에 찍어 먹고 있었다.

　소금은 물론, 소금에 참기름을 두른 기름장, 삼씨와 고춧가루 섞은 것, 산초가루, 초피가루, 파와 마늘을 다져 넣은 초간장, 그 밖에 알 수 없는 향신료가 수두룩했다. 향신료뿐만 아니었다. 고기와 함께 차려진 다양한 산채들도 철도의 시선을 끌었다. 그들은 달래와 생마늘, 생강편, 산마늘, 방아 잎, 향이 짙은 고수 등을 고기와 함께 먹고 있었다. 백정들의 고기 먹는 방식이 다양하다는 것은 알고 있었지만, 함께 식사를 하며 가까이서 보니 새삼 놀랍기 그지없었다. 숙수의 호기심이 발동한 철도는 신기한 얼굴로 고기보다 그 양념들을 하나하나 맛보기에 바빴다. 양반들의 잔치에서는 그저 기름장이 보통이고, 개고기를 먹을 때나 초간장이 나오는데 이곳의 백정들이 양반들보다 고기를 섭취하는 방식에서는 훨씬 발전해 있었다.

　먹고 떠들고 웃느라 바쁜 마을 사람들을 둘러보다 철도는 새로운 사실을 알아차렸다. 투박한 질그릇과 목기에 담긴 고기는 함께 먹어도 기름장 그릇만은 각각 하나씩 차지하고 있다는 사실이었다. 철도의 눈이 커졌다. 머릿속에서 번개가 치는 것 같았다.

　"이런 멍텅구리 같은 놈! 그 생각을 왜 하지 못했단 말인가. 십 년 숙수질이 무색하구나!"

　철도는 혼잣말을 내뱉으며 그가 맡아 음식을 만들었던 잔치를 떠올려 보았다. 양반들의 잔치에서는 독상을 받는 것이 보통이다. 교자상에 음식을 산처럼 쌓아 올렸다 하더라도, 그 음식을 먹을 때는 독상으로 옮긴다. 철도는 우심적을 먹는 광경을 상상해 보았다. 우심을 구운 다음, 양반들도 기름장에 찍어 먹는다. 비록 교자상에 여럿이 앉아 있다 하더라도 기름장은 사람의 머릿수만큼 놓아야 했다. 철도는 저도 모르게 중얼거렸다.

"독이 든 기름장을…… 죽이고 싶은 놈 앞에 놓는다."

"뭐라꼬?"

옆에 있던 마날이 고기를 뜯으며 물었다.

"방금 수수께끼 하나가 풀렸다. 왜 같은 고기를 먹고 누구는 죽고, 누구는 안 죽었는지."

마날의 눈이 커졌다. 아쉬워하는 열무를 끌고나오다시피 해서 상경길을 서둘렀다.

철도와 동생들이 집에 도착했을 때는 이미 해가 떨어져 있었다. 집 앞에서 초조함에 연신 곰방대를 빨며 서성이고 있던 박자팽은 철도를 보고 반색했다. 철도는 평상에 앉기가 무섭게 달려드는 박자팽에게 항아리를 안겼다. 항아리에 든 '우심'을 확인한 박자팽은 혀를 내둘렀다.

"캬아. 과연 귀설이로세! 반신반의했는데 진짜 구해올 줄이야!"

"약조를 목숨처럼 지키는 날세."

거드름을 피우는 철도를 앞에 두고 박자팽이 항아리에서 기름종이에 싼 시뻘건 우심을 꺼내 들고 보더니 갑자기 굳은 표정이 되었다. 철도와 두 동생은 뜨끔하여 숨을 죽이고 있었다. 박자팽이 고개를 갸웃하며 말했다.

"아니, 이건……!"

긴장해서 마른침을 삼키는 열무에게 철도가 눈치를 줬다. 그러나 박자팽의 입에서는 엉뚱한 말이 튀어나왔다.

"이건 일소가 아니라…… 젖소인가?"

"젖소……라니?"

철도가 어리둥절한 얼굴이 되었다. 그런 소도 있단 말인가? 박자팽의 입에 가벼운 비웃음이 걸렸다.

"젖을 짜기 위해 키우는 소 말일세. 하긴, 자네가 젖소를 본 적이 있겠나. 암튼 고생했네. 내 약조대로 엄 상궁을 잘 아는 놈을 알려주지."

"고맙네! 박 숙수."

"돈이 있으면 투전을 하고, 돈이 없으면 쌈박질을 하는 후레자식인데……. 엄 상궁을 겁탈했다고 자랑질을 하고 다녔다네."

"그놈이 어디 사는데?"

시간을 허비할 틈이 없었다. 철도는 바로 박자팽에게 들은 주막으로 향했다. 마포 나루에서 꽤 규모가 있는 주막이었는데, 봉노에서는 일 년 내내 투전판이 열리는 건 철도도 아는 사실이었다. 철도가 투전의 열기로 후끈한 봉노에 슬쩍 끼어들었다. 연초 연기가 방 안에 가득 차 숨을 쉬기가 괴로울 정도였다. 철도는 삼삼오오 모여 앉은 자들을 조용히 살펴보고 있었다. '서른 중반, 좁은 이마, 미간에 깊은 여덟팔자 주름, 가무잡잡한 얼굴, 입이 크고 떠꺼머리…….' 박자팽이 일러준 인상착의였다. 철도는 한눈에 그자를 알아보았다. 투전 패를 쥐고 있는 떠꺼머리가 있긴 있었다. 그러나 이 바닥에도 법도라는 게 있어서 낯선 놈이 갑자기 끼어들다가는 욕바가지를 뒤집어쓰거나, 주먹다짐을 받고 쫓겨날지도 몰랐다.

"주모, 여기 시서놀음하시는 형님들께 뜨끈한 탁배기 흰 사발씩 돌리시게."

철도가 봉노의 문을 열고 마당을 향해 외치자 비로소 노름꾼들이 머리를 들어 철도를 훑어봤다. 그중 누군가가 웃음을 섞어 비아냥거렸다.

"어디서 눈먼 과부 자빠트리고 은가락지라도 빼냈나? 인심이 별로 두텁소?"

"과부 은가락지로 탁배기를 돌릴 이문이 남겠소? 대갓집 청상의 샛서방질, 일 년 세경을 받은 길이니 걱정들 마시고 드시오."

철도의 입담에 여기저기서 환호와 허풍을 확신하는 쌍욕과 키득거리는 웃음소리가 터져나왔다. 탁배기가 돌자 철도가 어느 투전판을 기웃거려도 누구도 내치는 자가 없었다. 그는 이곳저곳 기웃거리다 마침내 떠꺼머리의 맞은편에 앉았다. 패가 돌고 승부가 날 때마다 엉덩이를 들썩이며 시선을 끌었다. 떠꺼머리와 눈이 몇 번 마주치자 철도는 일부러 열무가 만들어온 가짜 마패가 슬쩍 보이도록 했다. 투전 패를 죄던 떠꺼머리는 그 마패를 보고 놀라는 눈치였다. 철도는 마치 자신이 실수를 한 것처럼 화들짝 놀란 손놀림으로 마패를 감추고 못 본 척했다. 아니나 다를까 죄진 놈인 발이 저린 법, 그 판이 끝나자 떠꺼머리는 자리에서 일어나며 언구럭을 떨었다.

"소피 좀 보고 올겨."

떠꺼머리가 나가자 철도도 슬그머니 일어섰다.

"소피 마려운 것도 옮는가? 갑자기 방광이 뻐근해지네."

철도가 너스레를 떨었지만 아무도 주목하지 않았다. 떠꺼머리는 주막 마당을 벗어나자마자 짚신을 벗어들고 맨발로 달리기 시작했다. 그러나 주막의 담장 모퉁이를 돌자마자 멈춰 설 수밖에 없었다. 길을 막고 있는 사람들이 있었다. 강철 육모방망이를 빙빙 돌리고 서 있는 열무와 마날이었다. 떠꺼머리가 돌아서려는 찰나, 어느새 달려온 철도가 사내의 뒷덜미를 잡아챘다. 철도는 떠꺼머리를 근처 야산으로 끌고 올라갔다.

"네놈이 엄 상궁에게 한 짓을 다 알고 왔다."

"예? 지는 정말 암것도 못했구먼요! 미처 허리끈도 풀기 전에 당했다니께유?"

"뭔 소리냐?"

"다 알고 왔다매요?"

떠꺼머리는 억울하다며 한 달 전의 이야기를 털어놨다.

잔칫집에서 음식 품을 판다는 엄 상궁을 뒤쫓은 건 사실이었다. 어느새 고깔을 벗고 대신 장옷을 머리에 쓴 엄 상궁이 인적이 뜸한 호젓한 산길로 접어들자 웬 떡이냐 싶었다.

"우연히 잔치를 마치고 돌아가는 엄 상궁을 봤습니다요. 장터 거리에서부터 꽁무니에 따라 붙었지유. 그 백여시가 내가 뒤쫓는 것을 눈치를 챈 것 같더라구유. 그러니까 일부러 인적이 없는 길을 택한 거 아녀유? 제년도 회가 동한 것이라 생각했쥬."

떠꺼머리는 나름대로 확신을 가지고 있는 듯 목청을 높였다.

"자태가 나긋나긋한 것이 상궁까지 지낸 여인의 속살은 어떤 것일지, 어쩌면 나랏님 빼고는 아무도 못 봤을 그 속살……. 아랫도리가 뻐근해지드만유."

마날의 얼굴에는 분노로 변한 경멸이 활활 타오르고 있었다.

떠꺼머리는 나무 뒤에 숨고, 바위 뒤에 숨는 시늉을 하며 엄 상궁을 미행하던 이야기를 무용담처럼 털어놓았다. 총총걸음으로 앞서가던 엄 상궁이 문득 멈춰서 떠꺼머리 쪽을 핼끔 바라보았다. 어서 따라오라는 듯했다. 물론 떠꺼머리의 일방적인 주장이었다. 엄 상궁이 일정한 거리를 유지하며 산길을 오르자 떠꺼머리는 토끼 쫓는 여우처럼 깡총거리며 엄 상궁을 쫓았다. 엄 상궁의 발걸음이 더뎌지기 시작했다.

"인적이 완전히 끊겨 쥐죽은 듯 조용했고, 낙엽이 두터이 쌓여 있는 숲속이라 여기쯤서 일을 치르자는 뜻인줄 알았쥬."

떠꺼머리는 달려가 엄 상궁의 허리를 잡아 자빠트리려 했다.

"엄 상궁. 보시 좀 하시게! 보시 중에 최고는 육보시라네!"

그런데 엄상궁이 떠꺼머리를 뿌리치며, 언제부터 들고 있었는지 돌로 떠꺼머리의 정수리를 내리찍었다. '억!' 소리와 함께 떠꺼머리가 정신을 잃었다.

"그게 다라니께유? 여기 봐유. 찍힌 자국 있쥬? 참말 암것도 못했시유. 손도 못 잡았슈. 독한 년!"

떠꺼머리는 머리를 헤쳐 상처를 보여주며 여전히 억울한 표정이었다.

"그럼 왜 그녀를 안았다고 떠벌이고 다녔느냐?"

"그야…… 나도 이 바닥에서 체신이라는 게 있는데…… 모양 빠지잖어유."

철도가 어이없다는 얼굴로 재차 물었다.

"네가 당한 그 산이 어디냐?"

"그건 왜유?"

"왜유? 이놈 봐라? 애들아, 양념을 좀 쳐라."

"예!"

그 뜻이 무엇인지 너무도 잘 아는 열무와 마날이 대답과 동시에 떠꺼머리를 패기 시작했다. 열무와 마날의 주먹과 발이 떠꺼머리의 배와 옆구리 등에 골고루 들어가 꽂혔다. 떠꺼머리는 비로소 제 체신 따위는 별 의미가 없다는 것을 깨달은 듯 소리쳤다.

"아! 아이구 나 죽네! 덕재 넘어서 왼쪽으로 빠지는 오솔길이여유!"

"적당히 간이 배이면 관아에 넘겨라. 난 좀 살펴보고 오겠다."

철도가 돌아서자 마날이 잠시 일 손(?)을 놓고 외쳤다.

"조심해라. 오라방."

철도는 떠꺼머리가 말한 덕재로 갔다. 아담한 야산 중턱에 사람과 짐승들이 오가며 자연스럽게 길이 난 이 고갯길을 인근 사람들은 덕재라고 불렀다. 덕재에서 가장 높은 곳에 올라 아래를 내려다보았다. 산속의 작은 고갯길이라 시야에 들어오는 인가는 한 채도 없었다. 철도는 길가에 있는 작은 무덤을 돌아 숲속으로 들어가 보았다. 그 뒤로 한 사람이 겨우 다닐 만한 오솔길이 있었다. 그 길을 따라 이백여 보 걸어 들어가니 반들반들한 오솔길로 이루어진 삼거리가 있었다. 그 삼거리 교차점에 서서 이쪽저쪽을 살피며 상상해 보았다. 고깔을 쓴 엄 상궁이 오솔길을 따라와 삼거리 교차점에 서 있는 철도의 앞을 지나 반대쪽 길로 사라지는 장면을……. 철도는 상상 속의 엄 상궁이 사라진 오솔길을 바라보다 그쪽으로 걷기 시작했다.

한편, 낭떠러지로 떨어진 일도는 수하들에게 발견되어 구사일생으로 살아 돌아왔다. 김항주는 자신의 앞에 무릎을 꿇고 앉아 있는 일도를 기다란 장죽을 빨며 노려보고 있었다. 좌불안석, 사면초가의 심정인 일도는 김항주가 장죽을 빨 때마다 새빨갛게 타들어 가는 곰방대 속의 담배를 바라보고 있었다. 갑자기 김항주가 장죽을 들어 일도의 눈밑 상처를 짓눌렀다. '치지직' 살이 타는 역한 연기가 피어올랐다.

"끄으으으윽!"

일도가 이를 악물고 비명을 억눌렀다. 더 이상 참지 못하고 뒤로 물러나는 일도를 향해 김항주는 한 마디 한 마디 씹어뱉듯 말했다.

"짐승도 너보단 나을 것이다. 역적의 자식을 양자로 삼아 목숨을 살려주고, 이름을 주고, 벼슬을 주었으면 조금이라도 갚겠다는 성의를 보이는 것이 인지상정이다."

"아, 아버님. 다, 다시 한번만 기회를 주시옵소서!"

"원래부터 재주 없는 네놈을 살린 건, 몸까지 바쳐가며 내게 사정했던 네 에미 때문이었다. 색욕이 남다른 네 에미년은 그래도 이불 속에서는 제법 쓸모가 있었다."

굴욕을 참아내느라 일도의 얼굴 근육은 실룩였고, 깨문 입술에서는 피가 터져 나왔다.

"꼴도 보기 싫으니 부를 때까지 내 눈앞에 나타나지 마라."

일도는 비틀거리며 일어나 가까스로 절을 하고 방에서 나갔다. 일도의 뒤통수를 노려보던 김항주는 잔인한 얼굴로 문밖을 향해 소리쳤다.

"행랑아범, 게 있느냐?"

이내 집사가 달려와 엎드렸다.

"부르셨습니까, 대감마님."

"잔치 준비에는 차질이 없느냐?"

"예. 준비에 만전을 기하고 있사옵니다."

"우심은 구했느냐?"

"여부가 있겠습니까. 이미 빙고에 옮겨 놓았습니다."

"잔치 숙수가 누구라고 했지?"

"배다골 사는 박 가이옵니다."

김항주는 눈꼬리를 가늘게 하며 생각에 잠겼다.

오솔길 삼거리를 지난 철도는 일각 정도 길을 따라 걸었다. 어느덧 달이 떠올랐다. 길 양쪽으로 잡초가 무성해지며 흐려졌다. 철도는 허리까지 올라온 잡초들을 헤치며 나갔다. 문득 눈앞에 초가집이 나타났다. 철도는 어리둥절했다. 그곳은 바로 윤홍의 집이 아닌가! 그 오솔길은 윤홍의 집 후원으로 이어진 길이었다. 철도는 잠시 넋을 잃은 듯 서 있다가 싸리나무 담장을 돌아 윤홍의 집 앞마당으로 들어섰다. 집 안엔 인기척도 불빛도 없었다. 달빛에 빛나는 댓돌 위에 가지런히 놓여있는 여자의 꽃신이 철도의 눈에 들어왔다. 그 꽃신은 지난번에도 본 적 있는 윤홍 부인의 신발이었다. 그리고 보니 연회도 속 고깔을 쓴 여인도 저런 꽃신을 신고 있었던 것 같다. 철도의 심장은 방망이질치기 시작했다. 발소리를 죽여 살며시 부엌문을 열었다. 지난번에는 윤홍의 만류 때문에 들어와 보지 못했던 곳이다. 철도는 입구에 놓인 등잔을 발견하고 불을 당겼다.

부엌 안이 서서히 밝아졌다. 중앙에 길고 큰 탁자가 있는데 허리 높이까지 오는 형태였다. 탁자 위에는 식도와 도마가 잘 건조되어 놓여 있었다. 안방으로 이어져 구들을 데우는 낮은 아궁이도 있었지만, 한쪽 벽으로 길게 늘어진 부뚜막 역시 철도의 허리를 넘어 가슴까지 오는 높이였다. 흙벽돌로 장방형으로 만들어진 입식 부뚜막 중앙에는 쇠로 만든 작은 문틀과 무쇠 문이 있었는데 흡사 아궁이를 막는 철문과 닮아 있었다. 손을 대보니 불을 피운 지 오래된 듯 조금의 열기도 느껴지지 않았다. 철도는 그 작은 무쇠 문을 열어 보았다. 그 안에는 손가락 굵기의 철로 만든 선반이 이층으로 걸쳐 있었다. 아래층 철 선반의 아래에는 뻥 뚫린 공간이 있는데 그 속에 재가 남아 있었다. 밑에서 장작을 때면 그 복사열로 음식을 익히는 장치인 듯했다.

"입식 부뚜막이다."

철도는 처음 보는 형태의 부뚜막에 놀랐다. 낮은 조선식 부뚜막도 있었으나, 그 위에는 처음 보는 납작한 철 냄비들과 함지박만 한 철 냄비가 걸려 있었다. 철도의 눈에는 모든 것이 새로웠다. 다른 쪽 벽면에는 찬장들이 있어 식재료들을 정리하기 좋게 되어 있었다. 그리고 또 다른 벽면에는 산과 들에서 쉽게 구할 수 있는 건조된 식자재들이 많이 채집되어 있었다. 말릴 것은 말리고, 매달 것은 매달아 알뜰하게 정리가 되어 있는 것을 봐서 오랜 세월 음식 관련 일을 한 사람의 솜씨가 분명했다.

약방에서나 볼 수 있는 서랍장을 발견한 철도는 등잔의 심지를 태우며 가까이 다가갔다. 작은 서랍들마다 갖가지 향신료들이 가득 차 있었다. 노란 강황 가루, 새빨간 고춧가루도 있었다. 그리고 소금들. 바다 소금뿐만 아니라 타국에서 온 것이 분명한 다양한 빛깔의 암염도 수십 가지였다. 그 소금들을 차례대로 만져 보고, 냄새를 맡아 보고 하는데……, 갑자기 부엌 문이 삐거덕 열리며 문 앞에 작은 여자아이의 그림자가 나타났다. 철도는 놀라 돌아보는 그 와중에도 암염 덩어리 하나를 소매 속에 감췄다. 문앞에 선 아이는 하녀, 향이었다. 향이는 아무런 감정 없는 눈으로 철도를 바라보고 있었다. 철도가 목소리를 가다듬고 물었다.

"향이구나. 대, 대감님은 아직 퇴청 전이시냐?"

향이는 철도를 뚫어져라 바라보기만 하고 여전히 대꾸가 없다. 철도는 생각했다. '아차, 듣지도 말하지도 못하는 농아라고 했다.' 그때, 부엌 밖에서 익숙한 목소리가 들려왔다.

"아니, 이게 웬 반가운 목소린가?"

윤홍 대감이었다. 웃음기를 머금은 윤홍이 관복 차림으로 나타났다. 철도는 애써 긴장을 감추며 고개를 숙였다.

"대감마님. 이제 퇴청하셨습니까? 빈집에서 기다리기 무료해 허락 없이 정주간에 들었습니다. 송구합니다."

"송구하다니 당치 않네. 그래, 오래 기다렸나?"

"아니옵니다."

"자, 안으로 들게."

철도와 윤홍은 안방으로 자리를 옮겨 찻잔을 사이에 두고 마주 앉았다. 윤홍이 관모를 벗으며 물었다.

"그래. 새로운 진전은 있었나?"

"오리무중입니다."

"자네가 고생이 많네."

철도는 윤홍의 눈치를 살피며 물었다.

"마님의 병세는 차도가 있습니까?"

"많이 좋아지고 있네. 걱정해 줘서 고맙네."

윤홍은 미소를 머금고 찻잔을 들었다. 철도는 둘 사이의 공기가 팽팽해진 것이 자신의 착각이기를 진심으로 바랐다. 짧은 침묵이 견딜 수 없이 불편했다. 그 침묵을 윤홍이 깨트렸다.

"오는 길에 빙어를 좀 얻어 왔네. 빙어회 한 절음 할 텐가?"

"빙어회요? 늦은 시간인데 송구하옵니다."

"석반 전이 아닌가? 밥 대신 술을 한 잔 하세."

윤홍이 자리에서 일어나자 철도가 따라 일어섰다.

"일어나지 말게. 앉아서 잠시만 기다리게. 내, 별미를 맛보게 해줌세."

"아, 아니옵니다! 대감마님, 소인이 준비하겠습니다."

"허허. 내 솜씨를 못 믿는 겐가?"

"그것이 아니오라 반상이 유별하거늘 제가 어찌 감히 앉아서 대감마님의 주안상을 받을 수 있겠사옵니까?"

"허허. 편하게, 편하게 하시게."

관복을 벗은 윤홍과 철도는 나란히 부엌에 섰다. 구석에 관솔 불을 피우고 중앙의 긴 탁자 양쪽 끝에 촛불을 켜자 부엌 안이 한결 더 환해졌다. 보이지 않았던 것들이 눈에 들어왔다. 대나무를 이용해 샘물을 땅속으로 끌어와 부엌 안까지 흐르게 되어 있었다. 그 물이 구유 같은 곳에 일정량 모여 있다가 하수구로 흘러드는 구조다. 비가 와도 눈이 와도 부엌 안에서 흐르는 물을 사용할 수 있는 것이다. 철도는 흐르는 물에 야채를 씻으며 윤홍의 슬기에 새삼 감탄했다. 향이가 부엌 입구에 앉아 두 손으로 턱을 괴고 철도를 빤히 바라보고 있었다.

"이런 건 생전 처음 봅니다. 대감마님, 어떻게 이런 걸 궁리하셨습니까?"

"내자가 병석에 누운 지 칠 년, 부엌 일에 드는 품을 줄이려 하다 보니 잔머리가 늘었을 뿐이네. 이제 반은 식모가 되었다네. 사람의 인생이 별거 있나? 먹고 사는 게 절반이지. 아니 어쩌면 전부라고도 할 수 있지. 행복하기 위해서는 먹는 것에 부자유해서는 불가능하지."

윤홍은 향이를 돌아보고 수화로 뭔가를 지시했다. 술을 거르는 동작을 하는 것 같았다. 향이는 윤홍의 손 모양을 유심히 보더니 고개를 까닥 숙이고 돌아 나갔다.

"새로 담근 술이 마침 익었을 게야. 술을 좀 걸러 오라 했네."

"……예."

"음식 만드는 일은 고되지만 참으로 즐거운 일이라는 걸 새삼 깨달아가는 중이라네. 다음 생에는 나도 숙수로 태어났음 좋겠어."

"대감마님. 앞날이 창창하시건만 어찌 그런 말씀을 하시는지요. 더 높이 올라가셔야지요. 대감마님 같은 분이 백성을 보살펴야 합니다."

윤홍이 일손을 놓고 고개를 돌려 철도를 바라봤다.

"내가 백성을 위해 무엇을 할 수 있겠나."

그 얼굴은 차갑게 굳어 있었다. 서글퍼 보이기도 했다. 철도는 말문이 막혔다. 그런 철도를 위로하려는 듯 윤홍이 표정을 풀며 미소를 지어 보였다. 윤홍은 작은 단지를 열어 나무 숟가락으로 뭔가를 덜어 냈다. 새빨간 된장이다. 철도는 단지에 얼굴을 들이대며 물었다.

"그건 무엇이옵니까? 어찌 된장이 이렇게 붉단 말입니까?"

"자네도 고추라고 알지? 그것을 말려서 곱게 가루를 낸 후 찹쌀과 메주 가루와 섞어 발효를 시킨 것일세. 한 번 맛보겠나?"

철도는 윤홍이 내민 나무 숟가락에 담긴 고추장을 손가락에 찍어 입에 넣었다. 정신이 번쩍 들었다. 그 매콤함에 사래가 들린 듯 기침을 했지만 이내 얼굴에는 희열이 퍼진다. 그는 진심으로 흥분한 듯 두 눈을 동그랗게 떴다.

"기운이 솟아나는 것 같사옵니다. 어떻게 고추로 장을 담글 생각을 하셨습니까?"

"괜찮나? 자, 이 고추장에다 마늘을 으깨어 넣고 사당과 초를 섞으면 초고추장이 된다네."

"회를 여기다 찍어 먹으면……, 별미가 따로 없겠습니다."

"과연 숙수로세. 하지만 나는 여기에 된장을 조금 넣는다네. 고추장이 칼칼함으로 비린 맛을 억누른다면, 된장은 고소함으로 비린 맛을 감싸 안지."

"예……."

철도는 감탄하면서 윤홍이 하는 것을 가만히 지켜보았다. 작은 항아리에서 된장을 덜어 초장에 섞는 윤홍은 왼손을 사용하고 있었다.

"자, 이제 됐네!"

손가락만 한 빙어들이 커다란 백자 사발 안을 빙글빙글 돌며 헤엄치고 있었다. 안방으로 자리를 옮긴 철도와 윤홍은 주안상을 사이에 두고 마주 앉았다. 윤홍이 철도에게 술을 따라주자 무릎을 꿇고 앉은 철도가 공손히 받았다. 철도는 잔을 받아 놓고 두 손으로 윤홍에게 술을 따라 올렸다. 윤홍이 잔에 입을 대자, 철도도 고개를 돌려 탁주를 반쯤 마셨다. 윤홍이 장난스럽게 웃으며 말했다.

"자, 내가 시범을 보일 테니 잘 보고 따라 하시게."

윤홍은 나무젓가락을 들고, 주발 안에서 헤엄치는 빙어를 한 마리 잡아 초장에 담갔다가 얼른 입에 넣었다. '아그작' '아그작' 뼈 씹히는 소리가 철도에게까지 들려왔다. 침을 한 번 삼킨 철도는 젓가락을 들었다. 그러나 젓가락으로 헤엄치는 물고기를 잡는 것은 쉽지 않았다. 그 모습을 바라보며 윤홍은 재미있다는 듯 웃었다. 여러 차례의 실패 끝에 겨우 한 마리를 잡는 데 성공한 철도는 서둘러 초장에 빙어를 담갔다. 전신이 빨갛게 된 빙어가 젓가락에서 빠져 나가겠다고 몸부림쳤다. 빙어의 몸에 묻었던 초장이 철도의 얼굴에 튀어 범벅이 되었다. 윤홍은 껄껄 웃었다.

"제일 중요한 걸 빼먹었네. 빙어는 꼬리부터 입에 넣어야 한다네!"

"이크!"

당황한 철도가 고추장 투성이기 된 입 주위를 연신 손으로 닦아내는 동안, 윤홍은 두 번째 빙어를 잡아 초장에 담갔다. 그는 일부러 빙어를 머리부터 입에 넣었다. 어김없이 이번에도 빙어가 몸부림을 쳤다. 윤홍의 얼굴과 수염, 가슴께에 초고추장이 튀었다. 윤홍은 빙어를 씹으며 철도를 바라보았다. 철도도 윤홍의 얼굴을 바라보다 저도 모르게 웃음을 터트렸다. 두 사내가 서로의 얼굴을 바라보며 껄껄 웃었다. 철도는 다시 한번 빙어를 잡기 시작했다. 이번에는 빙어를 초장에 찍어 꼬리부터 먹었다. '아그작' '아그작' 소리를 내며 빙어를 씹던 철도는 갑자기 씹는 것을 멈췄다. 그리고 길가다 낯선 자에게 따귀를 맞은 얼굴로 윤홍을 바라보았다. 철도는 미친 듯 젓가락으로 초장을 연속적으로 찍어 먹기 시작했다. 초고추장 옆에 놓인 된장 종지를 들어 그 된장도 찍어 먹었다. 그런 철도를 차분하게 바라보고 있는 윤홍은 어딘지 슬픈 표정이었다. 이윽고 철도가 고개를 들어 윤홍을 똑바로 바라보았다. 철도의 눈동자는 당혹감으로 흔들리고 있었다.

"대감마님……! 왜? 이, 이 된장이……, 왜 여기 있는 겁니까?"

철도는 알아차렸다. 아니, 어찌 모를 수 있단 말인가! 윤홍이 초고추장에 넣은 미량의 된장, 술상에 놓인 작은 종지 속의 된장은 바로 봉령군의 잘린 시신이 들어 있던 그 항아리 속의 된장, 즉 어머니의 된장이었다. 틀림없었다. 말없이 철도를 보는 윤홍의 얼굴이 더욱 슬퍼졌다. 철도의 눈꼬리가 점점 올라갔다.

"대감마님! 이 모든 것이……, 대감마님의……? 엄 상궁은 누구입니까? 대감마님! 알고 계실 겁니다! 답하여 주시옵소서! 지금 옆방에 계신 것입니까!"

윤홍이 잔을 들어 비웠다. 그리고 천천히 입을 열었다.

"박 숙수. 침착하시게. 나는 이 나라의 위정자들을 믿지 않네."

"······!"

"대감마님! 그래서 우심적을 먹은 자들을 죽였습니까? 부인의 손을 빌어서요? 봉령군을 죽이고, 시신을 욕보인 것도 대감마님이십니까?"

윤홍은 똑바로 철도를 바라보다가 고개를 가로로 저었다. 철도가 소리쳤다.

"그럼 누구란 말입니까? 어째서 소인 어머니의 된장이 여기에 있는 겁니까!"

"자네······ 대기근을 겪었다고 했지. 조선의 백성들이라면 다들 굶주렸지만, 나 같은 몰락한 양반들은 상민들보다도 살기가 더 힘들었다네. 남칠여구라는 말이 있지. 남자는 칠일을 굶으면 죽고, 여자는 구일을 굶으면 죽는다고······. 그 말이 맞더구만. 내 아버지는 굶으신 지 칠 일 만에 돌아가셨고 어머닌 구 일 만에 돌아가셨네. 그 생지옥 속에 내 정혼자의 집안도 풍비박산이 되었지."

윤홍의 기억은 십 년 전의 자신을 불러냈다. 목숨이란 참으로 질긴 것이었다. 당시 스물다섯 살이던 윤홍은 조선에서 일어나고 있는 재난 소식을 듣고 연경에서 급히 귀국하는 길이었다. 양반이었지만 벼슬과는 인연이 없는, 지방의 몰락한 가문이었던 윤홍의 부모는 작은 땅뙈기를 얻어 소작을 붙이며 상민과 다름없는 삶을 살고 있었다. 배경도 연줄도 없었던 윤홍은 오직 실력

괴 머리로 성균관 유생이 될 수 있었고, 신왕의 눈에 들어 국비 유학길에 올라 공부 중에 있었다.

그가 조선에서 좁쌀과 보리를 긴급히 수출해 달라는 요청이 청나라 조정에 들어왔다는 소식을 들은 것은 조선 사신들의 통역으로 일하면서였다. 윤홍은 사람이 사람을 잡아먹는 참혹한 상황이 펼쳐지고 있다는 소문을 믿지 않았다. 조선과의 관계를 안정시키고 싶었던 청나라 조정은 조선의 요청을 선뜻 받아들였다. 대국으로서의 체면을 세울 기회이기도 했던 것이다. 그런데 조선으로 보내기 위해 야적된 곡식들이 비바람에 썩어가는 데도 도무지 떠날 기미를 보이지 않았다. 뜻밖에도 정작 조선에서는 곡식 수입을 반대한다는 것이었다. 윤홍은 그 실상을 알아보기 위해 자청해서 귀국했다. 귀국한 윤홍은 그의 두 눈과 귀를 의심했다. 청에서 들은 모든 것이 사실이었다.

"조정에서 청나라에서의 식량 수입을 격렬히 반대하는 자들이 있었네."

회상에서 잠시 돌아온 윤홍이 계속 말을 이어 갔다. 철도는 충격과 혼란으로 윤홍의 말이 귀에 들어오지 않았다. 식량 수입을 가장 극렬히 반대하는 자들은 서인들과 좌의정, 당시 이조판서였던 김항주였다. 윤홍이 조선의 관료들에 대한 신뢰를 버리고 적대시하게 된 것은 그때부터였다. 그때의 윤홍은 분명히 자신의 두 귀로 들었고, 두 눈으로 보았으며, 아직도 선연히 기억하고 있다. 선정전을 쩌렁쩌렁 울리게 했던 김항주의 외침 소리를……

"어찌 오랑캐의 곡식을 받을 수 있단 말입니까? 병자년의 국치를 벌써 잊었단 말입니까? 전하! 수치를 모르는 남인들을 모두 척결하소서!"

남인이 주장하는 것은 서인들이 반대했고, 서인이 주장하는 것은 남인들이 반대했다. 옳고 그르고, 가치가 있고 없고는 중요하지 않았다. 윤홍은 다시 현실로 돌아왔다. 눈앞에 미동도 없이 앉아 있는 철도를 바라보며 말을 이어 갔다.

"그저 반대를 위한 반대였네. 이 땅의 위정자들은 늘 그랬다네. 그들에게 백성이 첫 번째였던 적은 예전에도, 지금도, 단 한 번도 없었네."

"대감마님! 말씀해 주십시오. 왜 소인 어머니의 된장이 여기에 있는 겁니까?"

"기다리게. 내 말을 끝까지 들어주게."

철도는 답답했다. 하지만 서늘해진 윤홍의 눈빛에 압도되는 자신을 느꼈다. 윤홍의 기억은 잊었던 분노와 함께 소환된 듯했다.

"난 똑똑히 기억하네. 십 년 전 그때, 힘 있는 자들은 오히려 그 재난을 자신들의 부를 늘리고, 힘을 키우는 기회로 이용했지. 지금 떵떵거리고 사는 족속들의 절반은 그때 그렇게 더럽게 힘을 키운 자들이야. 김항주는 물론이고 종친이라는 봉령군도 마찬가지지. 개 돼지보다 못한 것들! 임금도 마찬가질세! 내가 임금에게 충성하는 것처럼 보이나? 아닐세. 임금은 할 수 없이 선택한 차선일 뿐. 이땅에 사는 사람들, 우리, 아니 나 자신을 위해 선택한 수단일 뿐일세!"

윤홍의 눈빛과 입에서 나오는 말들이 그가 내뱉고 있는 것인지 철도는 의심스러웠다. 흥분한 윤홍은 자신의 기억이 열어서는 안 되는, 아니 단 한 번도 누구에게 보여준 적이 없는 빙문 앞에 도달했다는 것을 느꼈다.

청에서 막 돌아온 윤홍은 김항주를 마지막으로 설득하려고 집으로 찾아갔다. 아직 성균관 유생의 신분으로 정식 벼슬이 없었던 윤홍에게는 장래는 물론, 목숨을 건 일이었다. 강력한 후원자였던 선왕이 승하한 뒤라 더욱 그랬다. 김항주의 사랑채를 찾다가 대궐에 필적하는 어마어마한 규모 때문에 집 안에서 길을 잃는 어처구니없는 일이 있었다. 그 집 안에는 누더기 같은 옷을 입은 사람들이 추위에 맨손으로 허드렛일을 하고 있었다. 대기근에 제 목숨을 부지하기 위해 혹은 어린 자식의 목숨을 연장하기 위해 한 줌의 곡식에 스스로 노예가 된 상민들이었다. 맡을 일이 없는 사람들은 짐승 우리 같은 집에 갇혀 겨우 목숨을 이을 만큼의 곡기로 청나라나 왜국으로 팔려갈 날만 기다리고 있었다.

문제는 김항주와 같은 자가 이 조선 땅에는 수백 명이 있다는 것이었다. 왜적보다 잔악하고, 재난보다 위험한 자들이 이 나라의 백성들을 통치하고 있는 것이다.

김항주의 집에서 길을 잃은 윤홍은 물어물어 사랑채에 도달했다. 사랑채 앞에서 눈을 맞으며 김항주의 부름을 기다리고 있던 윤홍은 도포 자락을 휘날리며 연신 드나드는 그의 충실한 수족들과 탐관오리들을 지켜봤다. 김항주의 목소리는 공공연히 밖까지 흘러나왔다.

"이런 재난은 하늘이 주신 기회다. 힘을 키울 수 있는 기회야!

헐값에 나온 땅을 모조리 사들이고, 구휼미를 돌려 노비를 사들여라!"

하인의 손에 이끌려 김항주의 방으로 끌려가는 한 처자를 보았다. 얼굴을 볼 수 없었던 그 처자는 한참 뒤 흐트러진 매무새로 김항주의 방에서 울며 나왔다. 그때 윤홍은 그 처자의 얼굴을 보고 말았다. 윤홍은 마치 가위에 눌린 것처럼 말도 할 수 없었고, 발도 떨어지지 않았다. 하인이 울며 나가는 그녀에게 보리쌀을 내어 줬다. 김항주에게 처녀를 빼앗긴 대가였다. 정신을 차린 윤홍은 그녀가 지나간 자리에 빨간 선혈이 떨어져 있음을 알아차렸다. 욕심을 채운 김항주는 방에서 나와 눈 위에 찍힌 선혈을 내려다보며 자랑스러운 듯 두 손으로 눈을 퍼 올려 마치 귀한 화초를 들여다보듯 희열에 빠져들고 있었다. 회상에서 돌아온 윤홍이 철도에게 말했다.

"부모님이 정해준 내 정혼자였네. 소식이 끊긴 동안 부모가 모두 죽고 그렇게 홀로 살아남은 것이었어."

철도는 멍하니 윤홍을 바라보았고 윤홍은 계속 이야기를 이어 갔다.

"그때 그자의 얼굴을 단 하루도 잊은 적 없네. 그런 자들이 다스리는 나라가 바로 우리가 믿고 서 있는 이 땅, 조선이라네."

윤홍의 분노한 눈에서는 눈물이 비치는 것 같았다. 철도가 자신의 시야가 흐려지고 있다는 생각을 하는 찰나였다.

"어, 어……!"

갑자기 윤홍이 옆으로 쓰러지는 것이 아닌가! 그때까지 철도는 자신이 쓰러진 것이라는 걸 알지 못했다. 쿵! 방바닥에 큰대

자루 쓰러진 철도의 눈에 빼꼼히 문을 열고 들어오는 향이가 보였다. 윤홍은 쓰러진 철도를 슬픈 얼굴로 내려다보다, 향이에게 수화로 뭔가를 지시하고 방에서 나갔다. 향이는 철도가 마시던 잔을 나뭇가지 두 개로 집어 조심스럽게 가지고 나갔다. 얼마나 시간이 지났을까? 철도가 비몽사몽 의식의 경계선을 걷고 있을 때 고깔을 쓴 한 여인이 들어왔다. 하얀 얼굴의 여인은 철도를 잠시 지켜보다 철도의 몸에 이불을 덮어주었다. 철도는 힘겹게 입술을 뗐다.

"어……엄, 상……궁.

철도는 몸을 일으키려고 해 보았지만 손가락 하나 움직일 수 없었다. 의식은 점점 희미해져 갔다.

8章. 잔치

　참판에서 판서로 오른 한덕원은 삼각산 초입에 있는 마곡암
으로 향하는 중이었다. 염원하던 자리를 손에 넣은 후 암자를 향
하는 발길은 가벼웠다. 타고 있는 말조차 그것을 아는지 비탈길
에도 지치는 기색이 없었다. 승진 소문이 퍼지자 여기저기서 벌
써 청탁과 함께 축하 선물이라는 이름으로 온갖 물품이 쉴 새 없
이 들어왔다. 지금 타고 있는 말도 그렇게 선물로 들어온 말이었
다. 지방으로 밀려난 남인들 중에는 벌써 병권을 확고히 해, 서
인들을 몰아내자는 성급한 서찰을 보내는 자들도 있었다. 한덕
원은 그런 자들을 때를 기다리라는 따끔한 말로 진정시키고 있
었다. 한덕원이 탄 말 뒤로는 쌀가마니를 실은 나귀가 한 마리
따르고 있었다. 고삐를 잡은 늙은 하인이 자꾸 뒤처지는 나귀의
발걸음을 재촉하였다. 얼마 안 가 산길을 한 굽이 돌아서자 산문

도 없는 작은 암자가 나타났다.

제법 긴 돌계단 위의 법당에서 투실투실 뱃살이 오르고, 얼굴에 개기름이 줄줄 흐르는 중년의 중이 나와 합장을 했다. 늙은 하인의 등을 밟고 말에서 내린 한덕원은 하인에게 쌀가마를 시주하라고 지시했다. 사미승들이 반색하며 나와 나귀의 등에서 쌀가마니 내리는 것을 도왔다. 개기름이 흐르는 주지의 입은 귀에 걸렸다.

"대감마님, 경하드리옵니다."

"허허. 그대의 축원이 마곡암 부처님께 도달하였나 보이."

한덕원을 수행한 늙은 하인이 알아서 자리를 피하는 듯 사라졌다. 주지는 한덕원을 돌계단 위로 이끌었다. 법당 앞에 선 한덕원은 경치를 둘러보는 것인지, 주위를 경계하는 것인지 사위를 천천히 둘러보고 법당 안으로 들어갔다.

법당 안에는 숯불화로가 빨갛게 타오르고 있었다. 화로 옆에는 잡은 지 얼마 안 되는지, 색깔 고운 빨간 고기가 양념에 재워져 있었다. 갖은 채소와 된장, 소금, 기름장도 준비되어 있었다. 주지가 긴 부젓가락으로 숯불을 헤치며 부채질을 하자 숯불은 한층 뜨거워졌다. 석쇠 위에 올린 소고기들이 지글지글 익기 시작했다. 한덕원의 허연 수염 사이로 익은 고기들이 연신 들어갔다. 이내 입술이 기름기로 번들거렸다. 소금을 찍어 먹고, 된장을 찍어 먹고, 기름장에 찍어 먹고, 쌈 채에 싸 먹고…… 한덕원이 집어 삼키는 속도를 주지의 고기 굽는 속도가 따르지 못했다.

"대감마님, 양념에 재워 놓은 우심도 드셔야 하고, 잘 익은 곡차도 있습니다. 곡차를 먼저 올릴까요?"

눈을 까뒤집으며 크게 한 쌈을 싸서 입에 문 한덕원은 대답 대신 두 손을 내저으며 웅얼거렸다.

"여이아이 오아와 엉느 오일세. 울로 애울 애우면 어우아이(여기까지 올라와 먹는 고기일세. 술로 배를 채우면 억울하지)."

주지가 동의한다는 듯 격하게 고개를 끄덕이며 눈으로 웃었다. 그런 두 사람의 모습을 법낭 위에 앉은, 갈비뼈를 앙상하게 드러낸 석가모니의 고행상이 내려다보고 있었다. 그때, 방문이 갑자기 벌컥 열렸다. 볼이 터져라 또 다른 쌈을 입 안으로 구겨 넣던 한덕원은 고개를 돌렸다. 그리고 입 안에 든 것들을 다 뿜어냈다. 문 앞에는 김항주가 비웃음을 머금고 서 있었다.

"한 대감. 병조판서 취임연이 너무 초라한 것 아닙니까? 이런 산 속에 숨어 먹는 소고기는 별난 맛이겠지요? 같이 드십시다. 나도 내 자리값은 준비했소."

김항주는 손에 들린 술병을 흔들어 보였다. 일어섰던 주지가 합장하고 나가며 말했다.

"수저를 준비하겠습니다."

"석쇠도 새로 갈고, 고기도 좀 더 내오게."

민망함과 수치감과 당혹감으로 멈춰 있는 한덕원의 턱수염들이 파르르 떨렸다. 김항주는 도포 자락을 쳐 밀며 발끝으로 방석을 끌어와 그 위에 털썩 내려앉았다. 한덕원의 맞은편에 자리한 김항주는 제 손으로 고기를 굽기 시작했다. 그 손놀림이 능숙했다. 그런 김항주를 한덕원은 노려보고 있었다. 김항주가 젓가락으로 고기를 뒤집으며 말했다.

"자왈, 저육이전 우육일전이라……. 즉 공자께서 말씀하시길,

돼지고기는 두 번 뒤집어야 하고, 소고기는 한 번만 뒤집으라고……."

"……?"

"파하하핫! 농담이요. 농담."

한덕원이 불쾌한 듯 미간을 좁혔다. 김항주가 다시 입을 열었다.

"병판 대감. 당저(當宁, 지금의 임금, 바로 그 당시의 왕)를 어찌 생각하시오?"

"불충한 언사, 불편하외다."

"당저는 선대왕과는 다르게 태생적으로 정치적 감각이 몹시 예민하오. 당신의 혓바닥처럼…….

"……?"

"당쟁을 이용해 힘의 균형을 잡는 재주가 외줄을 타는 광대와 같이 능란하지요. 당저와 함께 환국을 획책한다는 것을 알고 있소."

"……!"

"구 년 전의 복수를 하시렵니까? 그리고요? 그 다음에는? 다시 십 년 뒤에 이쪽의 복수를 당하실 텐데요?"

"무슨 말이 하고 싶은 게요!"

"환국이 온다 해도, 나는 목숨을 부지할 겁니다."

"그걸 어찌 장담하시오? 주상은 인척이라도 목을 칠 분이시오!"

"몇 년 뒤, 다시 나를 써야 하니까요. 몇 년 뒤 복수의 맨 앞줄에는 제가 서 있을 겁니다. 지금의 한 대감처럼. 당저는 그런 사람입니다."

"……!"

"환국……. 피는 우리가 흘리고 권력은 임금이 독점하는 그런 계책이지요. 지금 타고 있는 이 살점처럼요. 불 위에서 타는 건 그대와 나, 그 살점을 뒤집는 건 당저지요. 결국 그 고기가 누구 입으로 들어갑니까?"

한덕원은 김항수의 말을 부인할 수 없었다. 김항주는 한덕원의 얼굴을 바라보다 부드러운 어조로 말을 이었다.

"우리가 싸움을 계속하면 결국 왕권만 커질 뿐. 겉으로는 싸우되 칼등으로 치고, 촉을 뺀 화살로 서로를 쏘아야 합니다."

"달콤한 말이나……, 좌상을 내, 어찌 믿겠소?"

"며칠 뒤가 모친의 칠순 잔치입니다. 축하연에 모시고 싶습니다. 그 자리에 당저도 나타날 것입니다."

"전하께서요? 그걸 어찌 확신하시오?"

"당저에겐 외할머니의 고희연입니다. 그것이 아니더라도 당저는 사가의 음식 맛에 미쳐 있는 사람이 아닙니까? 반드시 올 것입니다."

한덕원의 목소리와 눈꼬리에 힘이 들어갔다.

"그래서요? 주상이 오시면 어쩌겠다는 겁니까?"

"당저는 다시없는 화려한 잔치를 즐기게 되시겠지요. 잔칫상에 우심적도 빠질 수 없지요. 우심적을 먹은 당저는 그 자리에서 즉사할 것이며, 죄는 아직 잡히지 않은 그놈이 뒤집어쓰겠지요!"

"그 다음은요?"

"수영대군이 올해 스무 살이 됩니다. 수영을 옹립하고 대감과 내가 함께 이 나라를 이끌면 되지 않겠습니까?"

한덕원의 입이 벌어졌다. 빠진 한덕원의 턱은 다시는 제자리로 돌아가지 못할 것 같아 보였다.

"당저는……, 사서에 그저 식탐에 빠져 스스로 내린 우금령을 어기고 사가의 잔치를 기웃거린 못난 군주로 기록되겠지요. 봉령대군이 그랬던 것처럼."

김항주가 잘 익은 고기 한 점을 집어 입에 넣었다. 그 고기를 맛있게 씹는 김항주의 눈에서는 광기가 흘러나왔다.

열무와 마날은 돌아오지 않는 철도 때문에 걱정이 태산이었다. 사립문 앞에서 목을 빼고 기다리는 마날이 걱정스런 목소리로 말했다.

"큰 오라방, 머선 일 당한 거 아이가?"

"호들갑 떨지 말어. 형님이 그리 쉽게 당할 위인이여?"

"아니, 지금 하루 하고도 반나절 동안 소식이 없는데 니는 걱정이 안 되나? 오라방, 말없이 하루 이상 집 비운 적이 단 한 번도 없었다 아이가?"

"뭘 살펴보고 온다고 했응께 살펴보는 중이겠지."

"엄 상궁을 찾아 나선 거 아이가? 만약에 엄 상궁을 만났다면……."

마날이 불안한 듯 말꼬리를 흐렸다. 열무 역시 마음 속에서 스멀스멀 피어오르는 불안감을 떨쳐버리려는 듯 애꿎은 마날에게 화를 냈다.

"아니여! 뭔 일 없을 거여! 우린 지금 그런 걱정 할 게 아니라 형님이 시킨 일을 해야 하는 거 아녀?"

그렇게 말해놓고 돌아서는 열무를 마날이 빤히 바라봤다. 열무의 불안감을 읽었기 때문이었다.

그 시각, 자택으로 돌아 온 김항주는 어머니에게 특별한 부탁을 하고 있었다. 하얗게 샌, 얼마 남지 않은 머리 위에 검은 가채를 얹고 있는 해괴한 모습에서 시선을 거두며 말했다.

"어머니, 잔치에 꼭 뫼셔야 할 분이 있습니다."

"그게 누구인가?"

"주상전하이옵니다. 서찰을 좀 쓰시지요."

"내가? 언문밖에 모르는데?"

"언문이면 충분합니다. 주상전하도 할머님의 칠순 잔치에는 꼭 참석하고 싶을 겝니다. 주상께서 자다가도 벌떡 일어나는 간장게장을 담갔다고 하시면, 버선발로 달려오실 겝니다."

"호호호. 그야 그렇지."

먼지가 켜켜이 쌓인 지필묵을 챙기는 어머니를 바라보며 김항주는 생각했다. 드디어 임금을 만나 담판을 지을 때가 되었다고…….

다음 날, 대궐로 들어간 김항주는 대전 앞에 꿇어앉아 있었다. 이른바 석고대죄를 하고 있는 중이었다. 관복을 벗고 머리를 풀어헤친 그는 이를 악물고 계단에 이마를 박았다. 이마가 찢겨 피가 났다. 김항주는 계획보다 너무 세게 머리를 박았다는 것을 깨달았다. 한 번에 박지 않으면 고통이 더 심했을 것이라고 재빨리 스스로를 위로했다. 이마의 살이 찢기는 고통과 너무 세게 박은 것에 대한 분함을 목청에 담아 울부짖듯 외쳤다.

"전하! 소신 석고대죄를 하겠나이다. 나라의 안위와 왕실의 부흥을 위해 무능하나마 불철주야 힘을 쏟았건만 소신이 무지하고 부덕하여 종친이 살해당하고, 왕가의 굴욕을 풀지 못했으니 백 번 죽어 마땅하옵니다!"

대전 용상 위에 앉은 임금은 김항주의 부르짖음을 시큰둥한 표정으로 듣고 있었다. 당파에 따라 좌우로 갈라져 서 있는 대신들은 반응도 확연히 나뉘었다. 서인들은 애가 타는 심정을 얼굴에 드러내며 용상에 동정을 구하는 시선을 보냈고, 남인과 여타의 세력들은 김항주의 술책임을 부디 깨닫기 바란다는 안타까운 얼굴이었다. 그러나 병조판서 한덕원만큼은 미소까지 머금은, 유난히 평온한 얼굴이었다. 다시 김항주의 부르짖음이 들려왔다.

"신, 김항주. 모든 관직과 직책을 내려놓고 물러가 근신하겠나이다."

임금은 굳게 다문 입술을 끝내 열지 않았으나 시선은 동부승지 윤홍을 향했다. 김항주가 스스로 물러나겠다는 말의 진의를 눈으로 윤홍에게 묻고 있는 것이다. 김항주의 갑작스런 사퇴가 가장 당혹스러운 사람은 윤홍이었다. 김항주의 사퇴는 예상 밖의 일이었다. 무엇 때문에 스스로 실질적인 이인자 자리를 내려놓는단 말인가? 혹시 또 다른 무기가 생긴 것일까? 더 강력한 무기가 있는 것일까? 그럴 리가……. 그렇다면 싸워야 할 적이 없어진 것일까? 윤홍은 문득 한덕원을 바라보았다. 미미한 웃음을 머금고 있는 한덕원의 얼굴이 윤홍의 두 눈에 들어왔다. 순간 한덕원은 들키지 말아야 할 것을 들킨 것처럼, 웃음기를 재빨리 감추고 시선을 피했다. 윤홍의 머릿속을 나쁜 예감이 뚫고 지나갔다. 한덕원을 바라보는 윤홍의 눈동자가 마치 불꽃이 일렁이는 것처럼 타오르기 시작했다. 한덕원은 끝내 윤홍을 바라보지 못했다.

이마를 동여맨 김항주는 일도를 불렀다. 죽나 살아난 일도는 양부 김항주의 눈을 피해 오로지 술을 벗 삼고 있었다. 육신도 정신도 망가질 대로 망가졌지만 그의 마음속에서 자라고 있는 철도에 대한 복수심만큼은 비온 뒤의 독버섯처럼 빠르게 자랐다. 꺼칠해진, 그래서 눈에 든 독기가 더 지독해 보이는 일도를 빤히 바라보던 김항주가 입을 열었다.

"내가 아주 큰 그물을 쳤다. 거기엔 임금도, 너의 원수도 걸려들 것이다. 그리고 아직은 알 수 없는 그 독살자도 틀림없이 나타날 것이다."

일도가 고개를 들었다.

"그날, 수많은 사람들이 오겠지만 단 한 사람! 임금만은 절대 살아서 내 집을 나가게 해서는 아니 된다."

일도가 경악했다.

"아, 아버님 그 말씀은⋯⋯!"

"못하겠다는 것이냐? 이미 넌 네 손으로 네 장인이자 임금의 사촌형, 봉령군을 토막낸 놈이 아니냐?"

"그, 그것은⋯⋯! 아버님의 뜻이 아니었습니까? 어차피 죽은 자, 환국을 생각하는 임금의 머리를 비우는 재물로 쓰겠다고 아버님이 시키신 일이 아닙니까!"

"그랬지. 이번에도 나의 뜻이다. 네놈이 지금은 역적이나 이번에 성공하면 공신이 된다. 더 이상 조종할 수 없는 임금은……, 잘라야 한다."

일도는 차라리 악몽을 꾸고 있는 것이라면 좋겠다는 생각을 했다. 악몽 속에서 야차와 같은 김항주의 목소리가 또 다시 들려왔다.

"이번 일을 성공하면 평양감사든, 전주든, 강릉이든, 지방으로 보내주마."

일도는 자신이 그로부터 벗어나고 싶어 한다는 것까지 꿰뚫고 있는 양부가 새삼 두려웠다. 돌이킬 수 없다. 이미 종친의 시신을 참시한 대역죄를 범하지 않았던가. 어떻게 해서든 김항주의 편에 서야 살아갈 수 있다. 지방관. 세상 무엇보다 달콤한 제안이었다. 이제는 김항주의 눈에서도 벗어난 어머니를 모시고 지방으로 간다면, 이번 생에 잡을 수 있는 마지막 기회이리라. 이번 일에 자신의 운명이 달려 있다는 것을 일도가 깨닫는 데는 그리 오랜 시간이 걸리지 않았다.

숙수 박자팽은 이틀 뒤로 다가온 김항주 대감댁 잔치를 준비하느라 분주했다. 그는 우물가에 숫돌을 놓고 칼을 갈고 있었다. 집안 대대로 내려온 자신의 분신 같은 식도는 칼끝이 버선코처럼 휘어 올라가 마치 숙수의 자부심을 웅변하는 것 같아서 볼 때마다 마음이 흡족했다. 박자팽은 햇볕에 식도를 비춰보며 하얗게 선 칼날을 확인했다. 그런데 발소리를 죽여 가며 집 안으로 들어서는 불청객이 있었다. 열무와 마날이었다. 인기척에 박자팽이 두 사람을 돌아보았다.

"웬일이냐? 한가한 모양이구나?"

열무가 굳은 얼굴을 억지로 일그러뜨리며 웃어 보였다.

"잔치 준비 중이십니까?"

"음. 큰 잔치가 될 게야."

마날이 뒷짐을 지고 박사팽에게 다가섰다.

"박 숙수님."

"왜?"

박자팽이 돌아보는 순간, 마날은 손에 쥔 것을 그의 얼굴을 향해 뿌렸다. 고춧가루였다. 박자팽은 두 눈을 움켜쥐고 죽는다고 아우성쳤다. 마치 먹을 따이러 끌려가는 산짐승의 발악과도 같았다.

"아, 아악! 네 이놈들! 무슨 짓이냐!"

열무가 허공을 헤매는 박자팽의 분노한 두 손을 피하며 뛰어올랐다. 그대로 당수로 박자팽의 뒷목을 치고 땅에 내려섰다. 박자팽은 고목나무처럼 쓰러졌다. 마날이 몸을 던져 박자팽의 머리가 땅에 부딪히지 않도록 그의 머리를 안고 자빠졌다. 박자팽이 정신을 차린 것은 그의 두 손과 두 발이 결박당하고, 입에는 재갈이 물린 뒤였다. 워낙 몸집이 큰 사람이라 열무와 마날은 박자팽을 끌고 멀리 갈 수가 없었다. 다행(?)스럽게도, 박자팽은 집 뒤에 사설 빙고를 가지고 있었다. 땅을 옆으로 파고 들어간 토굴인데, 그 깊이가 제법 있어 훌륭한 저장고가 되었다. 귀한 얼음까지는 갖추지 못했지만 이름은 어디까지나 빙고로 부르는, 자기 손으로 판 굴에 갇히는 신세가 될 것이라고는 꿈에도 생각하지 못했으리라. 박자팽은 열무와 마날을 보고 저주를 퍼부었나. 입에 물린 재갈 탓에 온전한 말로 들리지는 않았지만 그것이 욕이라는 것을 열무와 마날이 모를 리 없었다. 열무가 무표정한 얼굴로 박자팽 앞에 쪼그리고 앉았다. 품에서 단도를 꺼내 박자팽의 눈앞에 내밀었다.

"낼 모레 있다는 잔치가 어느 집이요?"

박자팽이 다시 뭐라고 쌍욕을 시작했다.

"그깟 잔치를 가로채려는 게 아니오. 우리들 목심, 아니 여러 사람 목심이 걸려 있어서 이러는 것이오."

열무의 서늘한 눈빛이 심상치 않아 보였는지 이번에는 박자팽도 욕을 멈췄다.

"한시가 급합니다. 그것만 말해주면 아무 데도 다치지 않을 것이나, 만약 버틴다면……, 그 훌륭하다는 양물을 못쓰게 만들라는 울 형님의 지시가 있었소."

박자팽의 눈동자가 커지더니 뭐라 알 수 없는 신음 같은 소리로 중얼거렸다. 이어서 뭐라고 아우성치기 시작하자, 열무가 박자팽의 입에 물린 재갈을 빼내 주었다.

"좌의정 김항주 대감댁이다!"

열무가 얼른 재갈을 다시 물리는 동안, 마날은 미안한 얼굴로 박자팽에게 위로를 건넸다.

"우리가 왜 이러는지 나중에 다 알게 될 것입니다. 그때는 아마 우리와 오라방에게 고맙다고 하실 것입니다."

"김항주 대감네 잔치가 끝나자마자 달려와 얼른 풀어 드리겠소!"

열무가 그 말을 던지고 빙고를 나서자, 박자팽은 시뻘겋게 충혈된 두 눈을 부라리며 또 다시 알아들을 수 없는 욕설을 퍼붓기 시작했다. 열무와 마날은 철도의 말대로 박자팽을 가두어 놓는 데 성공했지만 여전히 애가 타는 것을 감출 수 없었다. 진즉에 나타났어야 할 철도가 아직 소식이 없기 때문이었다. 마날이 참지 못하고 결심을 한 듯 열무를 돌아보며 말했다.

"안되겠다. 찾아나서야겠다."

"어데서 찾는단 말이여?"

"떠꺼머리가 덕재라고 안 했나? 거서부터 시작해야지!"

김항주는 격노한 목소리로 소리치며 앞에 놓인 서안을 주먹으로 내리쳤다. 문밖에 서 있던 집사가 주인의 서슬에 질려 얼른 꿇어앉았다.

"뭐라? 잔치 숙수가 사라져?"

"행랑아범 말이, 아침에 오기로 한 박 숙수가 소식이 없어 집으로 찾아가 보니 집을 비워둔 채 행방불명이라고 합니다."

"도대체 일을 어떻게 하는 것이냐!"

김항주의 불호령에 어깨를 움찔거리는 집사의 목소리가 기어들어갔다.

"아무리 수소문을 해도 행방이 묘연합니다."

"잔치가 내일 모레인데 약조한 숙수가 사라지다니? 이 잔치를 망치면 네놈들 모두 목을 내어 놓아야 할 게야! 당장 새 숙수를 찾아!"

"예. 대감마님. 이미 사람을 풀었습니다. 인근에서 가장 솜씨가 좋은 사람을 구하라고 했습니다."

"열 놈이고 스무 놈이고, 솜씨 따위 가리지 말고 잔치에 쓸 수 있는 자들은 전부 긁어 모아!"

"예! 분부 받잡겠나이다."

집사는 더 이상 앉아 있다가는 머리가 깨지든, 이빨이 부러질 것만 같았다. 줄행랑을 놓듯 그 자리를 떴다.

철도는 머리가 깨질 듯한 고통과 함께 의식을 되돌렸다. 눈을 떠 주위를 둘러보니 어두컴컴한 공간이다. 손은 묶이지 않았으나 발 한 쪽에 강철로 된 족쇄가 채워져 기둥에 고정되어 있었다. 손이 닿는 곳에 물 사발이 놓여 있었는데 철도를 가둔 자의 배려였을 것이다. 철도의 죽음까지는 바라지 않는 것일까? 윤홍일까? 엄 상궁일까? 발아래 무언가 떨어져 있는 것이 철도의 시야에 들어왔다. 바로 윤홍의 부엌에서 훔친 작은 암염 덩어리였다. 그 옆에는 세 마리의 죽은 쥐가 있었다. 아직은 멍한 머릿속이었지만 철도는 그것이 의미하는 것을 알 수 있었다.

암염 중에는 독성이 강한 것도 있다. 정제하지 않고 먹으면 죽을 수도 있다. 그것도 바로 죽는 것이 아니라 며칠 뒤에 죽는다. 비로소 모든 수수께끼가 풀렸다. 철도는 저도 모르게 중얼거렸다.

"소금. 독성이 있는 소금으로 기름장을 만들었다."

그때쯤 열무와 마날은 덕재를 지나고, 삼거리를 지나 철도가 걸어왔던 길을 따라 숲속을 달리고 있었다. 허리까지 오는 수풀을 헤치자 작은 초가집이 나타났다. 윤홍의 집 후원에 도착한 것이다. 쥐 죽은 듯 조용한 초가집이다. 열무가 중얼거렸다.

"여기가 엄 상궁의 집일까?"

"글쎄……."

열무와 마날은 집을 돌아 사립문을 열고 마당으로 들어섰다.

"이보시오. 아무도 안계시오?"

마날이 소리친 후, 잠시 뒤 희미한 사람의 목소리가 들려왔다.

"여기……. 여기다."

"아! 오라방? 어디요? 어딨소?"

"마날아! 여기다! 광에 갇혀 있다!"

열무와 마날은 소리가 나는 쪽으로 가 문을 가려 놓은 거적때기를 치웠다. 두 사람이 번갈아가며 달려들어 발길질과 어깨로 문짝을 들이받자 몇 번 만에 '우직' 소리를 내며 문짝이 떨어졌다. 눈앞에 족쇄가 채워져 있는 철도가 보였다. 철도는 안도의 한숨을 내쉬었고, 열무와 마날이 철도에게 달려들었다. 마날은 철도의 목을 안으며 울음을 터트렸다.

"오라방!"

"열무야, 마날아. 용케 찾았구나."

"어디 다친 데는 없나?"

"지금은…… 없는 듯하다."

열무가 글썽거리는 눈을 훔치고 이를 앙다문 채 물었다.

"엄 상궁이요?"

"패거리가 있나? 혼자가?"

두 눈을 부릅뜬 열무와 마날의 물음에 뭐라고 대답을 해야 할지 혼란스러웠다. 그저 고개를 끄덕였다. 열무가 쌍욕을 하며 도끼를 찾아 족쇄를 연결한 쇠사슬을 도끼로 내려치기를 수십 번, 끝내 끊어냈다.

"오라방아, 일단 집으로 가자."

"오늘이 며칠이냐? 박 숙수가 맡은 잔칫날이 오늘이 아니더냐?"

"낼이요. 김항주, 좌의정의 잔치라 했소."

열무의 말에 철도의 얼굴이 굳었다.

"김항주…… 서인의 수장이다. 범인은 반드시 나타난다! 서두르자. 가는 길에 대장간에 들러 이 족쇄부터 어떻게 좀 해야겠다."

김항주의 집에서는 잔치가 시작되었다. 높은 솟을대문 아래 각설이 떼가 바글바글 몰려들었다. 한양의 각설이들은 다 모인 듯했다. 그들이 바가지를 두드리며 각설이 타령을 목청 높여 부르자, 집안 하인들은 김이 무럭무럭 나는 조밥을 담은 함지박 여러 개를 대문 앞에 던지듯 놓고 문을 닫았다. 각설이들은 조밥에 달려드는 한편, 대문 너머로 연신 주먹감자를 날리며 욕설을 퍼부었다.

"젠장, 한양 최고 부잣집 잔치에 조밥이 뭐냐? 인심 참 드럽네!"

하지만 각설이들의 욕설은 오래가지 못했다. 창과 칼로 무장한 금군들이 달려오자 각설이들은 줄행랑을 쳤다. 붉은 철릭 차림의 금군들이 김항주의 집 담장을 둘러쌌다. 금군들이 출동했다는 건 이곳에 임금이 왕림했다는 것을 뜻했다. 엄청난 규모의 잔치였다. 행랑채 앞에 천막을 쳐 만든 임시 부뚜막에서는 집안의 하인들과 인근에서 불려온 상민 부녀자들이 호박전, 육전, 생선전 등 각종 전을 부치고 있었다. 안채에서는 담장 아래에 줄

맞춰 앉은 악공들이 풍악을 울리기 시작했다. 대청 앞마당에서는 탈춤패가 공연을 준비하고, 지붕과 대청 끝에 앉은 화공들은 잔치를 기록하느라 분주했다.

먹고, 마시고, 웃는 양반들의 하얗고 기름진 얼굴과 무표정하게 열심히 일손만 놀리는, 그을리고 메마른 상민의 얼굴들이 마치 다른 인종인 듯 달라보였다. 대청 위에 있는 진칫집 주인공들은 남녀노소 할 것 없이 사모관대와 족두리에 연지곤지를 찍고 있었다. 상석 중앙에는 곤룡포 대신 철릭을 입은 임금이 앉았고 그 가장 가까운 자리에 김항주의 모친이 나란히 앉아 있다. 임금을 중심으로 김항주와 한덕원이 좌우로 마주보고 앉았다. 임금의 뒤에는 어김없이 청동 반면의 충선이 유일하게 환도를 차고 석상처럼 서 있었다. 그리고 곳곳에는 금군들이 짝을 지어 경비를 서고 있었다.

앞마당이 풍악 소리와 웃음소리로 가득 찬 반면, 후원 별채에는 마치 다른 공간인 것처럼 이상한 긴장감이 흐르고 있었다. 별채뿐만 아니라 수십 칸에 달하는 광에서도 불온한 기운이 감돌았다. 별채와 광 안에는 김항주가 고용한 수십 명의 칼잡이들이 숨어 있었다. 별채의 칼잡이들은 탁자에 홀로 앉아 자작하며 연거푸 두세 잔을 들이키고 있는 일도를 바라보고 있었다. 일도는 이번 거사에 자신의 목숨이 달려 있다는 것을 알고 있었다. 성공하든 실패하든 임금을 시해한 반역자로 역사에 기록될 터였다. 어쩌다 여기까지 왔는지, 어디서부터 잘못된 것인지 알 수 없었다. 하지만 이 일은 서인과 남인의 합작이 아닌가. 성공한다면……, 김항주에게서 벗어날 수 있게 된다. 조용한 지방에서 적당히 일하고, 적당히 책임지고, 적당히 즐기며 새 삶을 살 수 있다. 일도는 마지막 잔을 탁자에 소리가 나도록 내려놓고 일어섰다. 갓과 도포를 입고 잔치의 하객처럼 꾸민 일도는 짧은 환도를 소매에 넣고, 품속의 쌍발 단총을 확인한 후 다시 넣었다. 그리고 별채를 나서기 전 칼잡이들을 돌아보며 말했다.

"총소리가 연거푸 두 방 울릴 것이다. 그 즉시 달려 나와 약조된 대로 움직인다. 거사가 시작되면 불문곡직, 금군들을 먼저 베는 것을 잊지 마라! 거사가 끝나면 너희들은 모두 공신으로 땅과 노비를 받을 것이다!"

복면한 김항주의 칼잡이들은 말없이 오른쪽 주먹을 왼쪽 가슴에 힘껏 대며 대답을 대신했다. 일도는 조용히 별채의 문을 열고 바깥의 기척을 살피고 나갔다.

부엌에서는 갖가지 음식들이 만들어지고 있었다. 한양의 거의 모든 잔치 숙수들이 불려온 것 같았다. 타락죽, 준치만두, 도미면, 생치만두, 우설찜, 전복초, 송이산적, 대합구이, 어시(상어 지느러미 요리)까지 있었다. 부엌 앞에서 기다리는 여종과 인근에서 차출된 어린 소녀들이 잔칫상으로 부지런히 나르고 있었다. 그 소녀들 중 마날이 있었다. 치마저고리를 입은 마날은 음식을 나르면서 부지런히 사위를 살폈다. 혹시 나타날지도 모를 엄 상궁을 찾는 것이었다.

행랑채의 부엌도 잔치 숙수들이 차지하고 있었다. 장작을 한 무더기 내려놓은 총각이 돌아섰다. 열무다. 열무 역시 부지런히 불을 지피며 사람들을 살피고 있었다. 눈에 고깔을 쓴 여인의 뒷모습이 들어왔다. 놀란 열무는 굳은 듯 그녀의 뒤통수를 노려봤다. 틀림없는 연회도 속의 엄 상궁이었다. 엄 상궁은 일을 하는 부녀자들에게 이것저것 지시하는 중이었다. 소매를 걷어붙인 엄 상궁은 방금 솥에서 꺼낸, 김이 무럭무럭 나는 수육을 자르기 시작했다. 열무는 그런 엄 상궁을 자신의 시야에 묶어 두었다.

잔치의 최고 상석인 김항주의 집 대청에 앉은 임금은 양념게장을 '오도독, 오도독' 씹고 있었다. 그는 지금 이 순간만은 모든 일을 잊고 양념게장에 집중하고 싶었다. 그러나 새로 나온 음식은 제일 먼저 임금에게 올려졌다. 그가 먹어야 다른 사람들도 먹을 수 있었다. 더 정확히는 옆에 앉은 기미 상궁이 먼저 맛을 보아야 임금도 먹을 수 있었다. 나오는 음식이 많아지자 기미 상궁의 기미 속도가 현저히 떨어졌다. 배가 터질 것 같아진 기미 상궁은 남몰래 명치를 쓸어내리며 나오는 트림을 교묘히 뱉고 있었다. 다른 일에는 관심을 두지 않고 오로지 먹는 일에만 몰두하고 있던 임금은 기미 속도가 떨어진 상궁에게 초조한 듯 말했다.

"그만 되었다. 할마마마의 잔칫날이다. 일일이 모든 음식을 기미할 필요는 없다."

"예. 상감…… 끄윽…… 마마."

기미 상궁의 얼굴이 새빨개졌다. 임금을 바라보고 있던 김항주의 눈이 관모 아래에서 빛났다. 그런 김항주를 긴장한 기색이 역력한 한덕원이 일별하고 외면하듯 고개를 돌렸다. 임금이 입안에 가득 찬 짭조름하고 탱글거리는 게살을 삼키고 김항주의 모친에게 말했다.

"과연 밥도둑입니다."

"다행, 다행이십니다. 전하."

임금이 술병을 들어 어주를 내리려 하자, 그녀가 얼른 다가왔다. 임금은 기분이 좋은 듯 술을 따르며 말했다.

"할마마마, 오늘의 주인공이십니다. 오래오래 사세요."

"성은이 망극하옵니다."

눈물까지 글썽이며 술을 받는 어머니를 바라보던 김항주와 임금의 시선이 마주쳤다.

김항주는 망극한 듯, 겸손을 떨며 고개를 조아렸다. 임금은 차가운 표정으로 시선을 이내 거둬버렸다. 김항주는 수치심에 얼굴이 달아올랐다. 하지만 이내 냉소를 머금었다. 한 치 앞 제 운명도 모르는 철부지 같은 임금, 오늘이 이승의 마지막 날이 될 것이었다. 아무것도 모르고 식탐을 부리는 임금을 바라보니 조금 측은한 생각도 들었다. 임금이라. 참으로 가벼운 자리이고 부질없는 자리다. 만인지상이라지만, 실제로 혼자서는 아무것도 할 수 없는 자리, 구중궁궐에 갇혀 평생 눈과 귀가 막힌 채, 무한의 책무만을 진 채, 대신들의 눈치를 봐야 하는 자리, 그것이 임금의 자리다. 그것이 임금의 삶이고, 그것에 순응하는 것이 조선 임금의 처신이다. 그것을 거부하려는 임금은 죽어야 한다. 김항주는 마음속으로 소리쳤다. '어리석은 놈. 오늘 네가 먹는 것이 이번 생에 먹는 마지막 음식이다.'

그때 김항주의 눈에 대청 바로 밑에 있는 잔칫상에 섞여 있는 일도가 들어왔다. 김항주가 일도에게 신호를 보내듯 수염을 쓰다듬자, 4인용 교자상에 앉은 일도는 잔을 들어 마시며 고개를 까딱했다. 그곳에는 갓에 도포를 입고 양반 행색을 하고 있는 일도의 부하들이 앉아 있었다. 그들의 도포 속에는 환도가 숨겨져 있을 것이다. 그들을 짧은 시선으로 확인한 김항주는 상석을 향해 몸을 돌리고 고개를 숙였다.

"전하. 이렇게 사가의 잔치임에도 불구하고 어보를 옮겨주신 은혜, 대대손손 가문의 영광으로 남기겠습니다."

"……"

임금이 별 대답이 없자, 좌중에는 갑자기 침묵이 흘렀다. 어색해진 분위기를 감지한 임금은 김항주 쪽을 바라보며 내키지 않는 대답을 했다.

"외할머니의 칠순 잔치요. 이 또한 효를 행하는 것이지 않겠소."

"성은이 망극하옵니다!"

상석에 다시 생기가 돌았다. 김항주는 이때라고 생각했다.

"전하. 전하를 모시게 되어 참으로 영광이 아닐 수 없사옵니다. 오늘 하루만 용서해 주신다면, 전하께서도 한 번은 맛보고 싶어 하시던 그 우심적을 굽고자 하옵니다만……."

"그런 건 잘도 기억하는구려."

"농번기임을 감안하여 우심은 한 개만 준비하였나이다. 부디 하해와 같은 용서를 바라옵니다."

"드디어 과인도 할마마마 덕에 우심적을 맛보게 됩니다."

임금은 김항주의 후안무치에 역겨움을 느꼈다. 하지만 애써 김항주의 모친을 바라보며 말했다. 많은 사람을 죽게 한 그 음식을, 이렇게 많은 사람 앞에서 대놓고 임금에게 대접하겠다는 김항주의 의도가 무엇인지 알 수는 없어도, 불쾌함은 거둘 수가 없었다. 김항주가 대청 아래를 향해 근엄하게 외쳤다.

"우심적을 올려라."

대청 아래에 앉아 있던 사람들이 기대간에 들떠 술렁거렸다. 하인들이 청동으로 만들어진 화로를 날라 왔다. 불이 붙은 백탄을 조심스럽게 들고 오는 사내들 틈에 열무가 섞여 있었다. 석쇠가 화로 위에 차례대로 놓였다.

　행랑채 부엌에서 항아리를 든 여종이 나왔다. 그 항아리 안에는 양념에 재워 둔 소의 염통이 들어 있을 것이다. 제일 뒤로 고깔을 쓴 엄 상궁이 여종의 뒤를 따라 나왔다. 엄 상궁은 여종들을 지휘하며 부엌에서 나와 대청으로 향하는 중이었다.

　대청 위의 충선은 대청 아래 4인 교자상에 앉은 일도와 그 부하들이 마음에 걸렸다. 좌우로 수염이 허연 대신들이 앉은 것에 비해 그 자리에 앉은 자들은 너무 젊었기 때문이다. 볕에 그을린 얼굴색이며 어색한 갓과 도포 차림, 무엇보다 그들의 눈빛이 예사롭지 않았다. 하지만 일개 내관인 충선이 한창 잔치가 진행되는 지금, 임금의 앞을 지나 대청 아래로 내려갈 수는 없는 일이었다. 게다가 교자상에 앉아 있는 것은 좌의정 김항주의 양아들. 그와 함께 있는 자들의 품속을 보자고 할 명분도 없었다. 충선은 뒤로 돌려 찬 환도의 위치를 자신도 모르게 몇 번이고 손으로 더듬어 확인했다.

　안채의 대각선에 위치한 사랑채 기와지붕 위에 앉은 화공의 손이 부지런히 움직이고 있었다. 잔치를 묘사하는 중이었다. 오래 쌓인 주독이 만든 것이 분명한 빨간 딸기코를 연신 킁킁거리면서, 능숙한 붓놀림을 이어가고 있는 화공의 옆에 낯선 사람의 발이 나타났다. 인기척을 느낀 화공이 돌아봤다. 철도였다. 언제부터 있었는지 중인용 갓을 쓰고, 양손에 토시를 차고, 한쪽 겨

드랑이에는 지필묵을, 다른 쪽 겨드랑에는 돗자리를 낀 화공의
모습이었다. 화공은 두 눈을 끔벅끔벅하며 까칠하게 말했다.

"어디서 온 화백이요? 이쪽 각은 내 담당인데?"

철도가 허리를 굽히며 공손히 말했다.

"나으리, 저는 그저 그림으로 입에 풀칠이나 하는 게 소원인
풋내기입니다. 화공 어르신의 존명이 워낙에 높으신지라, 그저
일필 가르침을 받고자 이렇게 무례를 범했습니다."

화공이 철도를 아래위로 훑고 나서 말했다.

"내 이름을 들었다?"

"그러하옵니다."

화공은 기분이 좋아졌는지 자기 옆자리를 손바닥으로 두드리
며 앉으라는 시늉을 했다. 철도가 엉덩이를 내려놓자 화공은 옆
에 놓인 대바구니 안에서 호박전 하나를 집어 철도에게 건넸다.
호박전을 입에 넣고 우물거리는 철도에게 화공이 말했다.

"그림은 손으로 그리는 것이 아닐세. 엉덩이로 그리는 것이지.
재주로만 되는 것도 아닐세. 그림에 대한 흥과 뜻 그리고 그 이
전에 사람에 대한 애정과 우리를 둘러싼 우주……."

화공이 자신의 예술관을 펼치는 동안 고깔을 쓰고 지나가는
엄 상궁이 보였다.

"배가 고파 풀뿌리를 캐 먹고, 삼천리 하늘을 지붕 삼으며,
풀밭을 이불 삼는 한이 있어도 예술을 향한 집념을 놓지 않아
야…… 응?"

옆구리가 허전해 돌아본 화공은 이미 철도가 그 자리에 없다
는 것을 알았다. 화공은 불쾌하다는 듯 중얼거렸다.

"엉덩이 가볍기기 세털이로구니. 싹수가 글렀다. 이놈아. 마침 제자를 들일 참이었구만…… 쯧쯧쯧."

철도는 어느새 지붕에서 내려와 마당에 서 있었다. 화공임을 강조하기 위해 돗자리와 지필묵을 들고 두 눈은 엄 상궁을 바라보며, 오고가는 하인들을 피해 대청 쪽으로 다가가는 중이었다. 저만큼 앞에 대청 아래에 도착해 있는 엄 상궁이 철도의 시야에 들어왔다.

엄 상궁이 도착하자 금군 하나가 다가갔다. 금군은 엄 상궁의 고깔을 들춰 들여다보았다. 금군의 날카로운 시선은 이내 엄 상궁을 떠나 여종들을 향했다. 금군은 여종들이 들고 있는 항아리 안은 물론, 채반에 담긴 소채를 뒤적여 이상이 없음을 확인하고 원래의 자리로 돌아갔다.

철도는 대청에서 가까운 담벼락 쪽 적당한 곳에 돗자리를 펴기 시작했다. 철도를 보자 금군들이 다가왔다. 철도가 지필묵을 내려놓고 품에서 애체(안경)를 꺼내 쓰자 금군들은 의심 없이 자리를 비켜줬다. 돗자리를 펴고 앉은 철도는 지필묵을 펼치며 주위를 빠르게 살폈다. 교자상에 앉아 오가는 사람들을 살피고 있던 일도는 대청에서 가까운 담벼락 아래 자리한 화공을 바라보았지만, 그가 철도라는 것은 몰랐다. 흔하지 않은 애체와 내려쓴 갓 때문이었으리라. 엄 상궁 일행이 대청 아래에 마련된 화로 옆에 우심이 든 항아리를 내려놓고 화로 속에 타고 있는 숯불을 점검하기 시작했다. 이내 엄 상궁은 저며서 간을 해놓은 우심 조각을 긴 젓가락으로 항아리 속에서 꺼내 납작한 사발에 펼쳐 놓기 시작했다. 젓가락질을 하는 손은…… 왼손이었다.

불과 이십여 보 떨어진 곳에서 그 상황을 포착한 철도는 나무 망치에 얻어맞은 듯 굳어버렸다. 엄 상궁의 일거수일투족을 관찰하고 있던 철도에게 얼마 전 기억이 떠올랐던 것이다. 초고추장을 만들 때 왼손을 사용하던 윤홍을, 사발 안에서 헤엄치던 빙어를 왼손 젓가락질로 잡던 윤홍을! 철도는 애체를 벗고 고깔로 얼굴을 가린 엄 상궁을 노려보았다.

행랑채 부엌에서 어린 여종이 기름장이 담긴 종지들만 가득 올라간 소반을 들고 나오고 있었다. 여종은 긴 마당을 가로질러 점점 다가오며 얼굴을 뚜렷하게 드러나기 시작했다. 향이다. 일도는 자신의 옆으로 막 지나가는 어린 여종을 옆눈으로 바라보았다. 일도는 지난밤에 한 일을 상기했다. 기름장을 미리 만들어놓았던 것이다. 지금 저 계집아이가 들고 가는 모든 기름장에는 독약이 들어 있다. 어렵게 구한 극약이었다. 쌀 한 톨 만한 크기로 멧돼지가 죽었다. 장정 네 명이 겨우 들어올린 거대한 멧돼지였다. 우심적은 틀림없이 임금의 앞에 가장 먼저 놓일 것이다. 뿐만 아니라 우심적을 가장 먼저 먹는 것도 임금일 것이다. 임금이 우심적을 기름장에 찍어 입에 넣는 순간, 모든 것은 끝이 날 것이다. 독이 든 것을 알아차리는 순간, 비명을 지르기도 전 임금이 구혈에서 피를 뿜고 죽는 것이 눈앞에 그려졌다. 대청 아래서 우심적을 굽고 있는 엄 상궁에게 향이가 다가가 기름장을 내려놓았다. 엄 상궁은 소반에 놓인 기름장들을 점검하려는 듯 가만히 내려다보다 얼굴을 가까이 가져갔다. 그리고 갑자기 미동도 없이 그대로 멈춰 있었다. 여전히 고깔에 가린 얼굴은 보이지 않았지만 동요를 읽을 수 있었다. 향이가 그런 엄 상궁을 향해 수화로 뭔가를 말하듯 복잡한 손 모양을 빠르게 바꾸고 있었다. 향이의 얼굴에도 당황한 기색이 역력했다.

철도는 멀리서 신경을 곤두세우고 향이와 엄 상궁의 모습을 바라보고 있었다. 교자상에 앉은 일도 역시 두 눈을 부릅뜨고 향이를 바라고 있었다. 오랫동안 기름장들을 내려다보던 엄 상궁이 향이를 바라보며 무겁게 고개를 끄덕였다. 향이도 어두운 얼굴로 고개를 끄덕이고 소반을 들고 대청으로 향하는 계단을 오르기 시작했다. 일도의 시뻘겋게 충혈된 눈이 대청에 오르는 향이의 뒷모습을 지켜보았다. 대청에 오른 향이는 제일 먼저 임금이 앉은 주빈석을 향했다. 김항주는 자신의 앞을 지나가는 향이의 얼굴을 굳은 표정으로 바라보며 생각했다. '저 아이가 왕에게는 사신이로구나.' 향이가 임금을 향해 고개를 숙이자 임금이 고개를 들어 향이를 바라보았다. 그 얼굴에는 미소가 머금어져 있었다. 향이는 작은 손으로 기름장을 임금의 앞에 내려놓았다. 이어서 잔치객들의 독상에도 기름장이 한 개씩 놓이기 시작했다.

엄 상궁은 먹기 좋은 크기로 잘린 소 염통 고기를 석쇠에 올리기 시작했다. 달궈진 석쇠에 고기가 맛좋은 소리와 달콤 짭조름한 양념의 탄내를 풍기며 알맞게 익어가고 있었다. 그 사이 향이는 대청에서 빈 소반을 들고 내려와 엄 상궁 옆에 섰다. 엄 상궁은 막 구워서 따끈따끈한 우심적을 반짝반짝 빛나는 유기에 옮겨 담기 시작했다. 임금에게 바쳐지는 것이리라. 엄 상궁은 첫 번째 우심적을 목쟁반에 받쳐 향이에게 넘겼다. 향이는 우심적을 들고 대청 위로 다시 올라갔고, 우심적은 임금의 앞에 놓였다. 임금은 굳은 얼굴로 눈앞의 우심적을 내려다보았다. 고소한 냄새가 났고 임금은 저도 모르게 입 안에 고이는 침을 최대한 조용히 목구멍 안으로 넘겼다.

"전하, 어서 맛을 보소서."

빠진 앞니를 드러내며 김항주의 모친이 말했다. 임금은 젓가락을 들어 우심적 한 조각을 집어 기름장에 찍었다. 한덕원이 그 모습을 바라보다 차마 계속 지켜볼 배짱이 없었는지 고개를 돌렸다. 김항주만은 임금을 똑바로 쳐다보고 있었다. 철도는 더 이상은 지체할 수 없다고 판단했다. 자리에서 일어나 성큼성큼 대청을 향했다. 금군 두 명이 화들짝 놀라 철도를 제지했다.

"멈춰라! 무얼 하려는 게냐!"

"성상께서 위험하오! 저 여인, 저 여인을 잡으시오!"

그 순간, 대청 아래의 엄 상궁이 벌떡 일어나 대청으로 향하는 돌계단을 뛰어올랐다. 뜻밖의 상황에 금군들조차 넋을 놓고 있는데, 철도가 소리쳤다.

"전하! 그 고기를 드시지 마시옵소서!"

놀란 임금은 벌린 입 앞에서 젓가락을 세웠다. 엄 상궁은 대청 양쪽 끝에 서 있던 금군들이 달려오기도 전에 이미 대청 위로 올라섰다. 임금의 뒤에 있던 충선은 어느새 환도를 뽑아 들고 임금의 앞을 가로막고 서서 칼을 높이 쳐들고 있었다. 김항주는 달려오는 엄 상궁을 바라보고 있는데……, 엄 상궁이 품속에서 칼을 꺼내는 것이 보였다. 그런데 엄 상궁이 그를 향해 달려오는 것이 아닌가!

"어? 어? 어!"

놀란 김항주는 급히 일어나느라 앞에 놓인 소반을 걷어찼다.

엄 성궁은 아랑곳하지 않고 그대로 김향주를 덮쳤다. 동시에 충선의 칼 역시 허공을 갈랐다. 순식간의 일이었다.

"억!"

"으……!"

마당에 있던 일도가 벌떡 일어나며 품속에서 단총을 꺼내 허공을 향해 발사했다.

'탕! 탕!'

두 번의 총소리가 나자 별채와 몇 군데의 광에서 검은 복면을 한 칼잡이들이 쏟아져 나오며 다짜고짜 금군들을 베기 시작했다. 잔칫집은 순식간에 사람들의 비명 소리로 가득찼다. 도망치려는 사람들이 이리 뛰고 저리 밟히며 아수라장이 따로 없었다. 집 안은 순식간에 피가 튀고 살이 베이는 아비규환의 지옥으로 변모하고 있었다. 담장 밖에서 경계를 서던 금군들은 담장 안에서 들려오는 총소리와 칼 부딪히는 소리에 놀라 우왕좌왕 하기 시작했다. 그때였다. '탕!' 하는 세 번째 총소리와 함께 담장 밖의 금군들을 향해 화살과 총탄이 비 오듯 쏟아졌다. '와아!' 하는 함성소리와 함께 한 떼의 무장한 장정들이 금군들을 향해 달려들었다. 장정들은 짐승의 가죽으로 만든 갖옷을 입고 있었다. 아니나 다를까. 그들의 앞에서 지휘하는 자는 한덕원의 수하 허각현이었다. 허각현이 외쳤다.

"금군들을 제거하고 집 안으로 밀고 들어가라!"

꿈에도 생각지 못했던 기습을 받은 금군들은 날아드는 화살과 총탄에 이미 절반 이상이 쓰러졌다. 나머지 군사들도 둘씩, 셋씩 달려드는 상대들을 당해낼 수 없었다. 담장 밖의 금군들은 순식간에 제압되었다.

　대청 위의 김항주는 자신의 가슴에 박힌 단검을 보고도 상황이 믿기지 않는 얼굴이었다. 엄 상궁이 그대로 주저앉았다. 고깔이 두 조각으로 갈라져 떨어지고 그녀의 얼굴이 드러났다. 얼굴에 분가루를 바른 윤홍이었다. 윤홍의 얼굴에는 칼자국이 세로로 길게 나 있었다. 칼자국을 따라 피가 솟아나기 시작했다. 그럼에도 불구하고 아직도 단검의 손잡이를 잡고 있는 윤홍은 한 치라도 더 깊이 칼을 밀어넣으려는 듯 마지막 힘을 다했다. 버둥거리던 김항주는 옆으로 쓰러졌다. 눈을 뜬 채 절명한 김항주를 보고 좌우에 앉았던 그의 피붙이들은 하얗게 질린 얼굴로 비명을 질러댔다. 충선과 임금은 윤홍의 얼굴을 보고 얼어붙은 듯 굳어버렸다.

　집 안 곳곳에서 쏟아져 나온 복면들은 출입문과 담장 안쪽 경비를 담당하던 금군들을 모두 죽였다. 안채에 있던 금군들은 필사적으로 임금을 지키기 위해 대청으로 몰려들었다. 남은 금군들이 대청 앞을 가로막은 탓에 일도와 복면들은 대청 위의 상황을 미처 보지 못한 듯했다. 엄 상궁을 잡으라고 소리치던 철도는 달려드는 복면을 맨손으로 쓰러트리고 그자의 칼을 빼앗아 금군들의 편에 서서 싸우고 있었다. 그러나 철도 역시 금군들과 함께 점점 대청 앞으로 밀려가기 시작했다. 일도가 철도를 발견하고 마치 제 스스로 다짐하듯 외쳤다.

　"한 놈도 살려 보내지 말라!"

　검은 복면들이 달려들어 조금 전까지 마당에 앉아 잔치를 즐기던 사복 차림의 대신들을 도륙하기 시작했다. 그들의 도끼는 대신들뿐만 아니라 음식을 만들고 잡일을 하던 무방비의 상민과 하인들도 찍어 넘겼다. 비명과 피, 죽이는 자와 죽는 자가 모두 시뻘건 선혈을 뒤집어쓰고 순식간에 대청마루 앞마당은 지옥도의 한 장면이 되어버렸다. 더 이상 쓰러뜨릴 사람이 없자 도끼를 든 복면들은 대청 앞으로 달려가기 시작했다. 충선은 이 불리한 상황에서 벗어나기엔 늦었다고 판단하고 절망했다. 대청은 앞뒤, 좌우가 막혔으니 임금은 지금 독 안에든 쥐가 된 것이다. 그때였다. '쉬익' '쉬익' 화살이 허공을 가르는 소리가 들려왔다. 도끼를 든 복면들이 쓰러졌다. 안채를 기준으로 왼쪽과 오른쪽 지붕 위에서 화살이 날아오고 있었다. 철도가 고개를 들어 돌아보니, 열무와 마날이 지붕 위에서 활을 쏘아 대고 있었다. 당황한 일도가 외쳤다.

"저 두 놈을 쏘아라!"

복면들은 즉시 두 갈래로 흩어져 열무와 마날 쪽을 향해 활과 총을 응사했지만, 다람쥐처럼 지붕을 타고 달리는 열무와 마날을 맞추기란 쉽지 않았다. 도망을 다니면서도 속사로 쏘아대는 열무와 마날의 화살은 결코 허투루 날아가는 법이 없었다. 목이며, 가슴에 정확히 날아와 꽂히는 화살에 제 동료들이 쓰러져 나가자 복면들은 몸을 낮추고 어쩔 줄을 몰라 했다.

"열무! 마날!"

철도는 스스로 상황을 판단하여 난리 통에 제몫을 다해주는 두 동생의 이름을 불러보았다.

"너희들이 살렸다!"

열무와 마날의 화살이 뒤통수에서 날아들자 복면들은 대청을

등지고 화살을 피하기 바빴다. 복면들이 오히려 얼마 남지 않은 금군들과 임금을 보호하는 방패가 된 형국이었다. 철도는 이때를 놓치지 않고 가까운 놈부터 해치우기 시작했다. 충선은 지금이 마지막 기회라고 판단했다. 기미 상궁, 내관들로 하여금 왕을 둘러싸게 한 후, 김항주의 식솔들과 잔치객들을 뚫고 대청 아래로 뛰어내렸다. 철도의 옆에 선 충선이 달려드는 복면들을 베기 시작했다. 철도가 달려오는 복면 한 명을 베어 넘기자 그 뒤에 일도가 서 있었다. 일도는 '악!' 하는 기합 소리와 함께 철도에게 달려들었다. 철도와 일도의 칼이 부딪혀 불꽃을 일으켰다. 두 사람은 엉켜 뒤집힌 잔칫상과 시체로 난장판이 된 앞마당을 휩쓸며 격전을 계속했다. 복면들은 일도를 도와 철도에게 달려들고자 했지만 그때마다 어김없이 화살이 날아왔다.

충선은 '쉭쉭' 바람을 가르는 소리를 내며 무섭게 환도를 휘둘렀다. 가을 낙엽 쓸려 가듯 복면들이 쓸려 나갔고 담벼락 쪽으로 물러난 그들은 마날이 쏜 화살에 쓰러졌다. 반대편 담벼락 쪽으로 도망친 자들은 열무가 쏜 화살에 죽어갔다. 충선은 바닥에 떨어진 활과 화살을 주웠다. 그리고 목에 차고 있던 목걸이를 더듬어 꺼냈다. 가죽 끈에 매인 것은 구멍이 뚫린 화살촉, 즉 명적(혹은 효시, 소리가 나도록 만들어진 화살촉)이다. 충선은 주운 화살의 촉을 발로 밟아 빼낸 다음, 명적을 대신 끼웠다. 충선이 그 화살을 시위에 걸어 허공을 향해 쏘아 올렸다. '피유우우웅!' 날카롭고도 독특한 명적 소리가 김항주의 지붕을 넘어 허공으로 울려 퍼졌다.

김항주의 집 근처 야산에 매복하고 있던 금군들은 그 명적 소리를 듣고 있었다. 이윽고 우레와 같은 함성 소리를 내며 금군들이 김항주의 집을 향해 산을 내달리기 시작했다. 김항주의 집 외각을 지키고 있던 허각현과 그의 부하들이 저만큼 앞에서 붉은 깃발과 붉은 철릭을 휘날리며 달려오는 금군들을 보자 우왕좌왕하기 시작했다. 인근의 산에 금군을 매복시켜 둔 것은 만약을 대비한 임금과 충선의 계책이었다. 붉은 깃발을 들고 수백 명의 금군들이 달려오는 것을 보자 허각현은 빠르게 판단했다. 다행히 금군들은 외길로 달려오는 중이었다.

"담을 오른쪽으로 돌아 비어 있을 산길을 타고 남쪽으로 내려가라! 조용해질 때까지 산채에 머물며 명을 기다리도록 하라!"

허각현의 명령에 갖옷을 입은 자들이 썰물 빠지듯 사라졌다. 허각현은 갑주를 벗고 담장을 뛰어넘어 김항주의 집으로 들어갔다. 집으로 뛰어든 허각현은 다짜고짜 일도의 부하들을 베기 시작했다. 고래고래 소리를 지르는 것도 잊지 않았다.

"전하! 의금부 경력 허각현이 왔습니다! 역적들은 내 칼을 받아라! 의금부 경력 허각현이다!"

한편, 철도와 일도는 여전히 필사적인 일진일퇴를 주고받는 중이었다. 오십여 합이 지나도록 승부가 나지 않았다. 하지만 호흡이 더 거친 쪽은 확실히 일도였다. 철도는 일도의 틈을 보았다. 그 찰나의 순간을 놓치지 않은 철도의 칼날이 일도의 옆구리를 지나갔다.

"윽!"

일도의 옆구리에서 피가 배어 나오기 시작했다. 금군들이 김항주의 집 안으로 들이닥쳤다. 피투성이가 된 일도는 철도에게 거센 공격을 퍼붓고 틈을 타 담장을 넘었다. 철도도 따라 넘었다. 장독대가 있는 곳에서 또 다시 철도와 일도가 마주섰다.

"멈춰라."

"……!"

그들은 칼을 겨눈 채 서로를 빙빙 돌며 허점을 노렸다. 일도가 선공을 했지만 철도가 비켜 나갔고, 몇 번의 날카로운 쇳소리를 내며 칼과 칼이 부딪쳤다. 일도는 물러서다 유리한 지형을 차지하고자 장독대 위로 올라섰다. 철도 또한 장독대로 올라섰다. 두 사람이 치고 피하는 중에 장독대가 깨지고 간장이 쏟아졌으며, 식초가 터져 나갔다. 철도는 그 와중에도 그것들이 아깝다는 생각이 들었다. 철도가 태양을 등지기 위해 움직였다. 일도가 숨을 헐떡이며 이죽거렸다.

"천한 놈. 네놈을 진즉에 죽였어야 했는데……."

"천하다? 누가? 네놈이 남의 귀천을 말할 자격이 있다고 생각하나? 그 귀천을 누가 정했느냐? 쌀밥을 먹어도 네놈처럼 살면 천한 똥이 되고, 조밥을 먹어도 바르게 살면 귀한 거름을 만드는 법이다."

드디어 태양이 철도의 뒤통수에 와 있었다. 철도가 몸을 낮추자, 태양 빛이 일도의 눈을 찔렀다. 일도가 한쪽 팔로 눈을 가리며 몸을 비트는 순간, 철도의 칼이 곧게 찔렸다. 철도와 일도의 그림자가 하나로 엉켜 보였다. 철도의 칼에 명치를 관통당한 일도는 스르르 허물어져 내렸다. 철도는 칼을 뽑아 내던지고 일도의 얼굴을 내려다보았다. 일도의 입이 뭔가를 말하려고 했지만 이내 숨이 떨어졌다. 철도는 애잔한 얼굴로 일도의 눈을 쓸어내려 감겨주었다. 모든 것이 끝난 듯 철도는 짧은 탈진을 경험했다. 장독대 앞의 이복형제는 잠시 그렇게나마 처음으로 나란히 누워 있었다.

김항주의 집 상황은 금군들에 의해 완벽히 정리되었다. 시신들은 신분에 따라 구별되어 양쪽 담장에 나란히 놓였다. 금군별장이 복면을 벗겨 역도들의 얼굴을 확인했다. 대청 위에는 얼이 나간 채 앉아 있는 임금과 그 옆을 지키는 충선이 있었다. 충선의 얼굴에는 피가 말라붙어 있고 청동 가면은 칼에 맞은 것인지 깊게 칼자국이 나 있었다. 부릅뜬 충선의 두 눈만이 허옇게 보여 무시무시한 형용이다. 임금은 마날과 열무에게 안겨 있는 윤홍을 안타까운 얼굴로 보다가 마당에 준비된 연(輦)을 향해 걸어갔다. 그때 옆문을 통해 철도가 후원 쪽에서 들어왔다. 임금이 철도를 돌아보았다. 철도는 급히 허리를 숙였고 임금은 가만히 철도를 바라보다 연으로 들어갔다. 철도가 윤홍에게 달려갔다. 아직 숨이 붙어 있던 윤홍이 힘겹게 눈을 뜨더니 철도를 바라보며 눈물을 흘렸다.

"미, 미안하이. 자네를 끌어들여……."

윤홍의 눈앞에 지난 일들이 주마등처럼 지나가기 시작했다. 경대 앞에서 얼굴에 분칠하며 엄 상궁으로 변장하던 일, 독성이 있는 암염을 깨트려 절구에 갈고, 먹은 후 이삼 일이 지나면 사망하도록 정교하게 무게를 달아 기름장에 섞었던 일, 향이를 시켜 봉령군의 잔칫상에 기름장을 놓도록 한 일, 그리고 관복을 입고 동빙고를 지키는 자들을 방문했던 일……. 그 일만은 윤홍도 이해할 수 없었다. 동빙고를 지키는 수복들에게 윤홍이 물었었다.

"어전난로회에 쓸 우심은 무사히 도착했는가?"

"예. 대감마님. 빙고 안에 잘 두었습니다."

"개수가 맞나 확인하겠네."

"예. 대감마님."

윤홍은 동빙고 안에 들어가 봉인된 우심적 항아리를 뜯어보았다. 그 안에는 우심이 아닌 봉령군의 수급이 들어 있었다. 주저앉은 윤홍은 가까스로 생각을 가다듬었다. '누가, 왜…… 이런 짓을?' 누군가가 자신의 거사를 역으로 이용하려 한다는 것을 깨달았다. 윤홍은 이 땅의 기득권자들의 사악함과 순발력에 치가 떨렸다. 한 줌도 안 되는 자들, 혼자서 감당할 수 있을 것이라 생각했던 것은 오판이었다. '농자천하지대본'을 내세우는 농자의 나라 조선에서 무분별한 소의 도살은 백성의 기아와 가난의 근본적 병폐였다. 그중에서도 우심적은 사대부의 가장 부도덕한 모순을 드러내는 상징적 음식이었기에, 잔칫집을 돌며 우심적을 먹는 몇 명만 독살해 경종을 울리면 사태가 해결될 것으로 믿었던 자신이 순진했고 우매했다.

결자해지. 이 일을 시작한 것은 윤홍 자신이었다. 이제 그 끝을 봐야 할 때가 다가오고 있음을 깨달았다. 엄 상궁이라는 인물로 범행을 해 왔지만 언젠가는 꼬리가 밟힐 것이 분명했다. 봉령군의 시체를 토막내 윤홍의 계획을 대역죄로 만들고 정치적으로 이용하려는 자, 그자를 찍어내야 했다. 그가 누군지 모르지만 분명한 것은 그는 윤홍이 저질러 온 살인의 목적을 알고 있다. 그 역시 당연히 죽어 마땅한 부류에 포함된 인간이란 것도 분명했다. 그를 찾아 처단하는 것, 그것이 결자해지의 마지막 단계이리라. '놈을 끌어내리려면 놈이 만들어 놓은 덫에 걸려야 한다.' 빙고 안에서 생각을 정리한 윤홍은 천천히 일어섰다. 밖으로 나온 윤홍은 밤새 빙고를 지키는 이들에게 술과 고기를 챙겨주며 아침까지 동빙고를 잘 지키도록 당부했다.

"노고들이 많네. 밤을 새야 할 것이야. 든든히들 드시게."

"소인들을 이렇게 챙겨 주시다니 감개무량이옵니다."

수복들은 감격하며 윤홍에게 연신 절을 했다. 그러나 그 술에는 급격한 졸음을 부르는 약이 섞여 있었다. 그들은 무슨 일이 있어도 숙직을 하다 졸았다는 말은 못 할 것이라는 확신이 있었다. 윤홍은 수복들이 먹던 종지를 들고 다시 빙고로 들어갔다. 그 종지에는 처음부터 준비해 둔 된장이 담겨 있었다. 어떤 한 사람을 끌어들이기 위한 중요한 수단이었다. 윤홍은 그 된장을 항아리 주둥이에 발랐다.

"대감마님……. 왜 그러셨습니까?"

김항주의 집 대청 위에서 철도는 윤홍의 머리를 자신의 무릎에 올리고 있었다.

"이제 다…… 끝났네."

윤홍의 눈가에서 흘러내린 눈물이 하얀 화장분을 적셨다. '쿨럭' 윤홍은 입으로 피를 토해 냈고 받은 숨을 몰아쉬고 있었다.

"다음 생이 있다면……, 자네의 개가 되겠네. 그, 그리고…… 우리 집사람을…… 부탁하네. 저, 전하를…… 전하를 보필하시게."

철도는 윤홍을 안고 오열했다.

"대감마님! 안 됩니다. 그냥 가시면 안 됩니다! 그 된장……, 소인 어미의 된장은 어떻게 된 것입니까?"

"그 된…… 장…… 은……"

철도의 무릎을 지금까지 느끼지 못했던 무게감이 짓눌렀다. 윤홍의 몸이 축 늘어진 탓인지, 아니면 마지막 말들 때문인지 알 수 없었다.

"대감마님!"

철도의 허망한 외침이 허공으로 울려퍼졌다.

철도와 동생들은 윤홍의 집으로 갔다. 깊은 적막이 흐르는 윤홍의 집 마당에 선 철도는 굳게 닫혀 있는 안방 문을 한참 바라보다 빈 댓돌 위에 올라섰다. 잠시나마 엄 상궁이 윤홍의 부인일지도 모른다는 생각을 했다. 부인은 윤 대감의 죽음을, 아니 지금까지 윤 대감이 해 온 일을 알고 있을까? 어디서부터, 어떻게 이야기를 해야 할지 난감했다. 열무와 마낟은 철도의 마음을 읽고 조용히 그를 지켜만 보고 있었다. 철도는 헛기침을 몇 번 하고 부인을 불렀다.

"마님. 소인 사옹원 숙수, 강가 철도라고 하옵니다. 고할 말씀이……, 고할 말씀이 있어서 이렇게 찾아뵈었습니다."

대답이 없었다. 기침 소리 한 번도, 인기척도 없다. 철도는 조심스럽게 방문을 열었다. 철도의 뒤에 선 두 동생은 강철 육모방망이를 쥔 손에 힘을 주었다. 한 뼘쯤 열린 방문 사이로 매캐한 곰팡이 냄새가 흘러나왔다. 철도가 미투리를 벗고 안방으로 들이시지 부인 최 씨는 머리끝까지 이불을 올린 채 누워있었다.

"마님……."

다시 한번 불러보았지만 최 씨는 돌아보지도 않았다. 옆에 놓인 작은 소반을 보았다. 소반 위에 놓인 잉어찜이 그대로 말라붙어 있었다. 얼마 전 그가 구해다 준 잉어가 아니었던가. 아무도 손을 댄 적이 없는 듯, 가지런히 놓여있는 놋수저가 유난히 애처롭게 느껴졌다. 철도의 머릿속에 불길한 생각이 스쳤다. 이불을 천천히 걷던 철도는 아무 말도 할 수 없었다. 그곳에는 이미 오래전 죽어서 백골화한 인골이 누워있었다.

철도는 열무와 마날의 도움을 받아 윤홍과 최 씨 부인을 살던 집이 내려다보이는 양지 바른 언덕에 합장했다. 그는 아직 마르지 않은 봉분의 흙 위에 술을 뿌리며 혼잣말을 했다.

"대감마님. 먹다 만 빙어회는 얼마간 뒤로 미뤄야겠습니다."

윤홍의 집은 태워버리기로 했다. 아까운 양식 부엌의 구조는 철도의 머릿속에 각인되었다. 철도가 동생들과 함께 횃불을 만들어 집 곳곳에 불을 붙이는 도중에 마날이 놀라 외쳤다.

"야, 야! 니 누고?"

철도가 놀라 돌아보니 얼굴이 하얀, 마치 이승의 사람이 아닌 듯한 향이가 광문 앞에 나와 서 있었다.

"향이?"

철도는 향이를 안고 불타는 윤홍의 집이 재가 될 때까지 자리를 지켰다. 대궐에서 호출이 온 것은 열흘이 지난 후였다. 이번에는 처음부터 끝까지 눈을 가리는 일이 없었다. 그래서 철도는 대궐의 곳곳을 살피며 임금의 거처로 향할 수 있었다. 내시가 철도의 도착을 고했다.

"전하, 사옹원 팽부, 귀설 들었사옵니다."

"들라 하라."

철도는 임금 앞에 네 번 절하고 무릎을 꿇고 앉았다. 그의 옆에는 어김없이 충선이 있었는데 그가 쓰고 있는 반쪽 가면이 바뀌어 있었다. 가면은 은을 바탕으로 용이 승천하는 그림이 실금으로 상감되어 있었다. 조선 유일의 독보적인 가면을 쓴 충선과 눈이 마주쳤다. 순간 충선의 눈이 싱긋 웃는 듯했지만 철도는 자신의 착각일 것이라고 생각했다. 가만히 철도를 바라보던 임금이 말했다.

"내, 네게 한 약속을 지키려 한다. 청을 말하라."

"성은이 망극하옵니다. 소인의 아비, 전 훈련원 대장 강자성의 복권을 청하옵니다."

철도는 한 글자도 틀리지 않고 말했다는 것에 안도했다. 마음속으로 수천, 수만 번은 되풀이해 보았던 말이 아니었던가. 임금이 고개를 끄덕였다.

"그 일은 이미 들었다. 십 년 전 서인들의 모함으로 억울한 일을 당한 이들은 이번 환국으로 전부 복권됐다. 이제 너도 귀설이 아닌 강가 철도로 살도록 하라."

"전하. 아비가 주신 이름, 전하께서 허하신 이름, 강가 철도로 죽을 때까지 살겠나이다."

"그래. 아, 그리고 네게 줄 것이 있다."

내시가 목쟁반에 가져온 물건을 철도 앞에 내려놓았다. 오마패와 유척, 봉서, 사목이다. 암행어사의 물품들이다. 놀란 철도가 고개를 들었다.

　"아, 아니 이것은?"

　"가짜일까봐 그러느냐?"

　"아, 아니옵니다."

　"너의 그 유능한 세치 혀로 좀 더 수고를 해 줬으면 좋겠구나. 나를 위해 세상으로 나가보겠느냐?"

　"……?"

　"민이식위천(民以食爲天), 백성들에게는 먹는 것이 곳 하늘이다. 이 나라 백성들이 무엇을 어떻게 먹고 사는지 나는 샅샅이 알고 싶다. 그것이 너의 첫 번째 임무요, 두 번째 임무는…… 우금령을 반상의 차별 없이 적용하도록 했다. 이제 양반들이라 하더라도 소를 함부로 도살할 수 없다. 나 또한 한 달에 세 번 이상 육고기를 올리지 말라 했다. 춘궁기의 수라는 오첩반상으로 하기로 했다. 해서, 유명무실했던 금살도감을 부활시킨다. 지방의 부호들과 탐관오리들이 닭 잡듯 소를 잡고 호화 방탕하게 먹는다 하니, 너는 이를 암행 단속토록 하라."

　철도는 당혹스러웠지만 이내 고개를 숙이며 대답했다.

　"예. 전하. 분부 받잡겠나이다."

　"이제 내 너를 어찌 불려야 하겠느냐? 암행어사냐, 암행 숙수냐?"

　"전하. 편하신 대로 부르소서."

　철도가 고개를 들며 웃었고 임금의 살찐 얼굴도 웃었다. 그 때문에 그의 눈이 살 속으로 사라졌다. 무엇 때문인지 철도는 왕의 얼굴에서 갑자기 윤홍의 말이 떠올랐다. 마치 윤홍의 유혼이 옆에서 철도의 귀에 대고 속삭이는 듯 생생했다.

'내가 왕에게 충성하는 듯 보이는가? 아닐세. 왕은 할 수 없이 선택한 차악일 뿐. 이 땅에 사는 사람들, 우리, 아니 나 자신을 위해 선택한 수단일 뿐일세.'

철도는 대궐에서 나와 하늘을 바라보았다. 파랬다. 구름 한 점이 없었다. 언제나 느끼는 것이지만 이 냥의 하늘은 참으로 아름다웠다. 그러나 저 하늘 아래의 수많은 힘없는 백성들은 오늘 하루도 삶과 고투 중일 터였다. 그리고 저 하늘 밑 어딘가에 어머니가 살고 계실 것이다. 여전히 맛있는 된장을 담그며……. 철도는 나랏돈을 받으며 어머니를 찾아 나설 좋은 기회를 거부할 이유가 없었다. 집으로 향하는 발걸음이 급해졌다. 그는 생각했다. 열무와 마날에게 서둘러 짐을 싸라 말할 것이다. 아참. 식구가 하나 늘었지. 향이도 데리고 가야지!